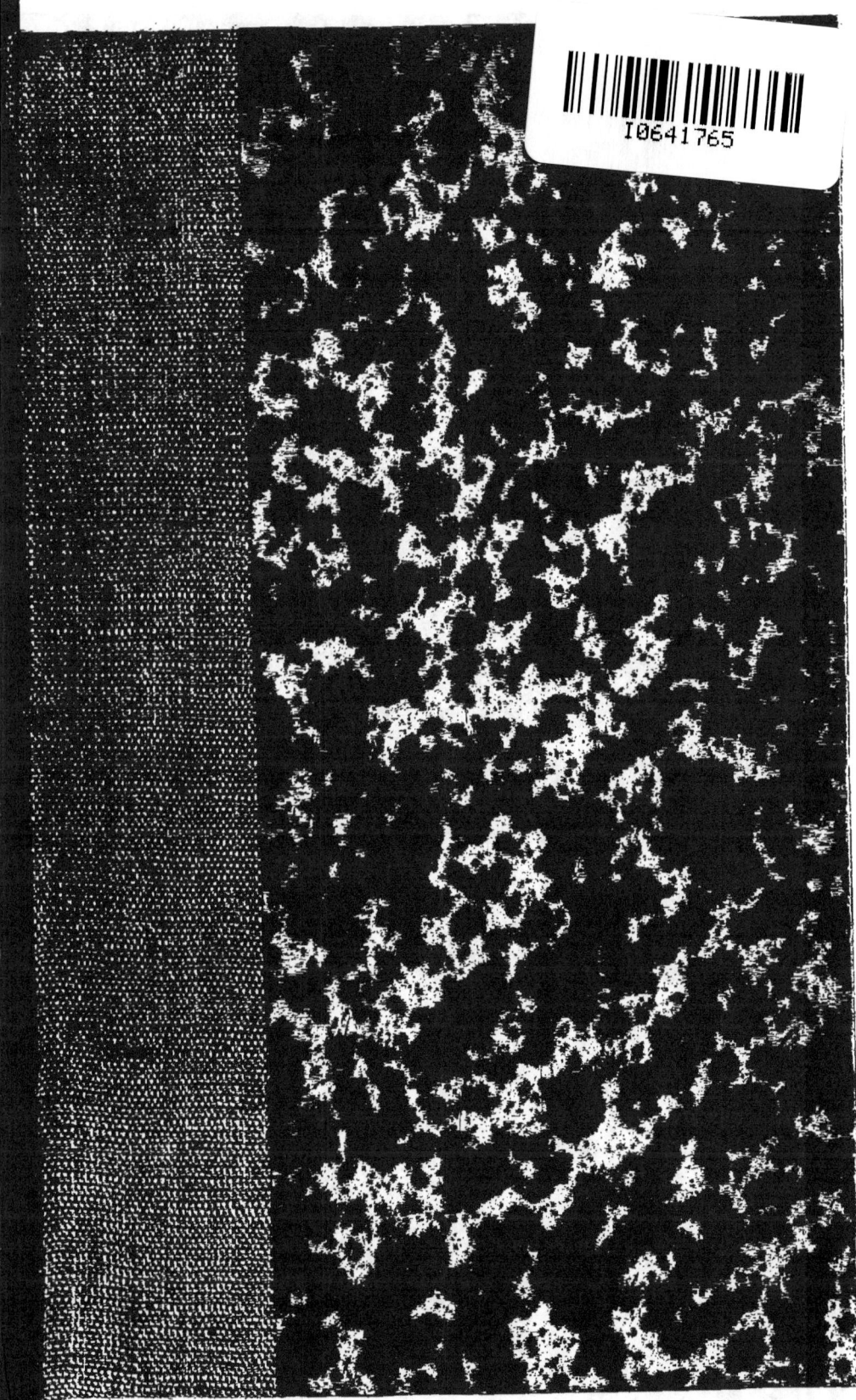

LA

GUERRE AU CHATEAU

PAR

Mᵐᵉ E. THURET

PARIS

LIBRAIRIE ACADÉMIQUE

DIDIER ET Cⁱᵉ, LIBRAIRES-ÉDITEURS

35, QUAI DES AUGUSTINS, 35

—

LA

GUERRE AU CHATEAU

DU MÊME AUTEUR

Mademoiselle de Sassenay. Histoire d'une famille
    sous Louis XVI. 2ᵉ édition. 2 vol. . . . . 7 fr.
Belle-Mère et Belle-Fille. 2ᵉ édition. 1 vol. . . . 3 fr.
Le comte d'Elcairet. 1 vol. . . . . 3 fr.

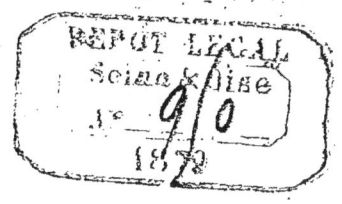
LA

GUERRE AU CHATEAU

PAR

MME E. THURET

PARIS

LIBRAIRIE ACADÉMIQUE

DIDIER ET Cie, LIBRAIRES-ÉDITEURS

35, quai des Augustins, 35

—

1879

Tous droits réservés

LA GUERRE AU CHATEAU

1

— Allons, Sylvain, dépêchez-vous ! Placez sur la
table ce vase de fleurs. Mais essuyez-le donc ! Ne
voyez-vous pas que l'eau se répand sur le tapis. Il
reste de la poussière sur la cheminée. Passez la
peau sur les dorures. Les chenets ne brillent pas.

Et vous, Marion, ce couvre-pieds est mal arrangé. La malines du volant tombe inégalement.
La dentelle des oreillers n'est pas bien tuyautée.
Les nœuds de taffetas sont posés sans goût. Rem-
portez vite les oreillers à la lingerie. Indiquez à
Bastienne les changements à faire et revenez immédiatement.

Tenez, voilà que la calèche est prête ; allons, hâtez-vous !

En effet, l'attelage, composé de quatre chevaux de sang, gris pommelé, conduits en Daumont, par deux jockeys en casaque de taffetas rayé rose et blanc, rubans roses et bouquet de roses à la boutonnière, commençait à s'impatienter. Les deux jockeys, déjà en selle, contenaient à grand'peine l'ardeur de leurs chevaux dont les mors étaient blancs d'écume, et dont les pieds de devant labouraient la terre.

— Enfin,... la voilà donc partie, Mme la comtesse, dit Sylvain en respirant bruyamment, et il se laissa tomber dans un fauteuil, son plumeau placé en travers sur ses genoux. Ma parole, elle en fatiguerait quarante comme nous. — Ce « comme nous » fut dit d'un ton capable, impossible à rendre. — Depuis ce matin, je n'arrête pas.

Ce discours s'adressait à Mlle Marion, qui venait de rapporter les oreillers et mettait la dernière main à l'arrangement du lit.

Mlle Marion était une bonne fille toute simple, toute ronde, tout épaisse, mais c'était une travailleuse. Elle était plus fine qu'on ne le croyait ; voyait tout avec l'air de ne rien voir ; ne parlait qu'à son heure, et n'en pensait que mieux, car elle avait du bon sens.

Il y avait dix ans qu'elle était au château.

Son activité, son ordre, son entente de l'intérieur l'avaient, de femme de chambre, élevée à la dignité de femme de charge. Elle avait le sentiment de son

importance, et, malgré son apparence débonnaire,
elle savait tenir son rang et se faisait donner du
mademoiselle.

On la considérait à l'office comme un oracle.
Elle en savait si long !

C'était, du moins, l'opinion accréditée à l'antichambre.

— La voici donc enfin qui va arriver, Mme la vicomtesse, continua Sylvain. Y a-t-il assez longtemps qu'on en parle ! Que dites-vous de cela,
mademoiselle Marion ?

La femme de chambre se contenta de hocher
la tête d'un air entendu.

— Moi, je suis curieux de la voir. Mais, comment
cela va-t-il aller au château ? Cela va être amusant.
— Il se frotta les mains. — Oh ! je ne parle ni de
M. le comte, ni de ces demoiselles, ni même de
Mlle Smith. De ce côté-là il n'y a pas de danger.
Mais Mme la comtesse ? mais les deux autres ?

Il interrogea de l'œil Mlle Marion.

Celle-ci avait fini d'arranger le lit et se disposait
à s'en aller.

Elle se rapprocha.

— Bah ! dit-elle, en baissant la voix et en jetant
un regard vers le corridor. — La porte était ouverte, et Marion était une fille prudente. — Tout
feu, tout flamme aujourd'hui. Ma belle-sœur !... ma
jolie petite belle-sœur, mon amour de petite belle-
sœur, gros comme le bras. Puis, demain, plus rien.
Il n'en sera que cela. La belle-sœur passera, comme
j'en ai vu passer tant d'autres. Bientôt on ne s'en

occupera plus. Ou si on s'en occupe encore, gare à
elle. Ce sera comme pour mamselle Geneviève.
La pauvre chère petite, elle en a vu du changement,
elle !

La femme de charge, effrayée d'avoir été si osée
dans ses paroles, promena autour d'elle ses gros
yeux effarés, puis, rassurée par la solitude absolue
qui continuait à régner dans le corridor, elle
ajouta, presque tout bas :

— Soyez tranquille, Mlle Jude mettra bon ordre
à l'engouement pour la belle-sœur. Elle ne lui per-
mettra pas de prendre sa place. Et Mlle Rebec,
donc... en voilà encore une qui ne vaut pas cher.

— Oui, Jude, Judas, répliqua Sylvain avec un
air de sous-entendu. La langue ne lui manque pas.
Y a-t-il de l'or, y en a-t-il au bout de cette langue-
là ? A-t-elle du savoir-faire ? Elle les joue tous.

— Oh ! pas M. le comte, réclama la femme de
charge.

— M. le comte tout comme les autres.

Marion haussa les épaules avec indignation.

— Et Rebec, Rébecca, ajouta M. Sylvain qui
visait aux bons mots ; la fausse que cela fait. En
a-t-elle des méchancetés sur la conscience ! Mme la
comtesse par-ci, Mme la comtesse par-là...

Il contrefaisait une petite voix mignarde.

En ce moment, la sonnette retentit à coups préci-
pités.

— En voilà un carillon ; s'en donne-t-elle Mme la
comtesse ! On n'aura pas une seconde de tranquillité
aujourd'hui, continua le valet de chambre, en se

carrant dans son fauteuil. Laissez-la donc un peu
sonner; cela lui fera le caractère.

Mais Marion était déjà loin; elle ne faisait de la
résistance qu'en paroles. Dans son service, elle
était la soumission et l'empressement même.

— Allons, bon, à présent voilà le timbre, et, ce
disant, Sylvain courut à la fenêtre.

— Adrien! Adrien! cria-t-il à pleins poumons,
vite chez M. le comte. Il est rentré.

On aimait M. le comte. On craignait Mme la comtesse.

Sylvain profita de l'occasion pour prendre un peu
de bon temps et se mettre au courant de ce qui se
passait. Il s'accouda sur le balcon et regarda. Toute
la maison était réunie dans la cour afin d'assister
au départ de la calèche.

— M. Giraud, vite, M. Giraud, cria Adrien qui
revenait tout essoufflé, Mme la comtesse demande si
le goûter est prêt?

— On y va, répondit le maître d'hôtel que sa
respectable corpulence obligeait à marcher avec
dignité. Monsieur Langlois, mes gâteaux.

Ceci s'adressait au cuisinier qui, jeune et mince,
reprit lestement le chemin de la cuisine, escorté de
ses deux marmitons.

Sur un signe du valet de pied, les chevaux se
dirigèrent vers le perron.

La comtesse, tout en achevant de donner des
ordres, monta en calèche.

Un poney-chaise, attelé de deux fringants petits

chevaux noirs du pays de Galles, s'avança à son tour.

Une jeune fille d'environ treize ans sauta dans la voiture. Elle était coiffée d'un petit chapeau de paille mousquetaire, placé un peu sur l'oreille, de manière que la plume caressait l'épaule, tandis que de l'autre côté, une profusion de boucles châtain clair doré roulaient jusque sur sa poitrine. Sa taille était svelte, ses mouvements aisés et gracieux. Elle saisit les guides ; les petits démons, à tous crins, se cabrèrent ; elle les contint, afin de donner le temps à une grosse fille de sept ans, bien rose, bien joufflue, de s'installer commodément.

— Etes-vous monté, Jacket, dit-elle au petit tigre à mine de singe qui grimpait sur le siége, et, s'assurant qu'il était assis : allons, dit-elle.

Elle donna un léger coup de langue, envoya un affable signe de tête aux domestiques qui étaient restés sur le perron afin de la voir, et, cinglant son fouet au-dessus des oreilles de ses poneys, ils partirent comme le vent.

— Est-elle mignonne ! Non, mais est-elle assez mignonne, dit encore M. Sylvain, qui usait largement du don de la parole, et qui, pour cette fois, ne rencontra que des approbateurs.

Mlle Geneviève, ainsi se nommait la jeune fille, était adorée au château.

Une heure après, les voitures rentraient, et le même M. Sylvain conduisait dans l'appartement qu'il avait si bien mis en ordre une femme de chambre chargée de paquets et de cartons qu'elle n'avait point voulu lui confier.

— Elle est joliment belle, votre maîtresse, dit-il avec emphase à la jeune soubrette. Ma foi, j'en ai rarement vu une pareille.

— Et bonne, répliqua Mlle Cadine en faisant une mine importante.

— J'en ai alors de la chance, aujourd'hui, car Mme la comtesse vient de me dire qu'elle m'attachait au service de Mme la vicomtesse, et au vôtre, mademoiselle Cadine, risqua-t-il avec la visible intention d'être très-galant.

— C'est bon, c'est bon ; on verra, reprit la jeune fille en se donnant des airs de reine. Nous serons bien ici, daigna-t-elle ajouter, en jetant autour d'elle un regard de complaisance.

La chambre était tendue d'indienne fond blanc à gros bouquets de roses ; les portières, les rideaux des fenêtres, ceux du lit étaient doublés de taffetas rose. L'intérieur du lit, garni de même taffetas, était drapé de mousseline blanche.

Rien de plus frais, de plus coquet que cette chambre. Ce fut aussi l'avis de la jeune femme à qui elle était destinée, car à peine fut-elle entrée qu'elle laissa éclater sa satisfaction.

— Mon frère, ma sœur, s'écria-t-elle, que vous êtes bons, que vous êtes aimables ! Comme vous m'avez gâtée ! Comme je serai bien ici !

Et, en vrai enfant, à chaque nouveau meuble qui lui plaisait, à chaque objet qui témoignait une attention délicate, elle laissait échapper une excla-

mation de plaisir, ou elle disait un mot de remercie-
ment.

En entrant dans son petit salon, la bibliothèque,
le piano, les fleurs, une quantité de curiosités choi-
sies avec un goût parfait ; enfin, l'arrangement tout
entier de la pièce, lui causèrent une si agréable surprise, elle y trouva tant d'amicale prévenance,
qu'à bout de paroles, elle ne put retenir ses
larmes.

Il y avait dans la jeune femme une simplicité, une
grâce affectueuse et un naturel qui séduisait tout
autant que sa beauté.

Son teint, qui d'ordinaire était d'un blanc mat, à
peine nuancé de rose, était animé par les plus belles
couleurs. Ses grands yeux gris, à la prunelle noire,
frangés de longs cils noirs, quoique humides d'émotion, rayonnaient de plaisir.

Quand elle ôta son chapeau, elle laissa voir la
longue et épaisse tresse de ses cheveux, qui avaient
la couleur et le reflet des plumes du corbeau.
Cette tresse formait une couronne au-dessus de
ses bandeaux et se rattachait gracieusement derrière la tête.

Sa belle-sœur regardait avec un étonnement
mêlé d'admiration cette ravissante jeune femme,
dont un des plus grands charmes était de paraître
ignorer combien elle était jolie.

— Elle est réellement délicieuse, dit la comtesse
de Béyanes à son mari, tout en regagnant le salon
et je félicite Herbert. Vous ne m'aviez pas trop,
vous ne m'aviez pas assez parlé de sa beauté. De

magnifiques cheveux, de beaux yeux, de jolis sourcils, une taille remarquable : elle a tout réuni. Ses
yeux sont doux, et cependant ils sont mutins. Elle
doit être vive et spirituelle. Son nez droit donne du
caractère à sa physionomie; sa petite bouche a un
sourire agréable, mêlé d'espièglerie qui annonce
de la gaieté. Tant mieux. Décidément, elle est très-
jolie.

— Sans le moindre mais? reprit avec malice le
comte.

— Sans le moindre mais, répliqua la comtesse.

II

Le comte Frédéric de Béyanes, à qui appartenait le château de Béyanes, dans un des appartements duquel il venait d'établir sa jeune et jolie belle-sœur, était un homme de quarante-cinq ans.

Il avait les traits arrêtés, mais fins et déliés, l'œil pénétrant et vif, le regard franc, les narines bien ouvertes, un beau front, l'air digne, la physionomie bienveillante.

De taille haute et mince, il portait bien la tête, avait une belle tournure, de la noblesse dans le maintien, de la courtoisie dans les manières.

Son esprit avait de l'élévation, son cœur était loyal, son âme était généreuse : jamais il n'oubliait un service rendu et savait pardonner.

La Providence l'avait fait naître riche et gentil-homme ; la mauvaise fortune l'avait fait pauvre et l'avait jeté dans l'industrie. Le comte ne se souvint de sa naissance que pour apporter dans ses relations commerciales la plus scrupuleuse loyauté.

Ses affaires avaient rapidement prospéré. Toutes ses entreprises avaient réussi, et sa position financière, qui était devenue hors ligne, lui permettait maintenant de suivre ses instincts généreux.

Le comte de Béyanes son père, élevé en grand seigneur, avait vécu de même, et était mort sans avoir jamais voulu compter. Aussi, de tous ses grands biens, ce père prodigue ne laissa-t-il à ses deux fils qu'un château en délabre et des terres criblées de dettes.

Il légua, de plus, à son fils aîné, le comte Frédéric, la tutelle de son jeune frère, qui avait quinze ans de moins que lui.

L'avenir de cet enfant, alors âgé de douze ans, préoccupa vivement le jeune tuteur.

Heureusement la Providence lui vint en aide et favorisa le vicomte Herbert.

Un vieux cousin, M. de Séris, que Frédéric consulta sur la carrière qu'il convenait de donner à son pupille, se prit de passion pour l'enfant. Il se chargea de son éducation, et en fit son légataire, à la condition expresse qu'Herbert, à sa majorité, abandonnerait au comte son frère la part qui lui revenait dans l'héritage paternel.

La fortune de M. de Séris s'élevait à quinze cent mille francs. Herbert avait dix-huit ans quand il hérita de son cousin.

Le vicomte, dans ses manières, dans son esprit,

dans son langage, dans toute sa personne, rappelait les jeunes et élégants seigneurs du siècle passé.
Il en avait tout le brillant et toute la frivolité.
Malheureusement, à ces séductions extérieures, il
joignait tous les défauts qui font ce qu'on appelle
d'abord de charmants mauvais sujets, puis des
hommes légers, puis, quand ces fous ont tout dévoré, comme leur conscience ne les arrête pas, ils
deviennent vite des hommes tarés : et, enfin, ces
hommes n'ont plus de nom : la société en fait justice, elle les met à son ban. On les salue encore,
par égard pour le nom qu'ils portent et pour leur
position passée; puis arrive le jour où on ne les
salue même plus : ils ont été mis hors la loi du
monde.

Tant que dura sa tutelle, M. de Béyanes, usant
habilement de l'ascendant que lui donnaient ses
droits, son âge et son affection, retint le jeune
homme. Mais une fois sa majorité venue, Herbert
prit sa volée. Il n'écouta plus ni avis, ni remon-
trances, et son frère put, dès lors, prévoir l'avenir
qui lui était réservé.

Le comte Frédéric, quelque temps après la
mort de son père, avait épousé Mlle Albine de La
Seilles. Ce fut, des deux côtés, un mariage d'inclination. La poétique beauté de la jeune femme était
son moindre charme. Elle avait une de ses exquises
natures chez lesquelles la tendresse et le dévouement s'unissent à un esprit fin, délicat et attachant
qui font de la vie intime un jour sans nuages. Son
cœur était de ceux qui se donnent sans réserve.

Elle adora son mari, qui fut d'autant plus touché par cet amour que sa jeunesse avait été déshéritée de ces tendres affections, qui sont si douces à l'enfant et si précieuses au jeune homme qui entre dans la vie.

Pendant ses premières années, il avait été entouré de ce luxe et de ces gâteries qu'on prodigue d'ordinaire aux fils de famille : il avait même commencé ses études avec un précepteur. Mais ce temps avait été court. A neuf ans, il fut envoyé au collége où il était le plus négligé, le plus abandonné des enfants. A peine recevait-il une maigre pension pour ses menus plaisirs. Il resta plusieurs années sans avoir de vacances, et quand il revint au château, le luxe avait fait place à cette misère dorée qui est la pire de toutes. Les embarras d'argent absorbaient son père. Sa mère passait sa vie à attendrir les huissiers, à apaiser les créanciers. Il comprit alors pourquoi il l'avait toujours vue pleurer. Ce grand train de maison, dont il avait gardé le souvenir, ne faisait que dissimuler les approches de la ruine.

L'inquiétude et le chagrin abrégèrent l'existence de Mme de Béyanes. C'était une personne sans caractère, sans initiative, sans énergie, qui n'avait su que verser des larmes stériles et souffrir passivement. Son mari l'avait aimée pour son charmant visage, et comme chez lui le cœur n'existait pas, il s'était détaché d'elle quand sa beauté passa, et elle passa vite ; puis, à cause de sa nullité, elle cessa bientôt de compter pour lui.

Les difficultés d'argent avaient absorbé l'existence

de la comtesse qui manquait de tête et d'ordre, et elles avaient pour ainsi dire atrophié son cœur.

Il lui arrivait souvent de pleurer sur l'avenir réservé à son fils, sans que jamais elle sentît le besoin d'essayer de lui faire le présent meilleur. Ce furent cependant les soins de Frédéric qui rendirent moins douloureuse la fin de l'existence de sa mère.

Albine, qui connaissait les chagrins qui avaient affligé la première jeunesse de son mari, mit tous ses soins à lui donner le calme et le bien-être qu'il n'avait pas connus jusque-là.

Cette charmante personne, avec sa beauté idéale, avec sa poétique imagination, était néanmoins très-entendue et très-positive dans la conduite de son intérieur. Elle avait à la fois la haute et la tendre intelligence du devoir.

Frédéric, charmé par cette vie heureuse, si nouvelle pour lui, croyait rêver. Il se rappelait le temps où un moment d'abandon, une bonne parole de sa mère suffisait pour lui faire la journée meilleure. Aussi, en voyant sa jeune femme uniquement occupée de lui plaire et de lui donner la joie du cœur et le repos de l'esprit, son bonheur lui causait-il une sorte d'enivrement.

Mais ce fut l'événement qui devait mettre le comble à la félicité du comte, qui en marqua le terme.

Albine mourut en donnant naissance à une fille.

La douleur de M. de Béyanes fut immense. Il demeura frappé d'une sombre tristesse.

Le souvenir de ces courtes années resta si vivant

en lui, que, par la suite, quoi qu'il lui arrivât, on ne l'entendit jamais se plaindre. N'avait-il pas reçu sa part de bonheur? Y a-t-il en ce monde beaucoup d'êtres qui puissent, dans leur vie, compter deux années de bonheur parfait. Et ces années, il les avait eues.

Le vide et le découragement que lui laissa la mort de sa femme ne saurait s'exprimer. En se mariant, il s'était tout à fait retiré du monde, il ne vivait que pour Albine. Pauvre d'argent, mais riche d'amour, le jeune ménage avait, sans effort, renoncé aux plaisirs, l'existence de chaque jour lui semblait si belle et si bonne, qu'il n'y avait rien, pour lui, au delà.

Puis, tous les deux s'étaient donné une noble tâche : ils essayaient, à force d'économie et d'ordre, d'arriver à dégager la terre de Béyanes des hypothèques qui la grevaient et de retrouver une honorable situation.

Ils s'étaient donc courageusement engagés dans la voie des réformes et du renoncement.

La fortune que Mlle de La Seilles avait apportée à son mari consistait en une somme de deux cent mille francs. Elle était orpheline et n'avait rien de plus à attendre.

Le comte ne possédait que sa terre de Béyanes qui, mal administrée, parce qu'il n'y entendait rien ; mal entretenue, parce qu'il manquait d'argent, — le château et les fermes tombaient en ruines, — suffisait à grand'peine à payer l'intérêt des dettes que son père lui avait léguées.

Malgré l'apathie causée par son profond chagrin, il essaya de poursuivre, seul, l'œuvre commencée à deux d'une façon si douce.

Mais en voyant que toute son économie ne le menait qu'à bien peu de chose, il comprit que ce n'était pas ainsi qu'il arriverait à créer à sa fille l'avenir qu'il rêvait pour elle, car la chère petite commençait à occuper une grande place dans le cœur de son père, et à devenir l'objet de sa vive sollicitude.

L'amour conjugal ne lui avait permis de rien voir au delà, avec sa bien-aimée Albine ; l'amour paternel en fit un ambitieux.

Le comte allait souvent, en Normandie, chez un ancien ami de son père, richissime manufacturier qui comptait sa fortune par millions. Le but de sa nouvelle ambition parut si naturel à Frédéric, qu'il ne craignit pas de le confier à M. Legris et de lui demander ses conseils. Celui-ci, loin de le décourager, l'approuva.

Un cours d'eau traversait le village de Béyanes, situé au pied du château ; il l'engagea à y établir une fonderie et une forge, et lui fournit les premiers fonds.

Le comte Frédéric, qui paraissait l'homme du monde le plus économe, le plus rangé, qui semblait étranger à toutes les idées de dépense et de luxe, qui était cité pour sa simplicité, était pourtant venu au monde avec tous les instincts d'un grand seigneur, et, par nature, il eût été non-seulement généreux, mais prodigue. Un équipage de

chasse, des écuries bien montées, des voitures bien
tenues, une vie de château sur un large pied auraient répondu à ses véritables goûts. Le jeu l'attirait. Il aimait les arts. Mais le triste spectacle que
lui avait offert la demeure paternelle était resté
pour lui une terrible et salutaire leçon.

L'honneur et la raison l'aidèrent donc à réprimer ses penchants fastueux. La vue des désastres
qu'entraîne le désordre, la vue des suites que
peut avoir la prodigalité firent de lui un homme
nouveau.

Ses années de jeunesse furent non des années de
plaisir, mais des années de réflexion, dont, à un
moment donné, il recueillit le fruit.

L'habitude de se vaincre, l'empire qu'il avait
acquis sur lui-même firent que, l'heure du travail
venue, quoique n'en ayant pas le goût, de par sa
volonté, il s'y donna avec une suite, une aptitude et
une intelligence qui étonnèrent et charmèrent
M. Legris. Aussi accorda-t-il à la nouvelle entre-
prise l'intérêt le plus marqué.

M. de Béyanes lui laissa voir tout le prix qu'il
attachait à cet intérêt, et son rare bon sens, tout
autant que son cœur, l'aidèrent à y répondre. Persuadé qu'il ne savait rien, qu'il avait tout à
apprendre, il ne prenait aucune décision en dehors
des avis de M. Legris.

Il le pria même de lui choisir un gérant, dont
l'expérience viendrait en aide à celle qui lui manquait.

M. Legris, qui pressentait le grand avenir de la

création nouvelle, fit choix d'un homme dont la capacité et la haute probité lui étaient connues.

M. Hartmann était né à Francfort, et appartenait à une famille recommandable. Il avait eu à lui un établissement semblable à celui dont il allait accepter d'être le directeur. Une faillite l'avait ruiné. Mais la perte de sa fortune, loin de nuire à sa considération, avait excité l'intérêt général.

Le comte, tenant à ce que la position de son gérant fût honorablement assise, lui accorda une part d'intérêt dans ses usines.

M. Hartmann avait un fils. L'enfant, nommé Axel, devint promptement le favori du comte.

A peine trois années s'étaient-elles écoulées, que la fonderie et les forges se trouvaient déjà en plein rapport. M. de Béyanes, après avoir remboursé M. Legris, commençait à payer les dettes qui embarrassaient ses terres, et entrevoyait déjà le jour où il lui serait possible de rendre à la demeure de ses ancêtres sa splendeur passée.

Deux autres années s'écoulèrent pendant lesquelles, de concert avec M. Legris, Frédéric se rendit acquéreur de mines de houille situées sur la frontière de Belgique.

La compagnie à qui elles appartenaient manquant de fonds, elles étaient à peu près abandonnées. Mais l'affaire, une fois en bonnes mains et bien dirigée, rendit au-delà de tout ce qu'on pouvait espérer.

— Si jamais je trouvais un gendre à mon gré, dit un jour négligemment M. Legris à son associé, je donnerai pour dot à ma fille la part que j'ai dans les

mines. Et celui qui aura ma Charlotte, pourra être
assurée, non-seulement d'avoir une femme intelligente qui lui fera honneur, mais encore une femme
qui saura diriger habilement son intérieur.

Le comte se plaignait souvent de ce que, n'ayant
personne pour conduire sa maison, elle se trouvait
livrée au désordre.

Il pensa que ces paroles lui étaient données à mé-
diter, et il les médita.

M. Benoît Legris devait tout ce qu'il était à lui-
même.

Fils d'un petit fermier de Basse-Normandie, toujours en retard de ses fermages, il avait commencé
avec quelques cents francs. Mais grâce à son activité,
à son génie des affaires, à la manière intelligente et
honorable dont il les traitait, ces quelques cents
francs étaient devenus une fortune colossale. Son
opulence ne lui avait pas donné d'orgueil et encore
moins de vanité.

La considération dont il jouissait ne l'avait point
étourdi, les distinctions et les honneurs dont on l'entourait dans son pays l'avaient laissé aussi accessible à tous. Il était riche avec simplicité, et honnête
homme avec modestie.

Mme Legris aurait bien voulu monter de ton, elle
se serait même, volontiers, laissé aller à être vaine,
si l'exemple de son mari, — qui était un dieu pour
elle, — ne l'eût retenue.

Elle aimait les honneurs, elle jouissait de ceux
qu'on rendait à son mari, et la fumée des distinctions l'enivrait de la façon la plus douce et la plus

pénétrante. Mais elle n'en gardait pas moins, pour ainsi dire, malgré elle, les apparences de la simplicité.

Son esprit positif, qui lui faisait apprécier le mérite de la richesse, était accompagné d'un grand bon sens. Tout en étant glorieuse, tout en se posant ce qu'elle valait, elle sentait cependant que des sacs d'écus ne pouvaient remplacer l'instruction et l'usage du monde qui lui manquaient. La crainte du ridicule était son ver rongeur, et dès qu'elle se croyait en scène, il la torturait.

Elle avait peur de mal interroger, de mal répondre; d'être trop sérieuse, de ne l'être pas assez; de sourire mal à propos; de faire la révérence trop basse à celle-ci, pas assez basse à celle-là.

Cette inquiétude se traduisait par un air de réserve qui, sans qu'elle le cherchât, donnait à sa personne, — du reste fort ordinaire, — une sorte de dignité modeste. Elle n'aurait pas eu l'aplomb nécessaire pour paraître vaniteuse.

Généralement on lui savait gré d'être bonne personne et de ne point chercher à écraser les autres par son luxe. Le secret de son apparente simplicité n'était connu que d'elle.

Au demeurant, c'était une femme de devoir et une excellente femme qui donnait beaucoup et donnait bien. Elle recherchait la misère afin de la soulager et dans ces occasions-là seulement elle osait laisser voir sa satisfaction d'être riche.

La longue figure sérieuse et un peu parcheminée, la longue personne sèche et osseuse de Mme Legris, contrastaient avec l'embonpoint, avec le visage rond, coloré et jovial de M. Legris, qui souriait à tout, parce que tout dans la vie lui avait souri.

Mme Legris n'était pas aussi bien habituée à sa nouvelle position que son mari; elle n'en jouissait pas aussi franchement : elle ressentait comme une crainte d'aller trop vite et de la perdre.

Tout en faisant dans sa maison une dépense en rapport avec sa fortune, il restait néanmoins en elle un vieux fond de parcimonie contre lequel il lui fallait constamment réagir. Sa main gauche était toujours prête à modérer ce que voulait faire la droite.

Elle ménageait ses robes, par vieille habitude, et les robes neuves lui inspiraient encore du respect.

Il y avait toujours la robe du dimanche. En vain M. Legris, qui l'en raillait quelquefois, lui disait-il avec gaieté : mais, ma femme, mets donc tes belles robes; tu sais bien que pour toi, maintenant tous les jours sont des dimanches.

Afin de lui complaire, elle essayait de faire violence à ses goûts, mais bientôt le naturel revenait au galop.

C'était pour la digne femme une véritable privation de ne plus s'occuper de certains détails du ménage, car elle aimait, comme on dit, mettre la main à la pâte, et elle ne pouvait s'habituer à passer la journée assise dans son salon. Il lui manquait quelque chose, et elle se prenait à regretter le temps où il lui était permis d'aller, tant qu'elle le voulait, à la cuisine surveiller Gothon, et au besoin donner un coup de balai. C'était en soupirant qu'elle se disait : cuisinier oblige.

Et quand elle prenait ou sa tapisserie ou quelque autre ouvrage de fantaisie, elle se rappelait le plaisir qu'elle éprouvait autrefois à raccommoder les bas ou les chemises de Benoît, et celui non moins grand qu'elle prenait à ourler les torchons et les serviettes. Alors, tout lui passait par les mains, ce qui était le comble de la félicité pour cette parfaite ménagère.

Cependant elle étouffait ses aspirations vers le passé, car elles eussent révolté sa fille aînée, et elle la craignait.

Il en avait aussi infiniment coûté à Mme Legris pour s'habituer à recevoir, et dans les premiers temps personne n'était aussi mal à l'aise chez elle qu'elle-même. Il lui avait fallu son extrême désir de complaire à son mari pour prendre sur elle de vaincre cette terrible timidité pour laquelle M. Legris ne se montrait pas indulgent, ne pouvant pas la comprendre.

Lui, était entièrement exempt de cette fausse honte. Il se montrait ce qu'il était sans jamais se sentir arrêté par la crainte de ne pas être à la hauteur de sa position. On ne peut me demander d'avoir les façons d'un grand seigneur, disait-il un jour avec bonhomie ; tout le monde sait que je suis le fils au grand Lucas ; mais on a le droit de me demander d'être poli, d'être sans morgue, d'être bienfaisant, de ne pas éclabousser les autres, et c'est ce que je tâche de faire.

Le riche manufacturier avait deux filles : Charlotte et Aline. L'aînée avait vingt ans, la cadette en avait douze.

La nature froide, sérieuse et réfléchie de l'aînée lui donnait l'apparence d'une femme faite : c'était la sagesse de la maison. La nature tendre, vive, aimable, et gaie de l'autre en faisait une délicieuse enfant. C'était la joie, le rayon de soleil de la maison.

Le père et la mère avaient la plus haute idée de Charlotte. Ils adoraient Aline.

M. de Béyanes aussi avait souvent, à part lui, considéré Charlotte comme étant une personne supérieure sous le rapport de la raison et de l'entente de la vie de famille. Quant à la femme elle-même, il la voyait telle qu'elle était, tout à fait dépourvue de charme.

Mais, fidèle à un cher et ineffaçable souvenir, le comte, en laissant la pensée d'un second mariage prendre place dans son esprit, sentait en même temps qu'il ne pourrait jamais avoir pour celle qu'il choisirait comme compagne la vivacité de sentiments, la tendresse passionnée qu'il avait une fois si vraiment donnés qu'il n'en restait plus rien en lui.

Il sentait qu'il ne pourrait lui offrir qu'une affection calme et sérieuse, accompagnée de ces soins qui font une femme reine dans sa maison.

Mlle Legris lui plut donc précisément par ce qui, en elle, pouvait déplaire. Elle était laide.

Une jolie femme de vingt ans eût été insupportable à M. de Béyanes. Il lui eût fallu s'en occuper,

il lui eût fallu faire du sentiment, louanger sa
beauté, et il se sentait incapable de ces délicatesses,
de ces petits soins, de ces miévreries sans lesquels
une jolie jeune femme ne se croit point aimée.

Charlotte, au contraire, lui paraissait indifférente
aux hommages et tout à fait exempte de sentimenta-
lité. Aucune jeune fille ne lui avait jamais paru
moins désireuse de commencer le livre de sa vie de
femme par quelques pages de roman. Une chau-
mière et son cœur l'eussent certainement laissée
insensible. Mais un beau château, un beau nom, une
belle existence, l'affection sûre et dévouée d'un
homme honorable devaient infiniment mieux répondre à ses goûts. En un mot, elle était une femme
raisonnable, et c'était uniquement une femme raisonnable que le comte cherchait. Aussi médita-t-il
les paroles de M. Legris.

Bientôt d'autres considérations vinrent agir sur
lui d'une manière si puissante qu'il n'hésita plus.
Geneviève entrait dans sa cinquième année. Jusque-là
l'enfant était restée confiée aux soins de la femme
de chambre de sa mère qui s'y était dévouée. Mais
Justine, après avoir agi en fille de cœur, avait agi
en fille de sens. Elle était la première à demander
que Geneviève eût une gouvernante. Son affection
la rendait ambitieuse; elle voulait, comme elle le
disait, que son enfant fût bien élevée.

Le choix d'une institutrice, toutes les difficultés,
tous les inconvénients qu'il pouvait entraîner ef-
frayèrent si fort le comte, que la crainte de confier
sa Geneviève à des mains inhabiles ou indignes qui

pourraient lui donner une fausse ou une funeste direction, le firent songer au couvent. Mais il ne put supporter la pensée de se séparer de sa fille. Ce fut ce qui le détermina à un second mariage.

Charlotte lui semblait passionnément aimer les enfants, et porter un intérêt tout particulier à Geneviève. Car, chaque fois qu'il se laissait aller à lui parler de sa fille, s'il la regardait, il voyait qu'elle l'écoutait avec des yeux attendris.

Il rêva donc qu'elle serait une seconde mère pour Geneviève ; qu'elle lui accorderait une large part de tendresse, et qu'elle veillerait avec sollicitude au développement de son cœur et de son intelligence. Il y rêva en toute confiance, tant Mlle Legris lui paraissait être une personne d'exception. Pendant que le comte délibérait avec lui-même, Mlle Legris attendait, non sans impatience, le résultat de cette délibération.

Charlotte était une fille qui avait infiniment de tête et pas de cœur, ou, si elle en avait, il était étouffé par tant de grands défauts et par tant de petitesses qu'il fallait quelque chose de bien saisissable, de bien imprévu pour le forcer à donner signe de vie. Alors son élan généreux venait peut-être autant d'une émotion nerveuse que d'une véritable sensibilité.

Volontaire jusqu'à l'obstination la plus tenace, fausse et hypocrite consommée, elle était de plus méchante par nature ; elle le sentait et en était honteuse ; car, par orgueil, elle eût voulu être bonne.

Avare, petite, étroite, mesquine, elle savait se

2

donner les dehors de la grandeur et de la générosité.

Comme c'était uniquement par gloriole qu'elle
faisait la charitable, elle dédaignait les œuvres ca-
chées, comme secourir un pauvre parent, un ami
malheureux. Mais elle saisissait toutes les occasions
d'étaler ses bienfaits, et quand elle semblait vouloir
le plus les dissimuler, elle avait soin de choisir,
pour confidentes, les personnes les moins discrètes.

Dévote par peur de l'enfer et non par amour du
ciel, elle avait une religion noire et intolérante qui
faisait peur.

Les dehors de piété dont elle se couvrait la rendaient très-dangereuse. Comment penser qu'une
personne qui accomplissait si régulièrement, si
exactement ses devoirs religieux pût tromper avec
un aplomb qui témoignait d'un manque absolu de
conscience.

Envieuse à l'excès, jalouse au superlatif de toutes
les femmes qui avaient de la beauté, elle les louait
néanmoins, afin de faire dire, et on le disait : Voyez,
quoique Mlle Legris ne soit point jolie, elle aime et
et admire celles qui le sont.

Mais elle ne les louait ainsi que pour mieux les
déchirer ensuite, car elle était d'une rare perfidie.
Elle n'en médisait pas, fi donc ! Mais elle disait :
combien il est vraiment malheureux que madame
une telle, qui est si jolie, se gâte en mettant du blanc
et du rouge. Si on lui répondait : je ne l'ai jamais
remarqué, alors, avec une candeur très-bien jouée,
elle se mettait à regretter de s'être laissée aller à

cette réflexion, et aussitôt elle faisait de la dame un éloge si exagéré et portant si habilement sur ses travers, que chacun se récriait, et alors aussi elle faisait semblant de défendre celle que, grâce à elle, on attaquait. Ou bien elle déplorait que mademoiselle ***, qui semblait si douce, fût un porc-épic dans son intérieur ; et, avec les larmes aux yeux, elle l'écorchait toute vive, toujours en la louant.

Il était, au reste, impossible à une aussi vilaine âme d'avoir trouvé un corps mieux fait pour la contenir.

Grande, sèche, maigre, Charlotte avait tous les traits disgracieux ; sa tournure était vulgaire, et son langage, comme son esprit, étaient sans charme.

Elle avait le regard dur, quoiqu'elle s'étudiât à l'adoucir, et quand elle voulait le rendre malicieux, il devenait méchant. Sa bouche était grande et mal garnie, son sourire manquait de franchise, son nez avait une tendance à relever qui la désolait, car elle avait la rage du comme il faut ; ses pieds étaient gros, grands et mal faits ; elle avait des chevilles accusatrices ; ses mains étaient comme ses pieds ; ses longs bras maigres se terminaient par des poignets dont les os proéminants dénotaient la force, mais aussi le manque de race.

Mlle Legris savait qu'elle n'était point jolie, mais elle était bien loin de se croire aussi laide, et elle s'imaginait racheter en esprit et en distinction tout ce qui lui manquait en beauté.

C'était, au demeurant, une nature forte, réfléchie, résolue, habile et dangereuse au point de faire le

plus grand mal en se donnant l'apparence de vouloir
faire le bien.

Elle avait toute la vanité de sa mère sans avoir la
bonté qui en était le correctif; elle cachait cette
vanité sous une affectation de détachement et d'austérité qu'elle étendait avec art de ses vêtements à sa
manière d'être.

Au fond, sa situation de fortune, à laquelle elle
paraissait ne point tenir, lui donnait un orgueil qui
n'était surpassé que par son ambition.

Depuis longtemps son caractère positif lui avait
fait apprécier, à sa valeur, l'importance que lui
donnerait son mariage avec le comte. Mais elle avait
été assez maîtresse d'elle-même pour ne point se
laisser deviner.

Quand M. de Béyanes venait chez son père, Charlotte n'ajoutait pas un ruban à sa toilette; elle restait la même, ne faisait aucun frais et ne s'occupait
pas plus de lui que des autres visiteurs; mais elle
ne négligeait aucune occasion de laisser voir, sans
paraître les montrer, les qualités essentielles qu'elle
savait avoir en partage.

Le comte lui ayant confié son intention de donner
une gouvernante à Geneviève, elle s'intéressa beaucoup à ce projet; elle lui en parla avec un remarquable bon sens; et quand il fallut faire un choix,
elle parut y attacher une grande importance, ce
dont M. de Béyanes lui sut un gré infini.

Mlle Legris n'ignorait pas combien le comte avait
aimé sa première femme, mais cet amour ne la faisait point rêver. Il l'a aimée de passion, c'est-à-dire

sans sa raison, se disait-elle quand ce souvenir lui revenait; moi, il m'aimera avec toute la sienne.

L'un vaut l'autre; vaut mieux que l'autre, lui soufflait son orgueil.

Elle avait jugé le comte, et, malgré son air de retehue, elle faisait tout ce qu'il fallait pour l'attirer. Lui y allait en toute confiance, et prenait la jeune fille pour ce qu'elle paraissait être. Il la prenait pour une personne toute de devoir, qui serait bonne femme, comme elle avait été bonne fille, et qui serait bonne mère comme elle avait été bonne pour sa jeune sœur, dont elle avait surveillé l'éducation. Les soins qu'elle donnait à Aline, l'affection qu'elle lui témoignait avaient séduit et touché le comte.

Il ne pouvait savoir tout ce que sa mère avait à en souffrir, et tout ce que, sous le prétexte de reprendre et de diriger sa jeune sœur, elle lui faisait endurer.

Charlotte était honteuse de sa mère, elle la trouvait vulgaire à un point qui lui était insupportable. Elle ne le lui disait pas, mais elle ne perdait point une occasion de lui faire sentir son infériorité. Mme Legris, dont l'amour-propre était le côté sensible, s'en trouvait humiliée et n'en tenait que davantage à maintenir l'autorité dont sa fille cherchait à s'emparer. La mère résistait et la fille impérieuse et dominatrice persistait à vouloir être la maîtresse. Il en résultait une lutte sourde. Elles vivaient donc mal ensemble, mais à petit bruit : rien ne transpirait au dehors.

Mlle Legris en agissait tout autrement avec son

2.

père : elle le flattait, le craignait, tenait à son estime et s'efforçait de la gagner.

Les hommes, n'étant pas à même de se rendre compte des difficultés de la vie intérieure, entre femmes, même entre mère et fille, ne jugent que la surface. Ils appellent cela juger d'après leur raison, qui n'est pas toujours raisonnable et qui, en tout cas, pèche la plupart du temps par le manque de cette délicatesse qui seule pourrait leur faire apprécier de quel côté est le bon droit. Ainsi M. Legris, sans précisément donner tort à sa femme, trouvait, à part lui, qu'elle n'appréciait point assez Charlotte.

Il craignait que sa fille — le tyran de la maison — ne fût point heureuse, et il était désireux de lui voir faire un bon mariage qui lui donnât la position qu'elle méritait.

Le comte, de son côté, se fortifiait si bien dans la haute opinion qu'il s'était formée de Charlotte, qu'il était convaincu qu'elle n'accepterait de devenir la belle-mère de Geneviève que si elle se sentait capable d'en remplir les devoirs. Aussi se préoccupait-il uniquement de ceux qu'il allait contracter envers elle et envers la famille Legris.

Il était trop loyal pour se marier à la légère. Il ne prenait pas Charlotte pour son million de dot, quitte à la délaisser ensuite. Il ne voulait pas non plus accepter M. et Mme Legris comme une nécessité du moment qu'il écarterait plus tard. Il voulait, au contraire, s'il devenait leur gendre, qu'ils fussent et chez lui et par les siens entourés de respects, et qu'ils eussent la première place qui leur était due.

Le comte de Béyanes appartenait à la meilleure noblesse de France. Sa famille figurait sur l'armorial comme une des plus anciennes du royaume, et quelques rameaux de son arbre généalogique étaient greffés de royales alliances.

Ses ancêtres avaient sur terre et sur mer versé leur sang pour nos rois ; ils les avaient assistés dans leurs conseils, et avaient occupé de hautes dignités dans l'Eglise et dans l'Etat.

De nos jours encore, les descendants de cette noble lignée portaient dignement et fièrement les titres que leur avaient légués leurs aïeux, et, grâce à leur fortune, menaient encore une grande existence.

Le comte ne pouvait se dissimuler que le nom plébéien de Legris ferait une pauvre figure au milieu de ces noms historiques ; mais ses idées à cet égard étaient nettement arrêtées. Il trouvait que celui qui s'est fait grand a encore plus de mérite que celui qui a trouvé sa grandeur toute faite ; il trouvait que l'aristocratie, non des écus, mais du mérite, pouvait marcher de pair avec celle de la naissance, et que l'honorabilité pouvait se passer de quartier. Que s'il n'en était pas ainsi, il romprait avec les membres de sa famille qui en jugeraient autrement.

Il n'eut pas ce déplaisir.

Lorsqu'il s'était mis dans les affaires, il n'avait pas hésité à faire part aux siens de sa détermination qui ne rencontra que des approbateurs. Il en fut de même quant à son mariage. La nouvelle comtesse fut adoptée, choyée, patronnée, et M. Legris, dans une famille qui comptait tant de gens d'honneur, trouva sa place toute faite.

Lorsque le comte fit sa demande, M. Legris l'accueillit avec une vive émotion. Il tenait en haute estime celui qu'il allait nommer son gendre, aussi avait-il les yeux humides de larmes quand il l'assura que cette alliance serait la plus belle récompense des travaux de sa vie. « Il y avait longtemps que je pensais à vous pour ma fille, ajouta-t-il, mais tant que vous avez été un oisif, vous m'avez fait peur; maintenant, vous êtes des nôtres,... » et il lui tendit la main.

La mère contenait avec peine les transports de sa joie : sa fille comtesse ! sa fille grande dame !

Charlotte, elle, triomphait, mais à froid. L'excès de son orgueil l'empêchait de laisser voir à quel point son ambition était satisfaite.

Une seule chose, dans ce mariage, lui déplaisait : elle aurait souhaité que le comte fût pauvre. Il eût apporté le nom; elle eût apporté la fortune : il y aurait eu alors une sorte d'égalité.

III

Neuf années s'étaient écoulées depuis le mariage du comte, et il avait trouvé dans cette union la vie calme et bien ordonnée qu'il cherchait.

La comtesse n'était point, et ne serait jamais, il le sentait, ni une femme du monde, ni une femme aimable, mais c'était une femme remplie de tact et de mesure, qui s'occupait de ses enfants, tenait parfaitement sa maison, et la tenait sur un pied de large et luxueuse hospitalité. Sans en avoir l'air, sans affectation, sans bruit, sans se prodiguer, son coup d'œil embrassait tous les détails. Il suffisait qu'on sût qu'elle pouvait venir, pour que tout se fît avec régularité. Elle rachetait, à force de bon sens, d'attention et de politesse, ce qui lui manquait d'agrément dans l'esprit.

En famille, elle faisait prévaloir son avis, avec la ténacité qui lui était particulière, mais lorsqu'il

y avait du monde, elle ne désapprouvait jamais;
elle tenait trop à se faire bien venir. Elle ne cherchait point à briller dans la conversation, mais elle
avait l'art de la soutenir et de l'animer. Elle trouvait le mot juste, et savait merveilleusement
écouter.

La comtesse possédait à un degré remarquable
l'intuition des choses positives; celles d'imagination, au contraire, lui faisaient défaut. L'art, pour
elle, n'existait pas; le confortable avait, seul, du
prix à ses yeux. Si le comte achetait un bronze, un
marbre ou un tableau, elle parlait volontiers de
l'argent qu'il avait coûté, mais l'œuvre elle-même
la laissait parfaitement indifférente, quoiqu'elle
répétât avec assez d'à-propos l'éloge qu'elle en avait
entendu faire.

Elle lisait parce qu'elle savait qu'une femme,
dans sa situation, devait suivre la littérature cou-
rante, et que si elle ne le faisait pas, elle perdrait
dans l'esprit de son mari; mais elle lisait sans goût
et sans profit. Elle oubliait à mesure qu'elle avait
lu, et s'attachait seulement à retenir le titre du livre
afin de le citer au besoin.

M. de Béyanes, pour la direction de l'intérieur,
reconnaissait à sa femme un pouvoir absolu, mais
pour tout le reste il maintenait sa dignité de chef
de famille. Il la consultait cependant, avec les
plus grands égards, mais elle savait que, malgré
cette apparente déférence, les petites passions
n'avaient point de prise sur lui. Elle savait qu'en
dehors de la stricte justice et de la raison, il était

inflexible, et cette conviction avait contribué à l'empêcher de lui laisser voir les tristes côtés de sa nature.

Son mari, d'ailleurs, exerçait sur elle une immense influence, et il s'en servait pour adoucir cette âpreté de caractère qu'elle n'avait pu, tout à fait, lui dissimuler.

Charlotte avait pour le comte non une adoration, — son cœur n'était pas assez tendre pour cela, — mais une admiration sans bornes. En tout point, il flattait son orgueil, et il la dominait par ses qualités, seule domination qui pût la soumettre.

Devant tous, elle se trouvait supérieure à tous; devant lui, elle se trouvait petite.

Quand elle se comparait aux autres femmes, leur futilité, leur légèreté, leur amour du plaisir, leur passion pour la toilette, leur coquetterie, grandissaient aux yeux de sa vanité sa simplicité, sa raison, son amour de l'ordre et la dignité qui présidait à la conduite de sa vie.

Mais quand elle comparait son mari aux autres hommes, elle le trouvait si réellement au-dessus d'eux qu'elle comprenait alors son infériorité vis-à-vis de lui; car, obligée d'être sincère avec elle-même, il lui fallait reconnaître que le peu de charmes de sa personne lui avait imposé les goûts qu'elle affectait. Elle ne se dissimulait point que si elle eût été jolie, autant qu'une autre elle eût désiré se l'entendre dire; que, si elle avait été spirituelle, plus qu'une autre elle eût cherché à montrer son esprit;

que, si elle eût bien porté la toilette, plus que tout
autre encore elle eût aimé à se parer et eût recherché le monde et le plaisir.

Elle savait très-bien, dans les qualités qu'on lui
attribuait et dont on la louait, celles qui lui appartenaient en propre ou celles qu'elle se donnait.
Mais elle savait aussi qu'au contraire d'elle, le comte
valait infiniment plus encore que tout ce qu'il paraissait valoir.

M. de Béyanes avait pour sa femme une estime
et une considération réelles qui ne l'empêchaient
point, cependant, d'apercevoir quelques-uns de ses
travers. Il les avait soigneusement observés, non
pour les lui reprocher, mais pour l'empêcher de
les laisser voir aux autres et pour l'aider à les dissimuler.

Il apportait, dans sa manière d'agir et envers elle
la plus grande délicatesse. Il l'entourait d'attention
et d'égards, et il saisissait toutes les occasions de
lui faire comprendre qu'elle était, pour lui, au-
dessus de toutes les autres femmes.

Sa grande expérience de la vie et sa connaissance
du cœur humain lui avaient fait deviner le mal
qui devait incessamment ronger cette femme fière
et orgueilleuse.

Charlotte était riche, haut placée, considérée,
mais elle était laide et sans distinction d'esprit. On
la rassasiait de respect et de prévenances, on vantait sa manière de recevoir, la magnificence de son
hospitalité, on lui témoignait le plaisir qu'on éprouvait à être chez elle, l'honneur que l'on attachait

à y être reçu ; mais jamais, quoiqu'elle n'eût pas trente ans, il n'était question de sa personne ; jamais on ne lui adressait ni compliments, ni louanges, si ce n'est sur l'étoffe de sa robe ou sur un bijou : elle ne comptait pas comme femme ; elle n'avait ni âge, ni figure.

Le comte affichait exprès un grand goût pour la simplicité, certain que sa femme s'y conformerait pour lui plaire. Il agissait ainsi, parce qu'une mise simple et sévère était ce qui seyait le mieux à la comtesse. Tout ce qui était coquet et élégant la faisait paraître à son désavantage et faisait d'autant plus remarquer sa laideur.

Le comte avait sagement jugé le mal, et y avait apporté le meilleur remède.

Mme de Béyanes était si fière de la manière dont son mari la considérait et du cas qu'il faisait d'elle, que cela pansait et guérissait toutes ses blessures d'amour-propre. En voyant tant de jolies femmes négligées et abandonnées par leurs maris, elle se disait avec orgueil : moi, je n'ai pas de beauté, mais j'ai une si grande valeur morale que je suis aimée, respectée et entourée de soins, au point de faire envie aux plus belles.

Un autre sentiment portait encore le comte à agir ainsi envers sa femme : quoique riche lui-même, il lui était reconnaissant de la grande fortune qu'elle lui avait apportée, parce que cette fortune le mettait à même de faire que l'avenir de Geneviève fût aussi brillant qu'il l'avait rêvé.

Mais le ménage qui paraît le plus heureux a toujours son chagrin caché. Charlotte était dure et sévère pour sa belle-fille.

Elle s'en occupait beaucoup, mais avec une vigilance fatigante, presque impitoyable : c'était une main de fer qui pesait, sans cesse, sur l'enfant. Elle lui donnait des soins, mais on sentait qu'elle ne faisait que remplir un devoir; rien ne venait du cœur.

En vain la comtesse, donnant à cette sévérité le nom d'intérêt, cherchait-elle à établir que Geneviève était d'un caractère difficile, ingouvernable; la vérité avait fini par frapper le comte.

Il en était vivement affligé, et cependant il ne connaissait qu'une partie de cette vérité.

Mme de Béyanes, pendant les premières années de son mariage, avait témoigné une grande tendresse à l'enfant, dont elle s'était engagée à être la mère. Mais une fille lui était née, et peu à peu Armande avait enlevé à Geneviève cette trop fragile affection.

La maternité avait éveillé dans le cœur de la comtesse une double jalousie. Elle en voulait à la fille du comte de la part de tendresse que son père lui donnait, et elle lui en voulait de ce que cette part diminuait celle qui fût revenue à sa fille si elle eût été fille unique.

Peu à peu cette jalousie dégénéra en aversion. Elle ne sut pas la réprimer, mais elle arriva si bien à la dissimuler que des années se passèrent sans que le comte pût s'en apercevoir.

Ce fut d'abord quand elle se trouva seule à seule

avec sa belle-fille, qu'elle lui montra ses nouvelles dispositions ; ce fut dans les mille détails de la vie intime qu'elle trouva les moyens de la froisser incessamment.

Ce furent des gronderies sans raison, des taquineries, des injustices, des exigences qui surprirent, puis enfin révoltèrent Geneviève. Elle ressentit de ce changement une douleur vraiment au-dessus de son âge. Pour un rien, pour la faute la plus légère, elle était châtiée, humiliée, et, de plus, elle se sentait délaissée.

Plus de caresses, jamais une bonne parole. Elle qui, depuis sa naissance, était habituée à passer avant qui que ce fût au château ; elle qui en était l'amour, la reine ; elle qui voyait, depuis qu'elle avait les yeux ouverts, chacun s'empresser à lui plaire, elle se sentait maintenant, non pas reléguée au second rang, mais mise complétement de côté, sauf toutefois devant son père : dès qu'il paraissait, la scène changeait.

Geneviève serait devenue jalouse et envieuse, son caractère se fût aigri, et elle aurait pris en aversion sa sœur, si elle n'eût eu le cœur le meilleur et le plus tendre, si elle n'eût eu le germe des meilleurs sentiments.

Tout enfant qu'elle était, elle sut dévorer sa douleur. Sa fierté l'empêcha de la laisser paraître ; et l'amour qu'elle portait à son père lui donna la résolution de se taire afin de ne point l'affliger.

Mais que de fois elle accourait auprès de sa bonne Justine et venait, tout en larmes, se réfugier dans ses bras. L'honnête fille se gardait bien de lui demander ce qui la chagrinait : le changement de Mᵐᵉ de Béyanes lui avait été aussi sensible qu'à l'enfant. Mais, pressentant le triste avenir qui attendait la chère petite, elle usait de son influence pour lui inspirer ce courage qui fait supporter la douleur sans se plaindre. Elle n'avait qu'à lui dire : « Geneviève, prenez garde... si M. le comte vous voyait pleurer, il voudrait savoir... » Tout de suite elle essuyait ses yeux et se raidissait contre le chagrin.

C'était une singulière et charmante nature que celle de la fille du comte. Elle entrait dans sa treizième année, et son caractère commençait à se dessiner. Mais pour qu'il eût réellement pu se montrer tel qu'il était, il aurait fallu l'indulgence maternelle. La sévérité excessive et l'injustice de Mᵐᵉ de Béyanes, en le comprimant, le rendait souvent bizarre et inexplicable.

Geneviève semblait faite de contrastes : elle était tour à tour douce et raide, tendre et froide, franche jusqu'à l'abandon et réservée jusqu'à la dissimulation; ce que sa belle-mère expliquait à sa manière, en disant : « Elle est si capricieuse, qu'elle est insaisissable. »

Mais la belle-mère ne pouvait ni comprendre, ni expliquer la belle-fille : leurs natures étaient si opposées. Il en résultait un froissement perpétuel qui ne pouvait rien amener de bon.

La comtesse, compassée, formaliste, scrupuleusement exacte, froide comme un marbre, toujours maîtresse d'elle-même, n'obéissant jamais à son premier mouvement, croyant non-seulement au mal qu'elle voyait, mais à celui qu'elle supposait, doutant toujours de la vérité, voyant le mensonge partout, blessait sans cesse le caractère sensible et droit de sa belle-fille. Elle serait certainement arrivée à le fausser sans l'affectueuse et salutaire influence que la gouvernante de l'enfant exerçait sur son élève.

Geneviève était naturellement séduisante. Toute sa petite personne avait de la grâce ; ses manières étaient remplies de ce charme qui se subit et ne s'explique pas Elle avait l'imagination vive, l'esprit fin ; elle se passionnait pour ce qui était beau et bien, pour ce qui était joli, pour tout ce qu'elle admirait, pour tout ce qui lui plaisait. Un trait de courage, une action héroïque, le récit d'une bataille l'exaltaient, l'enflammaient. Elle aurait voulu être Jeanne d'Arc, et partir pour la guerre; elle aurait voulu être toutes les femmes qui s'étaient distinguées ou par leur courage, ou par leur science, ou par leur charité. Ses jeux se ressentaient de ses impressions. Elle aimait la lecture, et dans les livres écrits pour les jeunes filles de son âge, elle choisissait des héroïnes qui devenaient des types pour elle.

Cet enthousiasme, cette vivacité, ce charme de sentir étaient antipathiques à la comtesse. Elle essayait, mais inutilement, d'y jeter de la glace : Geneviève alors se contenait, se raidissait; mais la nature ardente de son esprit restait la même.

Câline, non pour se faire bien venir, mais parce

qu'elle était réellement affectueuse, la chère petite était obligée de retenir ses élans.

Quand elle s'y laissait aller avec des parents ou des amis, l'œil impitoyable de sa belle-mère s'attachait sur elle avec une expression de dureté particulière, et un « Geneviève », dit d'une voix qu'elle cherchait en vain à adoucir, rappelait sa belle-fille à l'ordre.

Cette voix faisait tressaillir Geneviève, l'arrêtait dans sa joie, et venait lui serrer le cœur. Elle accourait cependant : « Pas de prétentions, ni pas d'affectation, » lui disait alors Charlotte de manière à ce que tout le monde l'entendît. L'enfant se troublait, rougissait jusqu'aux oreilles, et sa gaieté s'envolait tout d'un coup.

Puis la belle-mère avait l'air de passer avec affection la main sur les cheveux de l'enfant, et d'un ton bonne femme lui disait : « Allez jouer, chère fille. »

Ceux qui aimaient la pauvre petite et qui étaient au courant de la comédie s'en irritaient; les indifférents, au contraire, admiraient la sollicitude de Mme de Béyanes pour sa belle-fille.

La comtesse ne permettait aucune familiarité à Geneviève et n'acceptait d'elle qu'un froid bonjour et qu'un froid bonsoir auxquels elle répondait régulièrement par deux glacials baisers.

Elle lui avait interdit ce qu'elle appelait ses simagrées, sous le prétexte que ce serait la gâter et la rendre encore plus insupportable.

Elle traitait, quant aux caresses, Armande à peu

près de la même manière, et cet à peu près établissait cependant encore une grande différence.

Le comte qui, au fond de l'âme, était fou de sa fille, la dédommageait par une tendresse si tendre qu'elle avait quelque chose de féminin.

Il s'occupait de ses études, il suivait ses progrès, il l'encourageait, il la récompensait et faisait en sorte qu'elle sentît qu'il était constamment avec elle.

Chaque jour, quel que fût le temps, ils allaient tous les deux, après le déjeuner, faire une promenade dans le parc. Alors ils causaient avec le plus charmant abandon. Geneviève ouvrait son âme. Elle laissait voir le mal comme le bien ; elle disait tout à son père, tout, excepté ses peines, car elle aussi l'adorait.

Frédéric redevenait jeune avec sa fille ; il lui témoignait, pendant ces heures si douces, une bonté, une indulgence qui donnaient à la chère petite le courage de supporter tout le reste.

Quand venait le moment de sortir, le cœur de Geneviève bondissait d'aise, et sa personne aussi. Sa jolie figure rayonnait. Il n'en était pas de même au retour. A peine entrevoyait-elle le château, que, peu à peu, elle devenait sérieuse.

Quelquefois le comte faisait rentrer sa fille par son cabinet de travail, dont une porte ouvrait sur le parc.

Ce cabinet, qui se trouvait situé dans ce qu'on appelait le vieux château, était entièrement lambrissé en chêne sculpté que les siècles avaient

bruni ; ainsi même, quand le soleil l'éclairait, cette
pièce restait sombre et avait un je ne sais quoi de
solennel.

En y entrant, on éprouvait le besoin de se recueillir et de parler tout bas.

Le seul point qui s'illuminât sur ce fond obscur
était un magnifique portrait, en pied, encadré dans
un panneau de la boiserie.

Il représentait une belle jeune femme.

Ses cheveux blonds bouclés formaient autour de
son charmant visage un vaporeux nuage d'or. Son
regard tendre et mélancolique avait une douceur
infinie. Ses traits étaient fins et purs.

Au milieu de la demi-obscurité qui l'environnait,
elle se détachait comme une suave apparition.

Le comte s'asseyait devant le portrait, le regardait, regardait sa fille, la serrait sur son cœur.
L'enfant comprenait, il n'avait besoin de rien dire :
c'était leur cher secret à tous les deux ; elle appuyait
alors ses lèvres sur les yeux humides de son père,
et quelquefois son pauvre petit cœur éclatait.

Quelquefois aussi M. de Béyanes lui disait comme
elle était bonne ; il lui parlait de ses goûts, lui racontait ce qu'elle avait aimé, ce qu'elle faisait. Et
Geneviève, les mains jointes, l'écoutait comme s'il
lui eût raconté la vie d'une sainte, car pour elle ce
souvenir était entouré d'une auréole céleste.

Dans sa pensée, sa mère et un ange, c'était tout un.

Elle revenait de ces visites au portrait toujours
plus recueillie et plus raisonnable ; mais ces visites
n'étaient pas aussi fréquentes qu'elle l'eût désiré.

Sa belle-mère n'aimait pas qu'elle allât dans ce cabinet. Il semblait à Charlotte qu'à elle seule appartenait le droit d'entrer dans ce sanctuaire. Aussi le comte, qui s'en était aperçu, y emmenait-il Geneviève en cachette, pour ainsi dire. Il était touché de ce qu'il considérait, de la part de la comtesse, comme une preuve d'affection, et malgré la gêne que lui causait cette sorte de jalousie, il évitait de la froisser ; il éprouvait un sentiment de respect pour la faiblesse de ce cœur, d'habitude si fort et si maître de lui.

Ce n'était pourtant, au vrai, de la part de Charlotte, qu'un acte de despotisme. Elle ne voulait permettre à personne, et surtout à Geneviève, de jouir d'une prérogative qu'elle s'était arrogée. Habituellement un rideau de taffetas voilait le portrait.

Geneviève, qui ne pouvait souffrir d'être grondée, et qui savait que tout indistinctement, même les choses les plus simples, servait de prétexte aux orages ou aux réprimandes à huis clos, en était arrivée à dissimuler ses désirs et ses plus innocentes actions. Heureusement, ce n'était que vis-à-vis de sa belle-mère, car son père, lui aussi, entretenait cette sincérité et cette franchise qui étaient ses plus précieuses qualités. Jamais il ne la grondait ; quand elle lui avouait une faute, il la reprenait avec tant de douceur et d'affection qu'elle s'écriait quelquefois : « Père, vous êtes si bon, que vous l'êtes même quand vous grondez. J'aime à être grondée par vous » ; et elle lui sautait au cou.

Néanmoins, sans qu'elle en eût la conscience, elle devenait habile.

3.

Ainsi, elle sentait quand elle devait être gaie ou quand il fallait se faire sérieuse, afin d'éviter un mot aigre ou un coup d'œil sévère.

Dans l'intimité, c'est-à-dire entre sa mère, sa sœur, les deux gouvernantes, — car Armande avait la sienne, — ou quelques personnes insignifiantes, c'était se faire mal venir que d'être aimable.

Quand le comte était présent, ou quand il y avait quelques membres de la famille, quelques amis intimes, il fallait au contraire se montrer très-enjouée, afin d'avoir l'air très-heureux.

Mais elle savait qu'il ne fallait jamais, par-dessus tout, risquer un mot en faveur de qui que ce fût; qu'il ne fallait jamais excuser une personne mal en cour ni laisser voir qu'elle était sympathique; et qu'il fallait admirer ce qu'on admirait.

Geneviève saisissait les moindres nuances, et c'était certainement elle qui connaissait le mieux sa belle-mère.

Naturellement douce et bienveillante, elle gardait pour elle seule ses impressions, et tout en n'aimant point sa belle-mère, elle respectait d'intuition la femme qui portait le nom de son père. Certainement un observateur eût séparé la vie de Mme de Béyanes en deux parts très-distinctes qu'il eût appelées la grande pose et la petite pose, et peut être y avait-il dans l'intimité de la comtesse de fausses amies qui le disaient tout bas. Mais Geneviève était trop jeune pour donner un nom à la comédie qui révoltait si vivement sa droiture naturelle.

Quand Mme de Béyanes jouait le sentiment, quand

elle affectait la bienveillance, la tolérance, la douceur ; quand elle la nommait sa chère petite belle-
fille ; quand elle parlait avec une admirable tendresse de sa mère, de sa sœur, du bonheur qu'elle
avait ou qu'elle allait avoir en les recevant à
Béyanes, ou du chagrin qu'elle avait ressenti en
les voyant quitter le château, c'était la grande
pose.

Elle avait lieu surtout quand Charlotte recevait
la famille de son mari, ou lorsqu'elle recevait quelque personne marquante pour la première fois.

Quand, au contraire, la comtesse faisait simplement la bonne femme, la bonne mère de famille ;
quand, devant son mari, elle lançait adroitement à
Geneviève quelque appellation câline ; quand, devant quelques bonnes gens du pays, quelques fer-
miers, elle faisait la douce au pauvre monde ; quand
elle faisait la pieuse, quand elle affectait de ne jamais s'occuper des autres, quand elle faisait l'excellente pour les pauvres, l'obligeante, l'empressée :
c'était la petite pose, et celle-ci était très-fré-
quente.

Pendant la grande pose, quoiqu'elle dût être faite
à cette mensongère sensiblerie, le visage de Geneviève trahissait toujours son étonnement. Pendant
la petite pose, ses yeux riaient en dépit de sa bouche qui restait sérieuse ; mais quand la comédie se
jouait uniquement pour son père, alors son regard se voilait de tristesse : comme elle est fausse !
se disait-elle avec dégoût.

Elle savait si bien ce que valaient cet étalage de

bonté et cette indulgence de parade, qui ne faisaient jamais trouver à Charlotte le mot véritable pour excuser sérieusement le travers ou la faiblesse d'un ami ; elle savait si bien ce qu'il fallait penser de cette prétendue charité et de quelle manière sa belle-mère l'exerçait, quand elle croyait pouvoir parler à son aise ! Comme alors elle traitait durement, comme elle se moquait de la rusticité ou de la laideur des pauvres paysans qu'elle secourait en apparence avec tant de sensiblerie.

Quant à sa piété, elle eût empêché Geneviève d'être pieuse si la jeune fille n'avait compris que la religion, pour être mal interprétée, n'en est pas moins belle ; parfois cependant celle de la comtesse la repoussait et lui bouleversait l'esprit. Toutes ces pratiques stériles que Charlotte s'imposait et imposait à son entourage à qui, au moindre manquement, elle ne ménageait ni les paroles âpres, ni les reproches remplis d'aigreur, révoltaient Geneviève.

— Mais, ma chère mademoiselle Smith, lui échappa-t-il de dire un jour à sa gouvernante, tout cela n'est pas dans l'Evangile, il y est dit, au contraire.....

— Il y est dit, reprit avec douceur la gouvernante, qui ne lui permettait jamais de blâmer sa belle-mère : ne vous attachez pas à regarder la paille qui est dans l'œil de votre prochain.

— Mais, mademoiselle, ce n'est pas une paille, c'est une.....

— Chut ! Geneviève, lisez l'Evangile à votre profit, et vous y verrez que, par-dessus tout, il faut être charitable. Attachez-vous donc à le devenir, ma chère enfant; ne jugez point, afin de ne pas être jugée.

La jeune fille cherchait à suivre ces bons conseils; mais, si elle pouvait se retenir de parler, elle ne pouvait s'empêcher de voir et de réfléchir, et il lui était impossible de vaincre l'éloignement qu'elle ressentait pour sa belle-mère.

La jeunesse a, d'instinct, la fausseté en aversion, et cette aversion finissait par empêcher Geneviève de faire la part du bon et du mauvais.

Ainsi, sa belle-mère venait d'établir, dans le pays, une école et un hôpital : la première intention avait été bonne. Mme de Béyanes avait sincèrement voulu venir en aide aux ouvriers de la fabrique en leur donnant la facilité d'élever leurs enfants et de recevoir des soins quand ils étaient malades; l'orgueil n'était venu qu'après. Il n'avait pas nui à l'utilité du but; mais pour ceux qui vivaient avec la fondatrice, la satisfaction d'amour-propre, le contentement du renom qu'elle s'était fait, cachaient si bien la pensée première qu'on ne la sentait plus.

Geneviève n'avait pu être sans deviner ce qui désolait secrètement la comtesse : elle n'était pas née. Aussi tous ses efforts tendaient-ils à s'identifier avec la famille de Béyanes. Elle en affichait si bien les goûts, les idées, la manière de voir, qu'elle avait fini par se persuader qu'elle appartenait réellement à l'aristocratie.

Jamais elle n'était plus heureuse que lorsqu'elle pouvait oublier qu'elle était une Legris, et elle ne

pardonnait point qu'on s'en souvînt ou qu'on l'en fît
souvenir.

Néanmoins, pour saisir tous les côtés, toutes
les faiblesses du caractère de Charlotte, il fallait
être sans cesse avec elle comme l'était sa belle-
fille; il fallait subir sa domination, il fallait qu'elle
osât comme elle osait avec l'enfant et devant l'enfant à qui elle ouvrait forcément les yeux.

Ceux qui ne se trouvaient avec elle qu'en passant,
ceux qui ne vivaient que quelques heures du jour
avec elle, étaient séduits par sa simplicité et frappés
de sa haute raison.

Elle était ainsi parvenue à acquérir une réputation de sagesse, de charité, de piété, qui la faisait regarder comme une femme supérieure.

Mlle Smith, la gouvernante de Geneviève, était
une des rares personnes qui ne fussent pas la dupe
de ces apparences.

Recommandée au comte par M. Hartmann, qui
avait été à même de l'apprécier, ses qualités sérieuses, son bon sens, son dévouement à l'enfant
ne tardèrent pas à lui mériter la confiance de M. de
Béyanes.

L'arrivée de la gouvernante au château avait
précédé de quelques mois celle de la comtesse. Elle
avait donc été le témoin de la tendresse que Charlotte montra d'abord à sa belle-fille. Sa tâche d'institutrice était alors facile et agréable. Mais une fois
arrivée dans la période de froideur qui avait si rapidement succédé à l'autre, les choses s'étaient
trouvées changées du tout au tout.

Mlle Smith n'avait pas tardé à s'apercevoir que, depuis sa nouvelle disposition de cœur et d'esprit, la cour la plus agréable qu'on pût faire à la comtesse était de lui dire du mal de sa belle-fille, d'insister sur son prétendu mauvais caractère, sur son peu de goût pour l'étude, sur son penchant à la frivolité et à la coquetterie.

La gouvernante avait le cœur trop haut placé pour se rendre coupable d'une pareille bassesse. Elle trouvait Geneviève ce qu'elle était, une délicieuse petite fille; et elle trouvait aussi que la plupart des défauts que Mme de Béyanes lui reprochait n'existaient que dans son imagination de belle-mère sévère et injuste.

La raison de Mlle Smith ne pouvait, par exemple, lui faire admettre comme chose sérieuse la coquetterie d'une enfant de huit ans. Elle trouvait que le mot n'aurait même jamais dû être prononcé devant Geneviève, de peur de faire travailler son esprit à deviner ce qu'il voulait dire et la coquetterie était tout bas, bien entendu, le grief du moment.

M. Hartmann avait un fils. Le comte l'avait engagé à l'amener avec lui, et naturellement il lui avait fait un accueil tout paternel; la comtesse avait renchéri. Geneviève aussi se montra aimable et prévenante avec le jeune Axel Hartmann, comme elle l'était avec tout le monde. Elle était séduisante, elle était adorable, même avec les petits pauvres; elle donnait avec tant de gentillesse qu'ils avaient autant de satisfaction à la voir et à l'entendre qu'à recevoir son aumône.

Axel était un joli garçon de douze ans, blond,
frais, joufflu, ayant encore une timidité de fille.
Son père le faisait travailler auprès de lui et diri-
geait ses études. Quelquefois, le dimanche, il venait
jouer et goûter avec Geneviève. La comtesse qui
avait elle-même arrangé ces goûters, s'y opposa tout
à coup.

Elle prit des airs de réticence et de componction, et assura qu'elle trouvait les plus sérieux inconvénients à ce que les enfants se vissent aussi
librement.

Les jeux, les goûters, les promenades auxquels
Mlle Smith présidait toujours furent donc interdits.
La gouvernante se trouva blessée sans le laisser
voir.

Geneviève réclama. Axel s'affligea.

M. Hartmann, afin de mettre fin à cette situation
délicate, avança le moment fixé par lui pour le départ d'Axel. Il l'envoya en Allemagne pour y achever de s'instruire.

Mme de Béyanes était plus respectée qu'aimée par
ce qui formait le personnel du château. Mais à la
fabrique, il en allait autrement : on y subissait en
plein l'influence de la petite pose.

Mlle Smith souffrait vivement de toutes ces tra-
casseries et des contraintes qui lui étaient imposées.
La contention d'esprit que lui causait la nécessité
de peser ses moindres paroles, de peur de les voir
mal interprétées; l'obligation d'en référer pour
beaucoup de choses graves, relatives à son élève, à
une personne dont elle n'estimait point le caractère;

l'impossibilité de risquer la moindre observation, même quand elle sentait que le devoir lui en faisait une loi; la dure nécessité de cacher à l'enfant la tendresse qu'elle lui portait, de peur d'exciter la jalousie de la belle-mère.

La nécessité non moins douloureuse de forcer la nature tendre et expansive de Geneviève à se contraindre, car Mme de Béyanes, qui ne voulait pas lui permettre de l'aimer, ne lui permettait pas de témoigner de l'affection à qui que ce fût, si ce n'est à son père et à sa sœur; et encore, si elle eût osé, elle aurait même interdit à Geneviève de montrer une aussi grande tendresse au comte. Toutes ces difficultés réunies firent prendre à l'institutrice la résolution de quitter le château.

En se promenant dans le parc, Mlle Smith cherchait comment elle ferait part de sa résolution au comte, quand elle le vit venir à elle. M. de Béyanes l'ayant aperçue, avait changé le but de sa promenade. Jamais il ne laissait passer l'occasion de lui faire comprendre combien il était touché du sincère intérêt qu'elle portait à sa fille.

Il se mit tout de suite à l'entretenir de Geneviève, de ses progrès, de la satisfaction qu'il en ressentait, de son aimable caractère, qui gagnait chaque jour par la réforme de certains défauts; il lui parla encore de ses projets pour l'avenir.

Le cœur du comte s'épanouissait en disant toutes ces choses qui l'intéressaient si vivement, et celui de la gouvernante, peu à peu, se réconfortait en l'écoutant. Le père, en lui témoignant sa déférence pour son opinion, en lui montrant combien elle comptait pour lui, la rattachait à la fille.

Insensiblement la résolution que Mlle Smith croyait si fermement arrêtée s'évanouit. Elle se mit à parler de Geneviève, de ce cœur d'enfant si bon, si tendre, de ce gentil esprit qui faisait la petite fille si charmante, et qui promettait de faire la jeune femme bien plus charmante encore, de ces qualités aimables qui se révélaient chaque jour.

Cependant elle connaissait aussi les côtés faibles du caractère de son élève, sa facilité à s'enthousiasmer, sa sensibilité excessive, sa susceptibilité, la violence de son premier mouvement et la rapidité avec laquelle la tête l'emportait sur la raison.

Elle lui dit tout ce qu'elle faisait pour la corriger, et elle reconnut que son plus puissant moyen était de s'adresser au cœur qui, chez Geneviève, était le grand redresseur de ses défauts.

M. de Béyanes, à son tour, écoutait avec le plus vif intérêt. C'était une si profonde satisfaction pour lui de voir sa chère Geneviève si bien comprise et si bien dirigée.

Le père et la gouvernante se séparèrent enchantés l'un de l'autre.

Le premier mouvement de Mlle Smith, en se retrouvant vis-à-vis d'elle-même, fut de se reprocher sévèrement la pensée qu'elle avait eue d'abandonner Geneviève; elle s'accusa de lâcheté, elle s'accusa d'avoir un moment méconnu son devoir. N'y avait-il pas dans la vie de l'enfant un côté si triste qu'il lui imposait de rester près d'elle, à tout prix, afin de la veiller et de la défendre au besoin.

Que deviendrait cette chère Geneviève, si une gouvernante nouvelle, par ignorance ou par une complaisance coupable, se laissait aller à complaire à la belle-mère? Mlle Smith pensa avec épouvante à la révolution funeste qu'un pareil changement pourrait opérer dans le moral de la chère petite, et elle se jura qu'aucune considération personnelle ne pourrait l'éloigner de son élève avant que la mission qu'elle avait acceptée fût remplie.

Le nom de la comtesse n'avait point été prononcé -pendant l'entretien que la gouvernante avait eu avec M. de Béyanes.

Ainsi que le sentait très-bien Mlle Smith, la belle-mère ne pouvait la souffrir. Elle la trouvait susceptible, dissimulée, compassée, arriérée, insupportablement arrêtée dans ses idées, triste et ennuyeuse au-delà du possible. Elle ne pouvait comprendre l'engouement de M. de Béyanes pour cette barre de fer, comme elle l'appelait, et elle s'était bien promis de ne pas lui confier Armande. Il y avait d'ailleurs entre ses deux filles, — petite pose, dont la force de l'habitude la faisait quelquefois user vis-à-vis d'elle-même, — une trop grande différence d'âge; ce serait un inconvénient pour les études. Ceci serait la raison à donner; mais en dehors de cette raison, elle avait fermement arrêté que sa fille aurait une gouvernante à elle.

Charlotte néanmoins traitait en public Mlle Smith avec de grands égards. Elle était d'une politesse irréprochable ; elle lui faisait de nombreux cadeaux, et en public aussi elle lui prodiguait les compliments et les témoignages de sa considération. Mais elle ne l'admettait pas dans ses conseils, et, en particulier, elle lui prodiguait les contrariétés et les sous-entendus piquants,

Forte de ses nouvelles résolutions, la gouvernante ne s'attristait plus de rien, et se soumettait à tout avec une parfaite égalité de caractère.

Il lui en coûtait uniquement de s'obliger à être froide avec sa chère élève. Mais, forcée de paraître telle devant la comtesse, elle se fût trouvée répréhensible d'avoir, en arrière de Mme de Béyanes, une autre manière d'agir. Elle eût ainsi enseigné la dissimulation à son élève.

Geneviève ayant été prise de la rougeole, fut extrêmement malade. Le comte était au désespoir. La comtesse elle-même se montra sincèrement émue, et entoura la petite malade des plus grands soins. Elle la veilla comme elle avait veillé Armande qui venait d'avoir la même maladie. Quant à Mlle Smith, elle ne fut plus la maîtresse de retenir son cœur : son affection déborda en mille tendresses et gâteries.

— Vous m'aimez donc ? lui dit l'enfant, pendant une nuit où la souffrance la tenait éveillée.

La gouvernante, afin d'éviter que la malade s'agitât et se découvrît, demeurait penchée vers elle afin de ne pas déranger sa tête qui reposait sur son épaule.

— Comme j'en suis heureuse, continua Gene-

viève ; il y a des jours où, excepté mon père, il me
semble que personne n'a d'affection pour moi, ici.
Pourquoi, ma chère, ma bonne mademoiselle,
n'êtes-vous pas toujours ainsi ? j'en serais si heureuse.... Ma chère maman eût été comme cela,
elle.

— Mais, mon enfant, est-ce que je ne prouve
pas mon affection bien mieux que par de petits
soins et par des paroles, puisque je me donne
tout à vous, — la gouvernante était très-émue ; —
je ne vous quitte pas, je ne vais pas même en vacances, parce que je sais que je vous fais plaisir en
restant.

Geneviève embrassa Mlle Smith, et il se fit dans
son esprit, comme il se fait si souvent dans l'esprit
des enfants, un jour subit, elle comprit que sa gouvernante ne pouvait lui montrer ostensiblement une
tendresse que sa belle-mère lui refusait, et que
c'était le retour vers elle de Mme de Béyanes qui
avait permis à Mlle Smith de sortir de la réserve
qu'il lui fallait s'imposer.

Tant que dura la convalescence, Charlotte resta
là même, et si elle n'eût pas changé, sa belle-fille
lui serait certainement revenue. Le cœur, à cet
âge, oublie si vite le mal ; il a si grand besoin de se
donner. Mais la santé ramena la froideur de la comtesse ; elle redevint dure et sévère. Geneviève recommença à la craindre, tandis qu'entre sa gouvernante et elle, il s'établit un redoublement
d'affection et de confiance, mais contenues ; car
l'enfant devenait une jeune fille : la maladie, ainsi

qu'il arrive souvent, avait avancé ses idées ; sa raison s'était développée en même temps que sa taille ; elle comprenait d'elle-même maintenant que la réserve était une nécessité.

La comtesse ayant arrêté que sa fille aurait une gouvernante à elle, maintint sa volonté. Elle fit choix de Mlle Sarah Rébec. Il y avait deux ans qu'elle était installée au château.

Armande était une grosse fille courte et joufflue dont le grand mérite physique était de se bien porter, et dont la grande qualité morale était d'être une véritable cire molle que chacun pouvait pétrir à son gré.

Paresseuse, insouciante, étourdie, curieuse, rapporteuse, bavarde, parlant à tort et à travers, inventant plutôt que de rester court ; on la rencontrait partout, excepté dans la salle d'étude.

Cet adorable petit fléau, qui avait plus de grosse méchanceté que de malice, attirait de continuels désagréments à sa sœur et à Mlle Smith.

Mais un des charmants côtés du caractère de Geneviève était d'aimer Armande, quand même. Celle-ci avait beau rapporter, beau la faire gronder, la faire punir, elle la traitait toujours avec affection, avec douceur, et avait pour elle une inépuisable indulgence. Aussi quand, par hasard, elle retrouvait, sans toutefois le chercher, le chemin du cœur de sa belle-mère, c'était cette affection pour Armande qui le lui ouvrait.

Cette indulgence, qui était bien plutôt de la générosité, enchantait le comte : Comme elle ressemble à sa mère, se disait-il alors, et son cœur, avec une joie infinie, retournait vivre dans ce cher passé.

Mlle Sarah Rébec, à qui la comtesse avait confié sa fille, était une petite personne toute mince, toute fluette, toute souriante, toute vive, toute remuante, toute sautillante. Elle avait une mine de fouine, avec des yeux de furet et une bouche de singe.

Mais, sous les dehors d'une franche étourdie, elle cachait infiniment d'adresse et tout autant de calcul.

Mlle Rébec avait tout de suite senti de quel côté se levait le soleil et s'était mise à l'adorer. Elle s'était lancée en plein vers la comtesse pour qui elle affectait une admiration et un dévouement sans bornes, qu'elle lui témoignait en la flattant avec une rare habileté.

Son élève n'avait ni moyens, ni esprit, elle était ignorante à s'en faire remontrer par un âne ; néanmoins Mlle Rébec vantait avec assurance à la mère les étonnantes dispositions de la fille et lui parlait même de ses progrès.

La mère, qui était assez positive pour bien juger les choses, savait pourtant bon gré à la gouvernante de l'encenser une fois de plus dans sa fille. comme le travail d'Armande n'absorbait pas encore tout le temps de Mlle Sarah, elle se multipliait pour se rendre agréable à la comtesse.

Elle faisait la lecture, elle faisait de la musique, elle faisait de la tapisserie, du crochet, du filet et mille petits ouvrages à l'aiguille ; elle imaginait des surprises, elle inventait des petits soins.

Le contraste entre ces empressements et la conduite mesurée de Mlle Smith frappait tout le monde. On estimait l'une, on observait curieusement l'autre pour savoir où elle en voulait venir.

Geneviève n'avait aucune sympathie pour cette petite personne si incroyablement agissante, et quand il lui arrivait d'en parler à son père ou à sa gouvernante, elle l'appelait en riant mesdemoiselles Rébec.

Mlle Sarah avait une langue des mieux dorées, quand il s'agissait de parler d'elle-même ; elle savait avec art vanter sa famille, grandir ses amis afin de se grandir elle-même ; mais quant à l'entourage de la comtesse, c'était bien différent : la morsure d'une vipère était moins vénimeuse que la sienne.

Mme de Béyanes, d'ordinaire peu indulgente pour les vanteries, lui passait ses bouffées d'amour-propre en faveur de sa méchanceté. Elle pensait aux services que peut-être un jour la gouvernante pourrait lui rendre.

Les deux sœurs se réjouissaient vivement de l'arrivée de leur tante. Geneviève, parce qu'on lui avait dit que la vicomtesse était aimable et bonne, et qu'elle sentait que la présence de la jeune femme allait faire sa vie meilleure ; et Armande, — qui n'en pensait pas si long, — s'en réjouissait parce que tout ce mouvement la divertissait. Que de choses à voir ! à entendre ! à rapporter ! Que de commissions amusantes sa mère et Mlle Rébec allaient lui donner! Va voir ceci; courez écouter cela. Et, pendant ces courses, adieu les devoirs. Oh! le bon temps! Aussi l'attendait-elle avec impatience.

Enfin, il était venu.

IV

Le vicomte de Béyanes avait alors vingt-huit
ans.

Ses débuts dans la vie mondaine avaient été
bruyants et brillants. Tout Paris s'était entretenu
de ses chevaux, de ses voitures, du luxe princier de
son hôtel.

Il était l'homme à la mode, la célébrité, la co-
queluche du jour.

Les jeunes femmes en avaient la tête tournée.
C'était à qui l'attirerait ; car l'attention qu'il accordait équivalait à un brevet d'élégance. Elles excu-
saient ses folies et même les admiraient tout bas ; il
n'y avait aucune de ses excentricités qui ne trouvât
grâce devant elles, ce qui faisait froncer le sourcil
à certains maris. Les héritières, elles aussi, le re-
gardaient d'un œil indulgent, ce qui donnait le
frisson à leurs mères. Mais les mères pouvaient se

rassurer, Herbert ne songeait point au mariage.
Il préférait ces relations tapageuses qui posent si
tristement un jeune homme. Il prodiguait les dentelles, les diamants, les équipages. Il était ravi
quand le *Sport* consacrait un paragraphe à raconter
les splendeurs du trousseau ou du mobilier de quelque Danaé en vogue, et donnait clairement à entendre que le vicomte H..... était la pluie d'or qui
avait renouvelé les merveilles des *Mille et une
Nuits*.

Mais à force d'accumuler folie sur folie, extravagance sur extravagance, le jour néfaste vint où il
fut obligé de s'arrêter court. Il était criblé de
dettes; il avait épuisé son crédit. Il était ruiné. Les
huissiers, les usuriers assiégeaient sa porte. En vain
voulut-il en rire, en vain voulut-il faire le don Juan,
les railleries, les menaces, la politesse, tout fut
inutile : il fallait payer.

Herbert songea alors à son frère, quoiqu'il en
coûtât infiniment à son amour-propre, il se résolut
à lui faire l'aveu de sa situation, et comme cela ne
l'engageait en rien, il témoigna un tel repentir, un
tel désespoir, que le comte Frédéric, redou-
tant quelque malheur, arriva immédiatement à
Paris.

Le vicomte, depuis le mariage de son frère, avait
été rarement à Béyanes. Mais, tout en trouvant sa
belle-sœur laide et déplaisante, il ne s'était pas
moins mis en frais d'amabilité pour elle, pensant
qu'un jour cela pourrait lui servir.

Jamais il n'oubliait ni la fête ni le jour de l'an.

Il se rappelait toujours à elle par une magnifique attention. Aussi Charlotte trouvait-elle son beau-frère tout à fait charmant, et se sentait-elle on ne peut mieux disposée en sa faveur.

Le comte, naturellement porté à l'indulgence envers son frère, fut heureux de voir que sa femme partageait ses sentiments. Il se chargea donc d'arranger les affaires d'Herbert, posant toutefois pour condition qu'il ne s'en mêlerait pas.

Cette pénible tâche le mit tristement à même de se convaincre que le vicomte avait non-seulement compromis presque toute sa fortune; mais que, moralement, — afin de prolonger ce genre de vie qui lui plaisait et flattait son orgueil, — il s'était abaissé au point de faire avec sa conscience des compromis qui l'avaient conduit jusqu'à l'indélicatesse.

M. de Béyanes fut bien plus affligé et effrayé par ces découvertes que par les folies d'argent.

Quand tout eut été liquidé, la terre de Séris, qui formait le principal de la fortune du jeune homme, se trouva engagée pour la presque totalité de sa valeur.

Le comte, sans adresser d'inutiles reproches à son frère, qui, les choses arrangées, se disposait à reprendre son train de vie habituel, se borna à le prier d'examiner auparavant ce qui lui restait. Herbert ne se doutait pas de l'extrême limite à laquelle il était arrivé.

L'impérieuse nécessité de réduire son luxe fut si insupportable à sa vanité, qu'il se décida immédia-

tement à partir pour l'Italie. Il se mit en tête d'y
faire un beau mariage, et se prit à rêver d'une
princesse russe.

Comme tous les prodigues, après avoir cru que
jamais il ne verrait la fin de sa richesse, il en arriva
à s'imaginer, ainsi que le font toujours ceux que la
fortune a gâtés, qu'elle ne pourrait l'abandonner.
Il sentait la nécessité de se réformer, mais il
n'était pas, au fond, décidé à le faire, car il
nourrissait l'espoir insensé que quelque chose de
miraculeux viendrait lui rendre sa position perdue.
Un homme comme lui pouvait-il être tout à fait
ruiné !

Aussi la résolution qu'il avait prise de se ranger,
ne put-elle tenir devant le besoin de paraître, et à
Florence, de même qu'à Paris, il chercha encore à
occuper de lui et y réussit.

Mais, comme dans tous les pays il faut finir par
compter, il fut forcé de voir qu'il s'endettait de plus
belle, que la princesse russe millionnaire ne se
présentait pas, et que celles qu'il rencontrait étaient,
au contraire, en quête d'un riche mari. Il lui prit
alors subitement une aversion pour le monde, et il
se résolut à aller, dans quelque solitude, vivre en
ermite.

Il disparut donc de Florence, au beau milieu du
carnaval, trouvant ainsi le moyen de faire encore
parler de lui. Il traversa Naples sans s'y arrêter,
tant il se défiait des tentations et de sa facilité à y
céder, et il fut s'ensevelir, s'enterrer, ainsi pensait-
il, à la Cava.

4.

La grande solitude, l'imprévu des aspects, la
beauté du pays, réagit salutairement sur son imagination qui se calma et lui permit enfin de réfléchir et d'accepter résolûment la position qu'il s'était
faite.

Sa petite villa, qui ressortait toute blanche au
milieu d'un bouquet d'orangers et de citronniers,
dominait la route qui, de la Cava, conduit à Vietri,
en descendant vers la mer. La vue était splendide :
il découvrait au loin la Méditerranée ; un paysage
éblouissant l'entourait, et la luxuriante végétation
qui couvre le pied du mont Finestra reposait ses
yeux fatigués par l'éclat du ciel et du soleil qui pou-
drait d'or le sable des chemins.

Il était cependant en plein accès de misanthropie.
Ce qui était gai lui faisait mal ; la vue des heureux
lui était odieuse, car il faisait alors de désolants
retours sur lui-même, et au lieu de s'accuser, il s'en
prenait au monde entier du résultat de ses propres
folies.

Peu à peu cette disposition d'esprit se modifia.
Son âme se retrempa au contact de cette belle
nature qui l'environnait. Il lui trouva bientôt un
tel charme qu'il en écrivit des merveilles à son
frère. On eût certainement fort étonné Herbert
si on lui eût rappelé cette vie de Paris, dont
si peu de temps le séparait, et si on l'eût fait
souvenir qu'il l'avait crue indispensable à son
bonheur.

Il avait fait venir des livres ; il dessinait ; il étudiait l'italien ; il faisait de longues excursions sur la

mer, et le temps passait si vite qu'il assurait ne pas se sentir vivre.

L'extrême mobilité de ses goûts, la légèreté de son caractère lui rendaient les nouvelles habitudes faciles et agréables.

Il y avait environ trois mois qu'il menait cette existence, lorsqu'une famille française vint s'établir dans une des jolies villas qui lui faisaient point de vue.

Un matin, les jalousies qu'il avait toujours vues baissées, se levèrent, les fenêtres s'ouvrirent. On allait, on venait dans les appartements.

Il n'y avait que des femmes.

Le vicomte se sentit d'abord indifférent à cette arrivée, mais insensiblement ses voisines éveillèrent sa curiosité ; il voulut savoir leur nom. Il apprit que c'était la marquise de Valby et ses deux filles.

Paula, l'aînée, se mourait d'une maladie de poitrine. Madeleine, la plus jeune, était ravissante.

Herbert, qui les rencontrait journellement, ne passait jamais auprès d'elles sans les saluer. D'abord, ce fut un froid salut qui répondit au sien, puis ce fut une gracieuse inclinaison de tête, puis enfin la jeune malade, la première, y joignit un sourire.

On était à la fin de mai. La chaleur commençait déjà à se faire vivement sentir et à rendre la promenade fatigante. On ne pouvait plus sortir que le soir. Mais une après-dînée, où le soleil s'était voilé de nuages, la marquise et ses filles en profitèrent

pour aller s'asseoir sous les épais ombrages qui
garnissaient le pied de la montagne. On y tendit
un hamac pour Paula.

Le vicomte, qui dessinait à une certaine distance
de l'endroit où s'étaient établies les trois femmes,
interrompit son travail pour les regarder.

Il considérait attentivement ce groupe qui le jeta
bientôt dans les plus mélancoliques pensées.

La marquise avait été belle et l'était encore. Son
visage exprimait une profonde tristesse. Paula, malgré sa souffrance et sa maigreur, gardait, elle aussi,
de la beauté, mais cette beauté n'avait plus rien de
terrestre. Sa pâle et délicate personne, enveloppée
de mousseline, avait quelque chose de si aérien, de
si diaphane, qu'il semblait que le plus léger souffle
dût l'emporter au ciel.

Herbert n'en pouvait détacher les yeux ; c'était
pourtant la mort, mais la mort non avec ses hor-
reurs, c'était la mort accompagnée d'une indéfinis-
sable poésie.

Quel contraste avec Madeleine rayonnante de vie,
de jeunesse, et qui était dans tout l'éclat de la
beauté !

Laquelle des deux est à envier, se demanda-t-il
tout à coup, est-ce celle qui va mourir ou celle devant qui va s'ouvrir la vie ? C'est celle qui va mourir, lui répondit cette voix intérieure qui parfois
s'élève en nous. Il frissonna. La réponse lui sembla
si distincte, qu'il crut réellement qu'un son avait
frappé son oreille. Il se leva soudain, et jeta un
regard autour de lui. Il était parfaitement seul. Il

se laissa tomber sur l'herbe et se remit au travail, afin de ne plus penser.

Insensiblement l'air s'était alourdi. La chaleur était devenue étouffante. Le ciel s'était obscurci. Le tonnerre grondait sourdement dans le lointain. De larges gouttes d'une pluie chaude tombaient sur le feuillage avec un bruit monotone.

La jeune malade, suffoquée par cet air de feu qui lui brûlait la poitrine, eut une de ces crises qui devait lui être fatale.

Sa mère et sa sœur cherchaient inutilement à la soulager.

Herbert, voyant leur détresse, vint offrir ses services qui furent acceptés avec reconnaissance. Il courut à la villa et ramena les domestiques avec un brancard sur lequel on coucha la malade. Elle était tombée dans une prostration complète.

Le triste cortège descendit lentement la principale rue de la Cava. Sous les portiques, qui la bordent de chaque côté, se pressait une foule silencieuse qui, les yeux pleins de larmes, regardait passer la *bellissima morta*. Ainsi disaient les femmes dans leur poétique langage.

Paula vivait encore, mais ses heures étaient comptées.

Quelques jours après, elle cessa de souffrir.

Dieu avait envoyé des ailes à son ange; il était remonté vers lui.

Pendant les jours qui précédèrent le fatal événement, et pendant ceux qui le suivirent, Herbert se multiplia. Il évita à la marquise les affreux détails

qui précédèrent l'éternelle séparation, et lui épargna
ainsi la plus déchirante des douleurs. Il avait si
bien partagé les angoisses et le désespoir de la mère
et de la fille, il avait si bien été leur unique appui
dans ce terrible moment, qu'il était désormais impossible à l'une et à l'autre de se rappeler ces jours
d'affliction sans que son souvenir vînt s'y joindre.

Tout en se dévouant à la jeune malade, Herbert
s'était sérieusement épris de Madeleine, et quand il
put regarder en lui-même, il se sentit la volonté
arrêtée de l'épouser.

Cependant, par respect pour la douleur de la
marquise, et pour celle de sa fille, il ralentit ses
visites, pendant les premières semaines qui suivirent
leur malheur.

Mais à son grand étonnement et à son grand déplaisir, après que trois mois se furent écoulés,
Mme de Valby, tout en l'accueillant avec une bienveillance à laquelle se joignait un sentiment d'affection très-marqué, ne l'engageait pas à rapprocher
ses visites.

Mme de Valby n'avait plus de fortune. Elle avait
mal conduit la sienne, et d'une aisance large et
honorable, elle était presque arrivée à la gêne. Cependant, en menant un plus grand train qu'elle ne
le pouvait, en essayant de jeter de la poudre d'or à
tous les yeux, elle avait moins cédé à ses goûts qu'à
l'espoir d'arriver ainsi, pour ses filles, à quelque
brillant mariage.

Elle avait beaucoup entendu parler de la fortune
du vicomte. Elle avait connu M. de Séris et savait

que la terre qu'il avait laissée à Herbert représentait un capital considérable. Elle savait aussi que le comte Frédéric avait une fortune immense. A Paris, où l'on juge si souvent sur les apparences, Herbert passait pour être très-riche. Comme il avait tout payé, sa ruine s'était consommée à petit bruit; d'ailleurs, il avait fait figure jusqu'à la fin, et s'était bien gardé de confier à qui que ce fût le véritable état de ses affaires. Cela avait suffi pour imposer non-seulement à la multitude, mais encore au monde dans lequel il vivait, et on le croyait encore riche.

Mme de Valby crut donc avoir trouvé le magnifique parti que rêvait son ambition maternelle. Au milieu de ses douloureuses préoccupations, la sympathie du vicomte pour Madeleine ne l'avait point laissée indifférente, et, plus tard, l'unique chose qui pût apaiser l'immense douleur que lui causait la perte qu'elle venait de faire, ce fut l'espoir de ce mariage.

Mais quelle que fût son ambition, elle avait encore plus de cette sorte d'orgueil qui donne une si haute idée de soi et des siens, que tout en souhaitant ardemment qu'Herbert recherchât sa fille, pour rien au monde elle n'eût voulu avoir l'air de la lui jeter à la tête.

Elle passait avec raison pour une femme habile, pour une maîtresse femme; les mauvaises langues, celles qui médisent, à plaisir, du prochain, l'accusaient même de pousser l'habileté jusqu'à l'intrigue; mais le vrai était qu'elle avait l'esprit fin, adroit, résolu; et avec un tel esprit on ose et on arrive.

Elle usa donc de toute son adresse pour faire désirer au vicomte d'épouser sa fille. Elle feignit de ne pas s'apercevoir qu'il éloignait ses visites, elle ne lui dit pas un mot qui l'engageât à les rapprocher, et elle eut grand soin que son accueil, tout flatteur et affectueux qu'il fût, ne pût cependant éveiller chez le jeune homme aucune espérance.

Aussi, en voyant que les occasions de se trouver avec Madeleine devenaient de plus en plus rares, en voyant que jamais il ne restait un instant seul avec elle, et que Mme de Valby, tout en le traitant en ami, tout en l'appelant même son cher enfant, n'avait pas la moindre arrière-pensée, puisqu'elle parlait à tout moment de son départ, sans jamais faire d'allusion au revoir, Herbert s'abandonna au chagrin et au découragement.

Privé de voir Madeleine, sa passion s'irrita : il en devint follement épris; vivre loin d'elle lui fut impossible, si impossible qu'un jour il alla le dire à la marquise et lui demanda la main de sa fille.

Elle ne l'attendait pas aussitôt; sa surprise ne fut donc pas feinte. Elle parut hésiter; elle demanda quelques jours de réflexion. Elle demanda à consulter sa fille. Mais tout cela était pour mieux et plus sûrement arriver à son but. Elle savait que moins elle montrerait d'empressement, plus la passion du vicomte s'exalterait. Elle savait aussi d'avance que Madeleine dirait oui, car elle observait soigneusement sa fille, et elle voyait qu'elle s'attristait et souffrait de ne plus recevoir que rarement les visites d'Herbert.

Mlle de Valby était aussi belle d'âme que de visage. Tendre, sensible, dévouée, vive et fixe dans ses affections, elle avait encore le plus charmant caractère.

Quand elle aimait, le moi n'existait plus en elle. Jour et nuit elle était restée auprès de sa sœur. Tant que l'espérance l'avait soutenue, elle avait été insensible à la fatigue. Le désespoir seul avait éveillé en elle la souffrance.

Mme de Valby, femme d'une intelligence supérieure, avait dirigé elle-même l'éducation de sa fille, et s'était appliquée à développer ses heureuses dispositions.

Madeleine avait l'esprit brillant et gai. Sa mémoire était heureuse. Elle retenait facilement et appliquait avec justesse et à-propos ce qu'elle avait retenu. Aussi, tout enjouée que fût sa conversation, elle avait du fond.

La musique et le dessin étaient ses occupations favorites.

C'était une nature surtout accessible à ce qui venait du cœur, ou à ce qui paraissait en venir; mais sa bonté lui faisait trop souvent prendre l'apparence pour la réalité.

Sa vive imagination, qui ne lui permettait de saisir que le beau côté des choses, et sa foi absolue dans le bien, l'empêchaient de se défier assez du mal. Son extrême sensibilité la prédisposait donc fatalement à souffrir, car plus le cœur est confiant

et sincère, plus l'âme est délicate et élevée, plus
les désillusions et les déceptions lui sont douloureuses et amères. Mais les qualités qui devaient
inévitablement faire, dans la vie positive, le tour-
ment de Madeleine, faisaient aussi son grand
charme.

Ce ne fut pourtant point ce charme qui attira
Herbert, ce ne furent point même ses qualités,
quoiqu'il les reconnût et qu'il les admirât : ce fut
uniquement sa beauté.

Le vicomte avait un caractère sur lequel il était
si impossible de compter, qu'il n'y avait, au monde,
que lui qui crût en lui-même. Léger en tout, il
traitait les choses de cœur comme il traitait les
choses d'honneur. Il se jouait de la passion comme
de tout le reste. Cependant, il en affectait les dehors et la prenait même du côté dramatique. Volontiers, il eût mis en avant poignards et épées ;
l'extraordinaire, ce qui pouvait le poser en héros
d'aventures, lui plaisait par-dessus tout. Mais si,
pour donner une preuve d'attachement à la plus
idolâtrée de ses idoles, il lui avait fallu, de crainte
de l'affliger, refuser de se passer d'un caprice, il en
eût été incapable. Son plaisir, sa satisfaction avant
tout. Quitte à demander ensuite humblement pardon,
à jouer la franchise si sa trahison était découverte.

Sa belle taille, sa tournure de prince, son air
de distinction, son je ne sais quoi de rêveur qui
avait remplacé le brio de sa première jeunesse,
faisait qu'il séduisait dès l'abord.

Les femmes prenaient son apparente douceur

pour de la bonté. Elles se trompaient étrangement. Il était trop pauvre de cœur et trop faible de caractère pour être vraiment bon.

Quand il se figurait aimer, il aimait en lâche e t en hypocrite. Car, tout en prodiguant ses serments, il songeait déjà aux moyens de les trahir plus tard. Son amour n'était que du caprice. En phrase seulement, il atteignait le sublime de la passion.

Les larmes, il est vrai, lui venaient aux yeux avec un à-propos infini, si on lui confiait un chagrin ou si on lui racontait une belle action ; cependant, au fond, il y demeurait complétement insensible.

Les arts paraissaient l'enthousiasmer ; il en parlait de manière à faire croire qu'il avait le feu sacré ; mais son âme n'était point assez élevée pour s'y échauffer : c'était par genre qu'il en affectait le goût. Il avait la manie du brocantage, parce qu'il se croyait plus fin que son vendeur et espérait toujours faire quelque achat merveilleux.

L'expression de sa physionomie était une erreur de la nature, qui aurait dû, au contraire, par quelque trait de son visage, indiquer la duplicité de son cœur. Herbert mentait peut-être encore plus par la fausse douceur de son regard que par celle de son langage.

Hors les tirades sentimentales qui lui venaient merveilleusement à propos dans les grands moments, il ne pouvait traiter sérieusement même les sujets les plus graves. Souvent il paraissait se recueillir en lui-même, mais rien n'était creux comme ce silence et ce recueillement : son mutisme n'était pas de la réflexion, c'était de la somnolence.

Il avait des indulgences raffinées pour le mal, et des indifférences inouïes pour le bien, quand il était à son aise et qu'il n'avait aucun motif pour paraître bon ou sensible et qu'il osait enfin être lui-même.

Mais la jeunesse, l'élégance, un grand usage du monde, jetaient sur ce vilain fond un charme trompeur qui empêchait non-seulement de l'apercevoir, mais même de le soupçonner.

Il eût donc été impossible à la marquise, malgré toute sa finesse, de juger le vicomte. Quant à Madeleine, elle ne le voyait qu'à travers sa sincérité à elle, et elle devait longtemps être trompée.

Il n'avait d'ailleurs paru en pied ni devant la mère ni devant la fille. Il ne leur avait montré de lui-même qu'une miniature très-flattée et très-réussie, car la mort de Paula lui avait formé le cadre le plus avantageux.

Quelle que fût l'ambition de Mme de Valby pour sa fille, quel que fût son désir de lui voir faire ce qu'elle croyait un riche mariage, elle eût certainement rompu s'il lui avait été seulement possible d'entrevoir le caractère véritable de son futur gendre. Elle avait bien reconnu, cependant, que, sous l'aimable esprit d'Herbert, se cachaient une grande faiblesse et un grand entêtement ; elle ne s'y était pas trompée, mais ne s'en était pas non plus effrayée ; elle s'était simplement dit : Madeleine sera la maîtresse.

La marquise se trompait ; elle oubliait qu'une femme acquiert bien rarement de l'influence sur un homme sans caractère, et que, malgré tout l'esprit de Madeleine, il lui serait bien difficile d'avoir raison d'un entêté, parce qu'un entêté veut etne raisonne pas. Mais alors, Mme de Valby ne voyait pas ainsi les choses. Il n'y a pas de mari parfait, pensait-elle, et les défauts qu'elle apercevait dans son futur gendre ne lui semblaient pas de nature à empêcher sa fille d'être heureuse. Elle savait bien encore que le vicomte était vaniteux ; elle savait aussi que la beauté et l'esprit de Madeleine le flattaient au plus haut degré : elle en fera tout ce qu'elle voudra, se répétait-elle avec complaisance, et elle ne voyait pas les nuages noirs qui menaçaient l'avenir de Madeleine.

Cependant, tout enchantée que fût la marquise, elle continua à affecter une grande réserve, et, avant de permettre à Herbert de se poser en prétendant, elle mit pour condition que le comte de Béyanes donnerait son assentiment au mariage.

— Ma fille a peu de fortune, dit-elle au vicomte, mais il vous convient, sans doute, qu'il en soit ainsi, puisque vous me la demandez avec tant d'insistance. Cependant précisément à cause de ce peu de fortune, je veux, avant d'aller plus loin, être assurée que votre famille ne vous désapprouvera pas ; je veux être certaine que Madeleine sera la bienvenue parmi les vôtres. Une Valby n'entre jamais par la petite porte dans une famille.

Le vicomte, qui n'était ni grand, ni généreux, aimait à s'en donner les apparences. Il jouait aussi le désintéressement et s'y entêtait même à ses dépens, quand sa fantaisie l'y poussait, quitte à le déplorer ensuite.

Il savait que Madeleine n'avait pas de fortune, il savait qu'il ne lui en restait guère, et, tout en se reconnaissant le plus dépensier des hommes, tout en n'ignorant pas que sa future avait de grandes habitudes, il passa outre. Sa passion l'enivrait, elle l'emportait sur toutes les considérations, et, sans s'inquiéter de la vie qu'il aurait à offrir à sa compagne, il se fia au hasard, dont, jusque-là, il avait été l'enfant gâté, pour le tirer d'affaire.

En écrivant à son frère que sa future était belle et bien née, en faisant valoir ses alliances, il ressentait une souveraine jouissance. Charlotte n'était-elle pas laide, vulgaire, et Legris par-dessus le marché ?

Herbert n'éprouvait aucune reconnaissance pour son frère de l'avoir aidé, sauvé, remis à flot. Il lui en voulait, au contraire, et était bien aise de l'humilier ; les obligations qu'il lui avait pesaient à sa vanité. D'ailleurs, il ne pouvait lui pardonner d'être devenu riche pendant que lui s'était ruiné.

Comme M. de Béyanes avait déjà vu plusieurs fois son frère sur le point de faire de pitoyables et honteux mariages, il s'attendait qu'un jour ou l'autre il se laisserait entraîner à quelque folie qui serait une tache pour la famille. Il fut donc trop heureux d'apprendre que sa nouvelle passion était une jeune fille bien née. digne de considération et portant un nom honorable.

Il connaissait la famille de Valby ; il savait que la marquise n'était riche qu'en apparence, et que Madeleine n'avait qu'une très-modeste dot et rien à attendre de sa mère ; mais il ne s'en préoccupait point, et pensait seulement que cela épargnerait à son frère la honte de ruiner sa femme. Car eût-elle apporté le Pactole à Herbert, qu'il en aurait rapidement épuisé les richesses.

Le vicomte s'empressa de porter à la marquise la réponse de son frère. Elle était faite dans les termes les plus remplis de considération pour la mère, et les plus flatteurs pour la fille.

Ce fut avec une véritable allégresse qu'Herbert recommença à venir chaque jour chez sa future et à passer auprès d'elle, non de courts instants, mais des heures qui lui paraissaient délicieuses.

La séparation avait exalté son amour. Madeleine était pour lui une créature divine, incomparable, qui, malheureusement, parlait encore bien plus à son imagination qu'à son cœur.

C'était, en effet, une ravissante jeune fille qui eût mérité une tendresse plus sérieuse et mieux raisonnée, car ses sentiments pouvaient supporter l'analyse : elle n'avait qu'à y gagner.

V

Le mariage se fit très-simplement, à cause du deuil qu'Herbert prit le lendemain, afin de témoigner à Madeleine qu'il partageait les regrets que lui avait laissés cette sœur chérie.

Le futur avait fait des cadeaux en rapport avec la fortune qu'on lui supposait et non avec celle qu'il avait. Le comte réclama pour cette fois encore de remplir son rôle de père, et se chargea des diamants. Il se montra tout à fait magnifique. Charlotte, toute Legris qu'elle était, envoya à sa belle-sœur des pendants d'oreilles et une agrafe en perles et rubis qui n'avaient rien de bourgeois.

— Peste ! se dit Herbert en ouvrant l'écrin, ma belle-sœur fait les choses comme si elle était une vraie grande dame !

La comtesse avait joint à son présent une lettre des plus affectueuses.

Si elle pouvait prendre Madeleine en amitié, pen-
sait-il tout en lisant, les choses iraient à merveille; mais elle sera jalouse, il est impossible qu'il
en soit autrement. Et la différence qu'il se complut
à établir entre les deux femmes le gonfla de satisfaction vaniteuse.

La lune de miel parut à la jeune femme un
temps béni.

Pleine de foi dans l'amour d'Herbert, elle lui
donna le sien en toute confiance. Elle crut que les
qualités qu'elle prêtait à son mari étaient bien à
lui; elle crut qu'il resterait toujours tel qu'elle
croyait le voir, et elle s'abandonna au doux rêve
d'une longue vie de bonheur.

Elle le fit, ce rêve, en toute sécurité, car la tendresse, pour être durable, doit être fondée sur les
sentiments, et elle trouvait qu'Herbert était à la
fois l'être le plus charmant et le plus accompli.

Pendant son voyage de noces, la jeune vicomtesse visita Naples, mais elle le trouva trop bruyant,
et lui préféra tour à tour Sorrente, Ischia et
Amalfi.

C'était pour Madeleine un continuel enivrement
que de parcourirce beau pays avec l'homme qu'elle
aimait. La séparation qui avait précédé le consentement du comte, le chagrin qu'elle en avait
éprouvé, lui faisaient encore mieux sentir son bonheur présent.

Elle n'avait d'yeux, d'oreilles et d'âme que pour
son mari. La pensée de ne plus se quitter lui mettait au cœur un indicible ravissement.

5.

Le ciel, la terre, tout ce beau pays enfin, qui la laissait si calme quelques semaines auparavant, elle le regardait maintenant avec enthousiasme, parce qu'elle le voyait au travers de son amour; aussi lui semblait-il ne l'avoir jamais vu et le contempler pour la première fois.

Herbert était fou de sa joie; il avait pour elle ces tendres prévenances, ces délicates attentions que peut seule inspirer la tendresse la plus passionnée. Il lui laissait si bien voir qu'elle était sa chère et constante pensée, il lui disait si bien qu'elle était son unique amour, qu'il n'en avait jamais éprouvé et qu'il n'en aurait jamais d'autre, qu'elle croyait avec bonheur à toutes ces chères paroles. Elle les écoutait ravie, mais recueillie; elle les écoutait avec son cœur, et y renfermait soigneusement toutes ces douces promesses qui devaient la rendre deux fois heureuse; car elle se les répétait quand elle l'avait quitté, et elle n'était jamais seule, et il était toujours là.

Elle croyait Herbert, parce qu'il lui semblait si naturel d'aimer toujours celui qu'elle avait assez aimé pour lui donner sa vie tout entière, qu'elle trouvait tout simple de lui voir les mêmes sentiments.

Sa dernière visite fut pour Ischia.

Un matin, le jeune ménage s'embarqua, dès l'aube, pour aller voir la grotte d'Azur. Le temps était délicieux, la brise tempérait l'ardeur du soleil déjà splendide, quoiqu'il fût à son lever. La mer n'avait pas de vagues, le ciel n'avait pas de nuages, les lointains sortaient radieux de la brume, la barque glissait entre deux rives enchantées. Madeleine avait d'abord pris plaisir à interroger les matelots sur les merveilles de la grotte ; puis tout ce beau, tout ce magnifique qui lui passait devant les yeux l'avait insensiblement mise sous le charme. Ce qu'elle voyait, ce qu'elle allait voir, absorbait son esprit, et peu à peu elle s'était abandonnée à la douceur de ses pensées, que son cœur si content rendait encore meilleures.

Cependant, lorsqu'il lui fallut passer de la barque sur le petit batelet plat qui devait la faire pénétrer dans la grotte, et que là, à demi couchée, elle attendit le flot qui devait l'introduire, elle fut prise d'une singulière anxiété. Elle eut peur que ce qu'elle allait voir ne répondît pas à ce qu'elle s'imaginait. La barquette fit un mouvement. Elle ferma les yeux ; quand elle les ouvrit, elle était dans la grotte.

Herbert, quel rêve ! s'écria-t-elle ; quel bonheur de le faire avec toi. Et, s'élançant hors du batelet, elle gravit une pointe de rocher qui s'élevait au-dessus de l'eau et s'y assit.

Ce qu'elle voyait surpassait encore ce qu'elle avait imaginé. C'était un véritable changement à vue, une féerie.

Sur sa tête, les ténèbres avaient subitement remplacé l'éclat du ciel et du soleil ; l'azur était maintenant sous ses pieds. Une eau bleue, claire et lumineuse roulait sur un sable d'or, et laissait voir les coraux qui étendaient sur les parois du roc leurs

branches capricieus.s et éclatantes. Elle regardait curieusement l'architecture de la grotte,
ses piliers en stalactites, et, ses yeux s'enhar-
dissant, elle cherchait à en pénétrer les profondeurs.

Herbert, resté dans le batelet, ne regardait que
sa femme.

Madeleine, avec sa blanche toilette, au milieu
du clair de lune bleuâtre qui l'enveloppait comme
d'un nuage, avait quelque chose de fantastique. Elle
lui semblait la divinité de la grotte. Et il la contemplait silencieusement, craignant qu'au bruit de
sa voix la charmante fée ne disparût.

— Herbert, que c'est beau, s'écria tout d'un coup
la jeune femme. Herbert, que je t'aime ! Herbert,
parle-moi !

Son amour l'emportait toujours sur son admiration.

— Ma belle, ma douce fée, lui répondit-il, je
craignais en te parlant de faire évanouir ma chère
vision, et de te voir fuir dans ton royaume enchanté,
et alors.....

— Alors?....

— Alors, je serais mort de ne pouvoir te suivre !

Elle se pencha vers lui; son regard semblait vouloir le pénétrer de tendresse.

— Vrai, bien vrai, lui dit-elle, répète encore.

— Je te le jure.

— Et dans deux ans tu m'aimeras ainsi ?

Il couvrit ses mains de baisers.

— Et dans vingt ans tu m'aimeras ainsi ?

. Il fut s'asseoir auprès d'elle et la serra sur son cœur.

— Mais dans cent ans, ma chère Madeleine, dans mille ans, ajouta-t-il passionnément, je t'aimerai comme je t'aime. Est-ce que toutes mes années ne t'appartiennent pas ? C'est par siècles que je voudrais que tu pusses compter mon amour, et tu n'épuiserais pas ma tendresse.

— Que c'est bon de te croire, répliqua-t-elle avec une adorable confiance.

— Ecoute, ma bien-aimée, continua-t-il, et, entraîné par le charme du moment, il était sincère, — jamais je n'oublierai cette heure de joie délicieuse, c'est impossible ; mais si j'étais un jour assez malheureux pour t'affliger, pour l'oublier, rappelle-la-moi, et ce souvenir me ramènera à toi.

Il pourrait donc l'oublier, puisque c'est lui-même qui le dit, pensa-t-elle, et son cœur se serra. Une ombre de tristesse se répandit sur son charmant visage. Ses grands yeux se remplirent de larmes.

— Qu'as-tu, mon ange ? lui demanda Herbert.

La tendre inflexion de cette voix ramena le sourire sur les lèvres de la jeune femme.

— Je suis trop heureuse, reprit-elle, j'ai peur de perdre mon bonheur.

Vers la fin de juin, le jeune ménage revint en France.

La marquise, en faisant figurer la terre de Valby sur le contrat de mariage de sa fille, et en la lui assurant après elle, avait omis de dire que, sauf la partie affectée à représenter la dot de Madeleine, le reste appartenait à ses créanciers. Le vicomte avait gardé le même silence quant aux droits acquis par les siens sur les fermes et le château de Séris.

Mais, depuis lors, certaines réticences, certaines contradictions dans les paroles de son gendre, avaient inquiété Mme de Valby. Elle commençait même à pressentir que la fortune d'Herbert pourrait bien être embarrassée, et comme elle y comptait pour débarrasser la sienne, il lui avait fallu un grand empire sur elle-même pour cacher ses préoccupations.

Le vicomte, avant de quitter l'Italie, avait décidé qu'il passerait quelques jours à Paris, qu'il ferait ensuite une visite à Béyanes, puis enfin qu'il s'établirait pour le reste de l'été à Séris, et il avait vivement invité Mme de Valby à y passer toute la belle saison.

Le calme et l'assurance qu'il montra en faisant ces projets était l'unique effet de sa volonté, car, pendant qu'il annonçait son intention de faire de Séris la demeure de Madeleine, pendant qu'il engageait sa belle-mère à venir s'y fixer, il se demandait avec inquiétude comment il subviendrait à la dépense. Ses revenus appartenaient à ses créanciers; ce qui lui restait aurait à peine suffi pour lui seu et tout l'argent comptant dont il pouvait disposer avait passé dans la corbeille qu'il avait offerte à sa femme et dans son voyage de noces.

Néanmoins, ce fut d'un air parfaitement naturel, et sans laisser paraître le moindre embarras, qu'il parla des fêtes, des dîners et des chasses qu'il allait donner pour l'arrivée de Madeleine; des chevaux, des voitures qu'il allait acheter.

La marquise, dont la défiance était éveillée, l'écoutait et l'observait attentivement. Elle se demandait s'il disait vrai ou s'il mentait, et, dans ce dernier cas, il mentait avec une telle perfection, une telle audace, qu'il devait en avoir une effrayante habitude. Et son cœur, pour la première fois, se troubla en pensant à l'avenir de sa fille.

Quant à Madeleine, c'était Herbert seul qu'elle aimait. Elle était sa femme, que lui importait le reste !

En arrivant à Marseille, le vicomte trouva une lettre de son frère. Elle lui annonçait que le comte avait retenu pour lui et sa femme un appartement au Grand-Hôtel, et qu'il les y attendait, voulant être le premier à souhaiter la bienvenue à sa charmante belle-sœur.

Cette lettre combla Herbert de joie. Le comte à Paris ! Il n'avait plus à se tourmenter. Il était certain de sortir d'affaire. L'affection que son frère lui portait, l'estime qu'allait lui inspirer sa femme : il était sauvé !

VI

M. de Béyanes alla recevoir le jeune ménage au chemin de fer. Il trouva sa belle-sœur au-dessus de tout ce qu'on lui en avait dit.

Elle toucha tout de suite son cœur par l'affectueux accueil qu'elle lui fit, par sa franchise, par sa simplicité. Sa tendresse si entière qu'elle avait pour son mari le toucha vivement. C'était ainsi qu'Albine l'avait aimé. Le comte subit aussi le charme des yeux.

Madeleine lui parut ravissante, sans l'ombre de prétention. Il lui en sut un bon gré infini, car cette absence de prétentions pouvait favoriser le bien qu'il lui voulait.

Dès le lendemain de l'arrivée des jeunes époux, M. de Béyanes, habitué à lire sur le visage de son frère, y reconnut l'expression d'un grand trouble intérieur. Pendant le déjeuner, il fut longuement question de Séris. Madeleine parla de l'installation

que son mari allait y faire, de l'existence qu'ils
y mèneraient.

Le comte l'écouta sans rien dire; mais il profita de ce qu'elle était allée faire sa toilette pour
sortir, et demanda à Herbert s'il n'allait pas mettre
sa vie de château sur un pied qui lui serait difficile
à soutenir.

Le vicomte répondit d'abord d'une manière éva-
sive; mais, pressé de questions faites, non sur un ton
de reproches ou de curiosité, mais remplies au contraire de sollicitude et d'intérêt véritable, il jugea
que le moment favorable était arrivé, et il avoua à
son frère la triste vérité.

Madeleine avait reçu en dot cent mille francs dont
il ne pouvait disposer, et il ne lui restait, à lui, que
six mille francs sur le revenu de Séris. Tout le reste,
rentes, argent comptant, avait disparu.

M. de Béyanes, qui ne croyait pas la position si
désespérée, fut vivement ému. Mais son frère lui
parut tellement abattu et découragé, qu'il sentit que
l'heure serait mal choisie pour lui faire de la morale.

D'après la conversation qui avait eu lieu pendant
le déjeuner, il présumait avec raison que Madeleine
ignorait ce triste état de choses, et il pria son frère
d'attendre encore avant de lui en parler.

Il demanda trois jours pour réfléchir.

Dès lors, le vicomte sentit qu'il avait eu raison
d'espérer et qu'il allait être délivré de tous ses sou-
cis. Il eut peine à cacher sa joie, et pour dissimuler la quiétude qui succédait à son anxiété, de
temps à autre il affectait une profonde préoccu-

pation. Il semblait abîmé dans la tristesse de ses pensées, tandis qu'il ne s'occupait qu'à suivre le progrès que Madeleine faisait dans l'affection du comte qui, froid et réservé par nature, ne l'appelait que sa chère petite sœur. Il la comblait de soins, de présents, d'attentions. Il la faisait longuement causer, et plus il l'entendait, plus il la connaissait, plus il était enchanté d'elle.

Il lui trouvait une grande élévation de sentiments et de pensées, qui n'excluait pas en elle la plus aimable gaieté.

Le comte témoignait à la fois tant de bonté et tant d'affection à la jeune femme, qu'elle se sentait attirée vers lui, et cette affection avait quelque chose de si paternel, qu'elle appelait son entière confiance.

Au fond de l'âme, cette charmante personne inspirait à M. de Béyanes la plus vive compassion. Il connaissait trop son frère pour ne pas pressentir le sort qui attendait Madeleine, et il s'en affligeait par avance. Aussi, dès qu'il avait été à même d'apprécier tout ce qu'elle valait, il s'était promis qu'elle trouverait en lui, le chef de la famille, tout l'appui, toute l'aide, toute la protection dont elle pourrait un jour avoir besoin.

Il sentait qu'il allait peut-être bientôt se trouver à même de lui donner la mesure de l'affection sérieuse qu'il lui portait, et il était heureux que sa fortune lui permît, non pas de dire stérilement : je m'intéresse à vous, mais de le prouver par ses actes.

Le matin du troisième jour, M. de Béyanes reçut une lettre de sa femme.

Il la décacheta d'une main fébrile, puis il resta un instant sans la lire, comme s'il redoutait ce qu'il pouvait y trouver.

Mais à peine y eût-il jeté les yeux, que sa figure s'épanouit d'aise. Il relut plusieurs fois cette lettre, comme pour bien s'assurer qu'il ne se trompait pas; puis il passa chez son frère avec lequel il s'entretint longuement.

Après le déjeuner, il offrit à sa belle-sœur de la mener faire une promenade. Elle accepta avec empressement. Une fois en voiture, le cœur du comte lui manqua, car naturellement Madeleine lui parla de ce qui la préoccupait. Tout de suite elle mit l'entretien sur Séris; elle lui demanda ses conseils pour une école qu'elle voulait établir; puis elle lui dit tout le bien qu'elle rêvait de faire au pays. Je suis si heureuse, ajouta-t-elle, que je ne veux voir que du bonheur autour de moi.

Il fallut que M. de Béyanes fît un effort sur lui-même pour arracher Madeleine à son beau rêve et pour lui faire voir la triste réalité.

Pendant qu'il apprenait à cette belle jeune femme, à qui son mari avait promis une vie de luxe et d'opulence, qu'elle, qui se croyait pauvre, était cependant, avec sa modeste dot, le plus riche des deux, il cherchait anxieusement à lire ses impressions sur son visage. Mais sa physionomie restait calme et sereine.

— J'ai épousé Herbert, répondit-elle au comte avec une fermeté accompagnée d'une grande dou-

ceur, je n'ai point épousé sa fortune. Il me reste.
De quoi pourrais-je me plaindre? Que Dieu soit donc
béni! Eh bien! nous vivrons simplement. Je n'en
serai pas moins heureuse, car il sera plus à moi.
Pourquoi n'a-t-il pas osé me parler de ces choses
lui-même? je l'aurais rassuré; je lui aurais dit qu'il
n'existe pas au monde un sort que je préférerais au
mien; je lui aurais dit que, si j'étais encore à marier,
je l'épouserais tout de suite. Ce que je regrette uniquement, c'est le luxe de ma corbeille.

Le comte était ému jusqu'au fond de l'âme. Il prit
la main de Madeleine, et, la serrant affectueusement:

— Ma chère petite sœur, répliqua-t-il, votre vie
ne sera pas changée, et si vous le voulez bien, notre
existence sera la vôtre. Vous et votre mari viendrez
demeurer à Béyanes, la comtesse se joint à moi pour
vous le demander. A partir de ce jour, Herbert sera
intéressé à mes affaires, et s'il veut s'en occuper,
s'il veut travailler, d'ici à peu d'années, Séris vous
sera rendu. Consentez-vous à passer avec nous ce
temps d'épreuves?

La jeune femme ne pouvait répondre, son émotion était trop vive.

— J'accepte, mon frère, dit-elle dès qu'elle put
parler; j'accepte de tout mon cœur, ajouta-t-elle
avec une touchante simplicité. Je vous parlerais mal
de ma reconnaissance, maintenant, je suis trop
émue, mais je vous la prouverai à tous les deux par
la sincérité de mon affection. Croyez que je suis aussi
heureuse de vous avoir pour frère que d'avoir Herbert pour mari.

Ils dînèrent tous les trois ensemble, et le comte n'était pas le moins heureux.

Herbert et sa femme lui faisaient plaisir à voir. Ils avaient le cœur si léger, si joyeux; Madeleine croyait si naïvement que désormais il en serait toujours ainsi, que M. de Béyanes aurait voulu pouvoir arrêter, à l'heure présente, l'aiguille qui marquait les heures de sa vie.

Ils finirent la soirée à l'Opéra. C'était la première fois que Madeleine allait au spectacle avec son mari. Elle était radieuse de cœur et de visage.

Rien de plus frais et de plus simple que sa toilette de mousseline blanche. Une rose attachée à son corsage était le seul ornement qui la relevât. Elle ne portait point de bijoux. Elle avait trouvé que le jour eût été mal choisi pour s'en parer.

Le comte remarqua, non sans plaisir, cette absence de coquetterie. La vicomtesse n'en fit pas moins sensation au théâtre. Elle ne s'en aperçut pas. C'était Herbert qui recueillait avidement tous les regards; jamais son amour-propre n'avait été plus satisfait. C'était pour lui un triomphe. Mais pas une fois il ne reporta tendrement ses regards sur sa femme : son cœur n'était pas de la fête, il n'y avait que sa vanité.

La jeune femme fut pleine de grâces pour les quelques amis de son mari qui voulurent lui être présentés, et qui, ravis de cet accueil, allèrent parler de sa beauté et de ses charmes dans toutes les loges à la mode, ce qui redoubla l'activité des lorgnettes.

Cette jolie jeune femme avait gardé une modestie

de jeune fille qui, jointe à la vivacité de son esprit, lui donnait un attrait particulier.

Le comte revint du spectacle enchanté de sa soirée et non moins enchanté de sa journée. Il y pensa avec une véritable joie intérieure.

C'était, depuis le matin, le premier moment où il se trouvait seul avec lui-même, et plus il réfléchissait, plus il s'applaudissait de tout ce qu'il avait fait.

Son premier mouvement, en apprenant la situation précaire de son frère, avait été de lui venir en aide, de le secourir, de l'empêcher de tomber tout à fait et de l'aider à se relever, ce qui, avec ses goûts, n'était pas chose facile. Mais Madeleine, en se faisant tout de suite connaître, avait aplani les difficultés. Il avait senti qu'il trouverait en elle un auxiliaire puissant qui l'aiderait à ramener et à retenir Herbert dans la bonne voie. Il avait aussi compris combien la présence d'une si charmante personne augmenterait l'agrément de la vie de famille et l'influence heureuse qu'elle pourrait prendre sur Geneviève, car il ne doutait pas qu'elle ne s'en fît aimer.

Quant à Herbert, le comte ne s'en préoccupa nullement au point de vue de la vie intime; il lui savait le caractère facile, trop facile même. Néanmoins ce n'avait pas été sans une sorte d'appréhension qu'il avait parlé de ses projets à sa femme, et les lui avait soumis, la laissant maîtresse d'en décider, car il ne se sentait pas le droit de lui imposer sa famille à lui.

La réponse affirmative de la comtesse, les termes dans lesquels cette réponse était faite, le comblèrent de satisfaction. Il ne pouvait douter de la sincérité de Charlotte, tant elle s'exprimait d'une manière simple, naturelle et affectueuse.

Il fut donc vivement touché de cette manière d'agir et du noble élan qui l'avait spontanément portée à se mettre de moitié, par le cœur, dans ce qu'il voulait faire pour son frère.

L'action de Charlotte n'avait été cependant ni spontanée, ni inspirée par son cœur, mais uniquement par sa raison.

Elle eût volontiers accepté la présence du vicomte dans son intérieur. Il lui plaisait. Sa gaieté, son originalité l'amusaient. Herbert animait tout quand il était là. Puis, elle trouvait l'empressement qu'il lui témoignait — surtout quand il avait besoin de son frère — fort agréable, et elle acceptait avec plaisir les soins qu'il lui rendait. Mais au fond, elle l'estimait si peu, qu'elle le croyait fort capable de faiblesses — c'était le mot indulgent — qui un jour ou l'autre pourraient déshonorer la famille, et elle comprenait qu'il fallait l'avoir sous les yeux afin de l'empêcher, par tous les moyens possibles, d'en arriver là.

Elle admettait donc, quant à son beau-frère, les projets du comte; mais sa belle-sœur, d'instinct, lui causait une sorte de répulsion. Avoir toujours avec elle, près d'elle, une jeune et jolie femme de dix-huit ans, lui paraissait intolérable. Ce point de comparaison perpétuelle révoltait son amour-propre.

Alors, elle cherchait un motif pour dire non, et il s'en présentait mille à son esprit, et elle prenait la plume pour écrire; puis, elle la posait et réfléchis-

sait encore. Si son mari allait se douter de la vérité!
Comme elle perdrait à ses yeux, tandis que si elle
acceptait, son influence sur lui deviendrait plus puissante qu'elle ne l'avait encore été. Il serait son obligé,
et il n'était pas homme à l'oublier.

Puis, ce qu'elle ferait pour le vicomte et sa femme
ne serait un secret pour personne, et son action
l'élèverait non-seulement aux yeux de son mari,
mais encore aux yeux du monde. Et sa position serait
tellement au-dessus de celle de sa belle-sœur qu'elle
n'aurait rien à craindre, Madeleine fût-elle Vénus en
personne.

Celle-ci, d'ailleurs, lui devrait de la reconnaissance, et serait tenue envers elle à une déférence
d'autant plus grande qu'elle ne tarderait pas à voir
que le vicomte était incapable de rien de sérieux et
qu'il avait tout simplement accepté de son frère des
moyens d'existence.

Puis Charlotte se dit encore que la fortune occupait en ce monde une si grande place, que la vicomtesse n'en ayant pas, tous ses mérites ne pourraient
empêcher qu'elle ne fût sur le second plan.

Herbert ne saurait jamais acquérir ni argent, ni
influence, et par conséquent ne compterait jamais,
tandis que le comte était non-seulement puissant,
mais toujours disposé à rendre service, et le besoin
qu'on avait de recourir à lui, la nécessité où l'on
se trouvait de recourir à elle, afin d'arriver plus sûrement à son mari, lui assurait une prépondérance que
rien ne pouvait diminuer.

Et, tout bien considéré, elle reprit la plume, et

d'une main ferme elle donna l'assurance au comte
que si elle avait connu la position d'Herbert, elle
aurait pris l'initiative du projet, qu'elle était si heureuse de changer en chose arrêtée. Elle le chargea
de dire à sa belle-sœur qu'elle l'attendait avec impatience, et allait, tout de suite, faire préparer l'appartement qu'elle la priait de vouloir bien occuper.

Le comte relut encore cette lettre avant de se coucher. Elles vivront parfaitement ensemble, se dit-il,
Madeleine est si modeste, si peu désireuse de paraître, qu'elle ne cherchera pas à effacer Charlotte,
qui sera pour elle un appui. Herbert, entre sa femme
et sa belle-sœur, se trouvera tenu; il oubliera son
ancienne vie pour en mener enfin une raisonnable.
La comtesse, il est vrai, n'est pas toujours facile,
mais si depuis neuf ans elle a pu vivre avec Jude,
sans la moindre fâcherie, sans le plus léger nuage,
c'est la meilleure preuve de son bon caractère, car
la cousine Jude est une rude personne.

Cette dernière réflexion redoubla la confiance que
M. de Béyanes avait dans l'avenir, et il s'endormit
l'esprit calme et le cœur heureux.

Le lendemain, il accompagna Madeleine, qui avait
à faire quelques emplettes. Chemin faisant, il mit
sa belle-sœur au courant de l'existence qu'on menait
à Béyanes. La jeune femme lui demanda quelques
conseils, et elle osa aborder le chapitre de la toilette,
ce qui fit sourire le comte.

— Herbert m'a dit que notre sœur aimait la simplicité, et comme lui et ma mère m'ont comblée, je
crains d'être, malgré moi, trop magnifique.

6

— Ne craignez pas, — répondit en riant le comte, fort amusé d'être consulté sur un pareil chapitre ; — ma femme, le matin, aime la simplicité, mais le soir, c'est autre chose, elle aime qu'on fasse de la toilette ; elle a mis sa maison sur ce pied-là, et donne elle-même l'exemple. Sa simplicité est tout entière dans la manière simple dont elle porte les belles choses. Elle donne, en cela, une preuve de plus de son bon sens.

M. de Béyanes, entraîné par le tour même de la conversation, parla à Madeleine des grandes qualités de Charlotte, de son caractère, qui pouvait l'intimider d'abord, mais dont la raideur n'était qu'apparente et ne l'empêchait d'être très-agréable et très-facile à vivre, et il lui insinua affectueusement ce qu'elle devait faire pour gagner les bonnes grâces de sa belle-sœur.

Le comte quitta Paris quelques jours avant le jeune ménage, afin d'aller préparer la réception qu'il désirait qu'on lui fît.

Son frère le conduisit à la gare.

Avant de quitter Herbert, M. de Béyanes lui dit le chiffre auquel s'élèverait sa part dans les affaires ; il ajouta que cette part s'augmenterait suivant l'activité qu'Herbert apporterait à faire valoir les intérêts qui lui seraient confiés.

M. de Béyanes témoigna le désir que la vicomtesse conservât le revenu de sa dot pour son entretien personnel. Herbert se chargea de le lui dire.

Une semaine après, Madeleine et son mari, ainsi que nous l'avons vu, arrivaient à Béyanes.

VII

Quand Herbert vint rejoindre sa femme, elle lui montra, tout enthousiasmée, son joli appartement qui ouvrait sur le parterre rempli de fleurs.

— Ta belle-sœur a été si aimable! Frédéric a été si bon! lui dit-elle. Mon Dieu! que je suis heureuse! que suis heureuse d'être ta femme! Mon bien-aimé Herbert, que je t'aime!

Et elle lui sautait au cou. Elle l'embrassait. Tout d'un coup, elle s'arrêta. Cadine venait d'entrer.

— Quelle robe madame la vicomtesse veut-elle mettre? demanda la femme de chambre, non sans un certain embarras, car elle sentait que le moment était mal choisi.

— Celle que vous voudrez, dit Madeleine, en s'essuyant les yeux.

— Madame veut-elle sa robe blanche ou sa robe rose?

— Cela m'est égal.

— Mais cela ne m'est pas égal, à moi, reprit Herbert. Cadine, soignez, je vous prie, la toilette et la coiffure de Madame, et apportez-lui sa robe rose. Elle te va si bien, Madeleine.

Et dès que Cadine fut partie, il embrassa sa femme en la regardant avec orgueil.

Madeleine se remit tout de suite à parler encore à son mari de tous les bonheurs qui avaient accompagné son arrivée au château; mais elle fut de nouveau interrompue.

Ses deux nièces venaient, à leur tour, lui souhaiter la bienvenue.

Les petits chevaux, malgré leur vitesse, avaient marché moins vite que les grands: elles arrivaient seulement.

La vicomtesse trouva Geneviève délicieuse, et Armande lui parut une grosse et belle fille de la plus belle humeur du monde.

Geneviève, après avoir embrassé sa jeune tante, s'était assise auprès d'elle et semblait ne pas avoir assez de ses yeux pour l'admirer. Armande, sans façon, avait sauté sur ses genoux, et sans souci de son poids, elle s'y était installée afin de mieux et plus commodément passer en revue tout ce que portait Madeleine: montres, boucles d'oreilles, boutons de manchettes, cravate, etc.

Herbert, qui était sorti, rentra bientôt chargé d'une botte de roses.

— Mettez-en dans vos cheveux et à votre corsage, dit-il à sa femme.

— Mais.....

— Pas de mais; je le veux, reprit-il avec cet air
d'autorité qui, dans certains cas, est un témoignage
de tendresse. Surtout n'oubliez pas l'heure. Il est
déjà une heure et demie.

Les petites nièces s'en allèrent, et la tante se mit
à sa toilette.

Il y avait un grand dîner de famille, et le
soir, les châtelains des environs étaient conviés au
bal.

M. de Béyanes, précisément parce que sa belle-
sœur arrivait chez lui en obligée, avait mis une
grande pompe dans la réception qu'il lui faisait,
voulant ainsi montrer qu'il tenait à honneur de la
voir habiter son château.

Il avait convié ses plus proches parents et ceux
de sa femme à cette solennité. Il aurait voulu y
joindre ceux de la vicomtesse, qui, étant aux eaux,
ne purent accepter son invitation. Mme de Valby
toute seule y répondit. Elle venait de télégraphier
qu'il lui serait impossible d'arriver pour le dîner.

Tout en s'habillant, Madeleine songeait avec
anxiété qu'elle allait paraître devant sa nouvelle
famille. Les battements de son cœur se précipitaient
à mesure que le moment approchait, et c'était inutilement qu'Herbert cherchait à la rassurer.

En entrant dans le salon, le jeune mari avait un
air radieux, car sa femme était ravissante; son
émotion la rendait encore plus jolie.

Madeleine avait une robe de taffetas rose garnie
d'un haut volant de taffetas, qui avait pour tête

6

une chicorée de taffetas rose et était couvert d'un
volant de guipure d'Angleterre. Une tunique faite
d'entre-deux de mousseline de l'Inde, brodée d'un
léger semis de muguets en soie rose et d'entre-deux
de guipure d'Angleterre, et garnie d'un volant de
même guipure, couvrait la jupe et était relevée sur
les côtés par des bouquets de roses attachés par un
nœud de velours noir.

Elle avait à son corsage un bouquet de rose ; elle
en avait dans ses beaux cheveux noirs qui, relevés
sur son front, retombaient en longues boucles sur
son cou blanc et mince si admirablement attaché
qu'il donnait aux mouvements de la tête infiniment
de grâce et d'élégance.

Autour de son cou était noué un simple velours
noir dont les bouts tombaient sur ses belles épaules.

Cette toilette, présent de sa mère, eut un grand
succès.

A l'entrée de la jeune femme, toute la famille se
leva et vint au-devant d'elle. Le comte Frédéric lui
offrit son bras, et les présentations eurent lieu en
règle.

Cette réunion de famille avait quelque chose d'im-
posant qui interdit la jeune femme. Mais l'accueil
qu'on lui fit fut si empressé, si affectueux, qu'elle
se remit bientôt, et l'expression bienveillante qui animait toutes les physionomies lui rendit l'assurance
dont elle avait besoin pour témoigner combien elle
était sensible à cet accueil.

Charlotte sut trouver des paroles douces et tendres qui l'émurent profondément.

Il n'y eut point de choses gracieuses qu'elle ne lui
dît sur sa personne, sur sa toilette dont elle lui fit
force compliments.

— Mais quoi? chère sœur, avec votre délicieuse
toilette, pas un bijou! Pour une nouvelle mariée,
ce n'est pas croyable! Herbert, dit-elle en s'adressant à son beau-frère, on assure pourtant que vous
avez été magnifique? Nous verrons tout cela, n'est-
ce pas? Mais enfin, me direz-vous, pourquoi Madeleine n'a pas même un bracelet?

— Elle trouve les siens trop éclatants. Elle prétend qu'on ne porte pas de diamants en été. Que
voulez-vous? J'ai le bonheur d'avoir une femme
qui a des goûts très-simples, ajouta-t-il en riant.

— Eh bien! ma petite sœur, reprit Charlotte,
voulez-vous bien porter ce bracelet en souvenir de
cet heureux jour?

Tout en parlant, la comtesse détachait de son
bras un magnifique bracelet d'or, sur lequel une
guirlande de feuillages d'or de plusieurs couleurs
était ciselée en relief, et l'attachait au bras de sa
belle-sœur.

— Je ne le quitterai jamais, Madame, dit Madeleine d'une voix émue.

— Ne m'appelez plus madame, répliqua la comtesse, ou bien moi aussi, je me mettrai en cérémonie
avec vous.

Une seule personne, jusque-là, avait pris part,
seulement pour la forme, aux démonstrations affectueuses qui accueillaient la jeune mariée : c'était
la cousine Jude.

Un sourire intraduisible plissa le coin de sa bouche pendant cette petite scène, dont elle ne perdit
pas une parole. Un instant même, ses traits se contractèrent ; puis, ils se détendirent, et l'expression
d'un suprême dédain y demeura empreinte. Mais
tout ceci passa inaperçu, car on ne s'occupait point
d'elle.

Cependant, quand son tour vint d'être présentée,
ce fut d'un air tout aimable et avec son plus doux
sourire que Mlle Jude s'avança vers sa nouvelle
cousine pour la complimenter et la prier de croire
à ses meilleurs sentiments.

Lorsque, vers le milieu de la soirée, la marquise
de Valby arriva enfin, sa fille était déjà de la maison
et parfaitement à l'aise avec cette famille qui lui
laissait voir si agréablement qu'elle la trouvai
charmante et ne demandait qu'à l'aimer.

La marquise fit immédiatement sa toilette et vint
au bal. Elle y vint non pour se donner une satisfaction, mais parce que les convenances, pour elle,
passaient avant tout.

Ce voyage était un véritable supplice pour so
orgueil. Il lui en coûtait, au-delà de toute expression, de paraître dans ce milieu opulent, non en
mère triomphante d'une belle jeune fille qui vient
de faire un riche mariage, mais en simple obligée
du comte de Béyanes. Car, ce qu'il venait de faire
pour son frère et pour sa belle-sœur n'était un secret
pour personne. Tout le monde savait, maintenant,
qu'Herbert était complétement ruiné.

Mme de Valby, tout en se sentant reconnaissante

comme elle devait l'être, ne s'en trouvait pas moins,
au fond, très-humiliée. Ce n'était certes pas là ce
que son ambition avait rêvé pour Madeleine.

Elle souffrait cruellement de s'être ainsi trompée,
et il ne lui restait même pas la consolation de s'en
plaindre. N'avait-elle pas, elle aussi, trompé son
gendre en lui laissant croire à une fortune qu'elle
n'avait plus. Faute bien inutile, car il était assez
amoureux pour épouser sans compter. Mais elle,
qui avait tout son sang-froid, comment ne s'était-
elle pas mieux renseignée sur la position du vicomte?

Cependant, tous les reproches qu'elle s'adressait
ne pouvant rien réparer, tous ses regrets étant parfaitement inutiles, elle prit le seul parti qui lui
restât : elle fit à mauvaise fortune gracieux visage.

En femme d'esprit qu'elle était, la marquise fut
si aimable, elle trouva si bien ce qui pouvait plaire
et flatter chacun, qu'elle se fit bien venir de tous,
même de la cousine Jude.

Elle gagna à sa fille la famille de Béyanes; et elle
lui gagna si bien M. et Mme Legris, qu'elle en fit des
amis dévoués. Quant à leur fille, Mme Deformont, ce
fut elle qui alla au devant de la marquise. Enfin,
avant que la soirée fût terminée, les préventions qui
pouvaient exister contre Mme de Valby étaient dé-
truites, et on se disait même que le vicomte avait
dû être séduit tout autant par la mère que par la
fille.

VIII

Le lendemain matin, la comtesse toujours matinale et toujours levée à la même heure, était dans le petit salon qui faisait suite à sa chambre; elle mettait ses comptes en ordre.

Ce petit salon ovale, dont les paneaux étaient en laque de Coromandel rouge et or, avait été le sanctuaire de toutes les comtesses de Béyanes : il était aussi le sien. Elle n'y admettait que ses élus, c'était chose tellement posée en règle, qu'en entendant frapper, elle dit : entrez, sans même tourner la tête pour voir qui venait.

Elle savait qu'aucun profane n'aurait osé, à cette heure, pénétrer dans ce lieu et tenté d'arriver jusqu'à elle.

— Il n'y a vraiment que vous au monde, ma chère petite cousine, lui dit Mlle Jude en l'embrassant, qui possédiez le secret d'être à la fois la maîtresse de maison la plus charmante, et la plus vigilante femme de ménage. Avez-vous bien passé la nuit?

— A merveille, ma charmante cousine. Mais compliment pour compliment : il n'y a que vous au monde qui, les yeux à peine ouverts, sachiez tout de suite être aimable ; car votre peignoir me dit que vous venez de quitter votre lit.

— Précisément, et j'accours.

— Quelle bonne idée ! Nous avons tant à nous dire.

Elles jetèrent, en même temps, les yeux sur la pendule.

— Midi est encore bien loin, reprit Mlle Jude $\S$ nous avons le temps de causer.

Les deux femmes se rapprochèrent alors simultanément et s'accommodèrent à leur aise dans leurs fauteuils, afin de mieux jouir de leur conversation.

— Voyons, Jude, vous savez combien je suis discrète, vous savez que je garde tout ce que vous me dites, uniquement pour moi... promettez-moi donc d'être franche... Eh bien ! vous ne me répondez pas? Vous ne voulez pas me le promettre?

— Mais si, ma cousine. Mais, bon Dieu ! qu'allez-vous donc me demander?

En faisant cette question, Mlle Jude essayait de prendre l'air ingénu.

— Oh! la chose la plus simple. Comment la trouvez-vous?

— Qui?

— Jude,... je vous en prie, ne faites pas la dis-

crète! Voyons, soyez bonne fille,... comment trouvez-vous la nouvelle...

— Ah!... Mais, je la trouve très-bien, fort bien...
Quelle délicieuse femme que la mère! Voilà une
personne vraiment accomplie. Je souhaite à sa fille
de lui ressembler, pour la grâce, s'entend, car pour
le visage, jamais la vicomtesse, tout en faisant souvenir de sa mère, ne sera ce que la marquise a dû
être. Mais, et vous, ma chère Charlotte, comment
trouvez-vous votre belle-sœur?

— Charmante, délicieuse; jolie, sans le plus petit
mais.

— Comme vous vous peignez là, en deux mots.
Toujours bonne, toujours bienveillante. Moi, je suis
moins indulgente que vous.

— Vraiment. Je ne vous comprends pas.

Mlle Jude lança un regard à la dérobée. Elle vit
qu'elle avait touché juste. Le visage de la comtesse
s'épanouissait.

— Oui, je suis plus sévère, continua-t-elle; je
n'admire pas sans restriction. Ces grands yeux
gris... ou bleus... comme vous voudrez, qu'on
trouve si beaux ont, par moments, quand elle s'in-
timide, un regard de biche effarouchée qui me
déplaît.

— Ce regard n'est pas effarouché; il est timide et
sied très-bien à une aussi jeune femme. Cette modestie...

— Oh! cette modestie n'empêche pas Mme Madeleine d'être, à son heure, fort piquante et
fort coquette. Et je trouve que, par moments,

elle a une certaine manière de regarder Herbert... ..

— Comment, son mari, et vous trouvez... oh! par exemple!

— Oui, je trouve. Et je trouve encore que si, plus tard, il lui plaît d'avoir toujours les yeux aussi indiscrets... ce sera amusant... on pourra y lire bien des choses. Car, vous connaissez trop Herbert pour ne pas prévoir...

— Mais non, mais non. Herbert s'est rangé et j'ai la ferme confiance...

— Ah! ma petite cousine, interrompit Mlle Jude en riant, vous êtes par trop bonne, ce matin. Je ne me sens vraiment pas digne de vous, et ce disant, Mlle Jude se leva.

— Voulez-vous bien ne pas vous en aller, dit la comtesse en riant à son tour; si nous étions du même avis, où serait le charme? Nous succomberions à l'ennui de nous répéter sans cesse : *amen.*

— Dans ce cas, ma cousine, ce ne sera pas moi qui vous ferai mourir d'ennui ce matin, car je vous tiendrai tête. Voici mon portrait : pas de teint, nez si irréprochable qu'il manque de physionomie; yeux indiscrets ou étonnés; rire... Quand elle ne rit plus, elle trouve encore le moyen de sourire, afin de continuer à faire voir ses dents; taille...

— Charmante, dit vivement la comtesse.

— Allons, Charlotte, dites tout de suite, comme hier, taille de sylphide... C'est ainsi qu'on idéalise, maintenant, les femmes maigres.

7 .

Les yeux de Mme de Béyanes, malgré elle, se portèrent sur la taille de Mlle Jude, dont le peignoir trahissait l'ampleur.

— Conversation... conversation... Convenez, Charlotte, que cette conversation ne fait pas présumer que cette jolie tête loge un bel esprit.

— Oh ! Jude, vous manquez par trop d'indulgence, dit la comtesse qui réclamait avec la visible intention de faire la bonne, ayez au moins de la justice. Elle a des yeux charmants, une jolie bouche, et des cheveux...

— Allons ! j'accorde la bouche rose, trop souvent en cœur, les grands yeux ouverts, et les cheveux... Mais qu'est-ce qui n'a pas de cheveux? Tout le monde en a, ma chère, et ce sont celles qui en manquent qui ont les plus beaux. Allons ! je vous accorde encore que, moins les couleurs, c'est une charmante poupée.

— Mais, ma chère Jude, ce n'est pas un portrait que vous faites là, c'est une caricature...

— Très-réussie, avouez-le, cousine ?

— Fi donc ! c'est indigne !

— Tenez, Charlotte, je suis bonne personne et je ne veux pas vous contrarier. Mettons que c'est une Vénus, une Diane, une Hébé, à votre bon plaisir. Mais au mien, il y a une chose qui l'emporte sur tout cela; c'est l'amabilité, c'est l'esprit. Vive une femme aimable ! elle n'a pas de prix.

Et, se levant vivement, elle embrassa sa cousine.

Puis, changeant subitement de conversation :

— Mon Dieu ! que cette chère Geneviève était

donc mal, hier au soir. Quelle différence avec Armande! Votre fille embellit à vue d'œil.

— Vous trouvez, dit la comtesse en prenant un air modeste; cette chère enfant! Que vous me faites donc de plaisir! Vous êtes un si excellent juge! Quant à cette pauvre Geneviève, que voulez-vous? Je n'y puis rien. Mlle Smith la fagotte d'une manière désolante.

La vérité était que Geneviève, la veille, avait une charmante toilette de petite fille et qu'elle était jolie à faire plaisir, tandis que la grosse et courte Armande avait l'air d'un paquet.

Jude écoutait sa cousine avec une bonhomie admirablement jouée.

Tout d'un coup la porte s'ouvrit.

— Entrez donc plus posément, Armande, dit la comtesse, croyant que c'était sa fille.

— Ce n'est pas Armande, c'est moi, ma chère sœur, et, ce disant, Herbert se pencha vers Mme de Béyanes et lui baisa la main; c'est moi qui ai l'audace de pénétrer dans votre sanctuaire sans y être appelé.

— Et je vous prie, vicomte, qui vous donne cette audace? répliqua Charlotte en affectant un grand sérieux.

— Le désir de vous voir plus tôt et de vous dire que l'accueil que vous avez fait à ma chère Madeleine me rend plus que jamais votre serviteur dévoué et votre adorateur....

— Vraiment! interrompit avec ironie Mlle Jude.

— Adorateur le plus respectueux. Il n'y a que

vous au monde, Jude, pour faire de ces interruptions.

— Herbert, c'est que vous me faites l'effet d'un diable qui aurait mis un froc.

— Jude, c'est vous qui êtes Mme Satan en personne. Vous ne pouvez croire à une honnête pensée.

— Vous allez donc recommencer vos interminables querelles, dit gaiement la comtesse. De grâce, Herbert, un moment de trêve. Parlons de votre charmante femme. Nous en disions, tout à l'heure, merveilles.

— Et ma toujours belle cousine aussi?

— Que ce toujours est impertinent, répliqua vivement Mlle Jude; appelez-moi donc, tout de suite, votre éternelle cousine.

— Quel esprit toujours prêt à la bataille.

— Ah! gardez-vous d'en médire, mon séduisant cousin; cet esprit est aussi le vôtre; c'est celui de la famille. Tenez, croyez-moi, suivez le conseil de Charlotte, faisons la paix; sans cela, j'aurai trop beau jeu. Je suis seule; je n'ai que moi à défendre. Vous êtes deux, maintenant, et les jeunes femmes, quelque charmantes qu'elles soient, ont parfois besoin de leurs aînées, le chemin de la vie est si rude!

— C'est vrai. Mais je suis là pour la soutenir.

— La soutenir! la soutenir! Vous aurez assez de vous soutenir vous-même. Vous êtes donc bien sûr de vous, maintenant? Et si, je ne dis pas quelque pierre, fi donc! mais si quelque rose se rencontrait sur ce chemin?

— Ma chère Jude, puissent toutes les épines de tous les rosiers de l'univers se piquer au bout de votre langue pour vous empêcher de parler. Ne dirait-on pas que je suis un de ces vieux pécheurs endurcis.... incurables.....

— Vieux, non ; pécheur endurci, oui ; incurable, je ne sais pas. Mais qui a péché, péchera. On en a tant vu qui ont laissé de côté la pénitence.

— Ah ! vous appelez cela la pénitence ! Peste ! vous êtes difficile.

— Jude, Jude, par grâce ne faites pas la gitana. Ne lui jetez pas de sort. Apaisez-vous. Reconnaissez que la pénitence est si jolie, si douce, qu'elle est bien faite pour corriger le pécheur.

— Oui, apaisez-vous, cousine, dit Herbert d'un air railleur ; sans cela vous donneriez à croire que votre prédiction est une manière de souhait, et qu'il ne vous déplairait pas trop, du haut de votre vertu, d'assister à la chute de votre bien aimé cousin, trébuchant de par le fait d'une rose.

Les deux femmes éclatèrent d'un franc rire.

— Une question, ma douce cousine, continua Herbert, pourquoi vos attaques me sont-elles exclusivement réservées ? Pourquoi exceptez-vous toujours Frédéric ? Car, enfin, il est devenu un saint, de par Albine ; pourquoi ne le deviendrai-je pas, moi, de par Madeleine ?

C'était la flèche du Parthe.

Charlotte se mordit les lèvres ; elle eût voulu que sa puissance fût seule affirmée.

Jude était ravie. Elle n'aimait point Herbert,

et le voyait, avec plaisir, se mettre mal en cour.

Mais sa joie dura peu.

— Et vous, ma chère Charlotte, reprit Herbert, de son ton le plus aimable, vous avez si admirablement conduit, achevé et perfectionné l'œuvre d'Albine, qu'à vous en revient le véritable honneur. Je serai mille fois ingrat si je ne le reconnaissais pas, car non-seulement vous avez rendu mon frère plus mon frère que jamais, mais encore vous êtes devenue ma sœur. Albine ne l'a jamais été.

Herbert, malgré son air léger, avait parfaitement calculé la portée de ses paroles. Il avait senti que, en dessous, la comtesse encourageait la malice de Jude. Il s'était donc passé la fantaisie de s'en venger, pas assez pour se nuire, mais assez pour la satisfaction de son amour-propre.

— Certainement, Herbert, je suis votre sœur, c'est très-bien dit, et je suis aussi celle de.....

— Enfin! mon frère, vous êtes ici, interrompit le comte en entrant gaiement, j'en suis aise. Je vous cherche partout depuis une heure; j'ai été jusque chez vous, ce qui m'a donné le plaisir de dire plus tôt bonjour à ma gentille belle-sœur. Bonjour, Jude...

Tout en parlant au vicomte, M. de Béyanes tendait la main à sa cousine.

— J'espère, ma chère, — et il se tourna tout à fait vers elle, — que vous avez refait votre compliment à Herbert pour vous avoir choisi une si aimable cousine.

— Certainement, certainement, reprit Jude tout

en se pinçant les lèvres; j'espère qu'il saura apprécier son trésor et qu'il ne le dissipera pas follement.

— Allons! Jude, interrompit Charlotte avec une douceur affectée, assez, assez, ne tourmentez pas ce pauvre Herbert; ne troublez pas son bonheur. Moi, d'abord, j'en prends ma grande part; je ne puis dire combien je suis heureuse de voir la famille augmentée d'une si charmante manière. Madeleine va nous rajeunir. Nous allons inventer des plaisirs pour la distraire, et nous allons si bien la gâter qu'il lui faudra aimer Béyanes.

— Chère Charlotte, dit le comte en portant à ses lèvres la main de sa femme, Béyanes est votre royaume, et vous ne voulez y voir que des heureux.

Il la croit pourtant, pensait Mlle Jude avec rage, et elle s'efforçait d'autant plus de prendre un air attendri. Mais c'était en vain : sa physionomie, en dépit de sa volonté, avait une expression railleuse.

— Mon frère, vous avez mille fois raison, s'écria impétueusement le vicomte, Charlotte est la bonne fée de céans, mais Jude.

— Eh bien! Jude? achevez donc....

— Eh bien! Jude, c'est la fée Carabosse, la fée Barbotte qui gâte toutes les affaires.... la fée Dentue.... — Elle sourit et montra deux fils de perles. — Je suis la mauvaise fée, enfin.....

— Comment, cousine, reprit le comte, fort amusé par ce débat, dès le matin vous sortez vos griffes!

— Je n'ai pas de griffes!

— Vous en avez, et vous seriez bien fâchée, si on ne les sentait pas. Il est vrai que vous avez aussi, à votre service, la plus adorable patte de velours. — Voyons, mon aimable cousine, du velours, beaucoup de velours, cela vous va si bien.

— Mais je ne fais point patte de velours à volonté. Il faut que le cœur m'en dise. Toutes mes griffes à votre service, Herbert, ajouta gaiement Mlle Jude; patte de velours au vôtre, Frédéric.

Et, tendant la main au comte, elle sortit.

— Dépêchez-vous, Jude, vous allez être en retard, dit la comtesse qui était l'exactitude même.

IX

Mlle Jude de Plessac était une grande personne qui avait été fort belle, et qui l'était encore assez pour qu'on vît combien elle avait dû l'être.

Son nez aquilin, ses yeux noirs, qu'elle veloutait à volonté, mais qui, naturellement, étaient fiers et même un peu durs, sa bouche aux lèvres fines, son menton assez accusé, donnaient à sa physionomie une expression ferme et résolue.

Elle avait un profil d'impératrice romaine, des airs de tête de déesse, un caractère impérieux et un esprit dominateur ; néanmoins, elle avait infiniment de savoir-faire, de savoir-prendre et d'attrait dans l'esprit.

Elle ressemblait trait pour trait à sa grand'tante de Béyanes, dont le portrait occupait la place d'honneur dans le grand salon. La défunte comtesse avait été une des femmes remarquables, mais aussi un des tyrans de la famille, qui, par orgueil, n'en révérait pas moins sa mémoire. Mlle de Plessac était fière de cette ressemblance.

Sa taille, qui avait été fort mince et fort élégante, tendait à prendre de l'ampleur et de la majesté. Elle opposait à cette disposition à l'embonpoint une frugalité de cénobite, et se bardait héroïquement de fer, afin de diminuer sa taille de quelques centimètres et d'empêcher ses proportions de s'exagérer.

Mlle de Plessac avait encore une opulente chevelure noire. Aucun indiscret fil d'argent ne venait trahir le nombre de ses années qu'elle cachait soigneusement, ce qui ne l'empêchait pas de tenir un rigoureux compte des années de ses contemporaines. Enfin, elle se défendait énergiquement contre la quarantaine, dans laquelle, à son grand déplaisir, elle était entrée depuis trois ans.

Mlle de Plessac avait naturellement un air de grandeur qui lui allait si bien que, malgré sa modeste position, il ne venait à la pensée de personne que cet air ne fût pas celui qu'elle aurait dû avoir.

D'ailleurs, chacun savait que sa jeunesse s'était passée dans le luxe et dans la splendeur. Il lui aurait été facile, alors, de contracter de brillantes alliances; malheureusement elle aimait son cousin Frédéric de Béyanes, qui ne s'en doutait même pas et ressentait seulement une bonne et fraternelle affection. Il avait pour elle des soins aimables, mais il eût été impossible d'y découvrir l'ombre d'un sentiment.

La belle Jude avait dévoré son dépit et ses regrets, ne s'était jamais trahie et avait si bien refermé son cœur sur la chère image qui s'y était ineffaçablement empreinte, que jamais elle ne l'avait ouvert à un autre amour.

Jamais, cependant, elle n'avait oublié ce qu'elle regardait comme la plus cruelle offense. Elle avait pardonné à la vénitienne; elle aussi avait dit : Tu me le paieras.

La dette n'était pas encore payée.

Mlle de Plessac aurait cependant dû être consolée de cette indifférence par les passions qu'elle avait fait naître. Car elle avait été recherchée, admirée, demandée en mariage, même après qu'elle fut devenue pauvre. Mais elle repoussa dédaigneusement tous ces prétendants, ou quand elle sembla les encourager, ce ne fut que pour leur faire souffrir, plus tard, ce qu'elle-même avait souffert. Elle ressentait alors une sorte d'apaisement.

La marquise de Plessac, mère de Jude, menait, dans ce temps-là, à Paris, une grande existence. Elle recevait la ville et la cour et ne recevait que ce que la ville et la cour avaient de plus élevé. Son salon était à la fois recherché, et parce qu'on s'y amusait, et parce qu'on était posé dès qu'on s'y trouvait admis.

Le marquis était un joueur et un viveur; rien ne lui coûtait pour se procurer de l'argent. Il empruntait toujours, et il emprunta tant, qu'à sa mort, qui arriva subitement, sa femme et sa fille

se trouvèrent complétement ruinées. Comme jamais
il ne parlait de ses affaires, la marquise fut si
frappée de cette catastrophe, qu'elle mourut de saisissement.

Elle mourut en recommandant Jude à son neveu,
qui était accouru auprès d'elle. Dès lors, Jude devint pour le comte une sœur et une fille, car il était
extrêmement attaché à sa tante.

M. de Béyanes avait gardé un vif souvenir des bon-
tés qu'elle avait eues pour lui dans sa jeunesse. La
marquise savait que le vieux comte ne songeait
guère à donner de l'agrément à son fils, et, à plusieurs reprises, elle obtint de lui que Frédéric
vînt passer quelques mois à Paris, auprès d'elle.
Là, il reçut la plus affectueuse et la plus large hospitalité. Les salons de sa tante lui ouvrant tous
les salons en renom, il mena la plus agréable
vie.

Une fois, entraîné par le milieu dans lequel il
vivait, il contracta quelques dettes ; la marquise
les paya. Il avait été si malheureux, si troublé
par l'inquiétude de ne pas pouvoir les acquit-
ter, qu'il garda une profonde reconnaissance à
Mme de Plessac et ne crut jamais faire assez pour
sa fille.

Après la mort de sa mère, Jude, à qui il ne restait rien, fut accueillie par une de ses parentes.
M. de Béyanes se chargea de faire liquider la succession de son oncle, et, dès lors, quoique sa position fût loin d'être aisée, il assura à sa cousine
un petit revenu. Il parvint facilement à lui prou-

ver qu'une propriété s'était vendue au-delà de ce qu'on espérait. Puis, il trouva le moyen d'accroître ce revenu soi-disant par de bons placements. Jude avait fini par avoir six mille livres de rentes.

Elle passa l'été qui suivit la mort de sa mère à la Saulnerie, terre qui appartenait à sa protectrice et qui n'était qu'à trois lieues de Béyanes.

Frédéric venait souvent la voir, et elle lui faisait le plus affectueux accueil. Elle n'avait cependant rien oublié.

Son amour incompris, en désespérant son cœur, en humiliant son orgueil, avait dénaturé son caractère. Ses défauts s'étaient exagérés, ses qualités s'étaient transformées en défauts et s'étaient faites les complaisantes de son ressentiment. Ni le dévouement de son cousin, ni les preuves d'affection qu'elle en avait reçues, ne purent un seul instant apaiser cette haine faite d'un incurable amour. Elle croyait ne plus éprouver pour son cousin qu'une aversion profonde ; elle croyait qu'il aurait pu mourir sans que rien s'émût en elle. Et cependant il y avait encore des moments où elle se sentait reprise d'une adoration folle ; c'était, il est vrai, un éclair, mais alors elle eût donné sa vie pour lui. Néanmoins, ces accès de tendresse de lionne la laissaient inflexible, dans ses projets de vengeance, et elle soumettait jusqu'à sa beauté et son esprit à l'accomplissement de son œuvre.

La profonde douleur qu'elle ressentait de la perte de sa mère, le chagrin que lui laissait son changement de position lui donnaient un grande mélancolie; mais, dès que le comte paraissait, son humeur changeait. Elle n'avait plus qu'une volonté, celle de se faire tout aimable, afin de mieux s'assurer de sa proie.

Elle était une si grande charmeuse! Tout allait si bien à son esprit, qu'il s'inspirât de gaieté ou de tristesse. Elle possédait si bien l'art des nuances; elle saisissait si parfaitement le fort et le faible. Elle était si habile à flatter, si habile même à blâmer, car certain blâme peut encore être considéré comme une preuve d'affection. Puis, elle avait tant de tact, de finesse. Elle savait avec un si merveilleux à-propos se laisser aller à des excès de gaieté et de malice; elle montrait si bien que le plaisir de voir son cousin lui faisait tout oublier. Puis encore, elle savait si bien, tout d'un coup, revenir à sa mélancolie habituelle, comme si subitement la tristesse envahissait son âme, que le comte, craignant d'avoir involontairement réveillé sa douleur, se sentait tout attendri et trouvait les meilleures paroles pour la calmer.

Il éprouvait un vif plaisir à être avec sa cousine; mais il voyait, en elle, si peu la femme et si uniquement l'amie et la sœur, que lorsqu'il s'éprit de Mlle de La Seille, il fit de Jude sa confidente.

Elle l'écouta la rage dans le cœur, mais le sourire sur les lèvres, et parut s'intéresser sincèrement à son amour. Et quand le mariage fut résolu, personne plus qu'elle ne sut flatter le penchant de M. de Béyanes pour sa belle fiancée; personne non plus ne l'admira davantage et plus hautement.

Aussi, à peine le comte fut-il marié, que Mlle de Plessac fit partie de l'intimité de sa femme.

Sa femme..... combien elle l'exécrait!

Mais elle était arrivée à ses fins. Elle voulait vivre près de Frédéric et elle y vivrait. Elle le voulait afin de mieux choisir la place où elle pourrait, un jour, le frapper mortellement.

Mais comme le bonheur de ce jeune ménage lui faisait mal; comme il lui faisait horreur! Comme la beauté, comme les qualités de la jeune femme excitaient en elle la plus féroce envie. Comme le droit qu'elle avait d'aimer, tout haut, Frédéric, et comme l'amour que lui témoignait Frédéric la faisaient passer par toutes les tortures de la jalousie et du désespoir!

La mort d'Albine fut donc pour elle une véritable délivrance. Cependant, elle sut cacher sa joie avec des larmes, comme elle avait su cacher ses déchirements avec des sourires.

Ce fut à son tour de consoler Frédéric, et elle s'y dévoua. Elle se dévoua surtout à sa fille. Il en fut si reconnaissant qu'un moment elle se flatta que peut-être, un jour, elle pourrait servir de mère à l'enfant. Mais cette illusion ne dura pas. Elle fut bientôt à même de s'apercevoir que son cousin n'avait jamais vu ce qui se passait en elle et ne le verrait jamais.

Au bout de trois mois, elle quitta Béyanes, sans que son cousin la pressât ni de rester ni de revenir. Il avait accepté sa bonne affection, tout simplement, comme il croyait qu'elle, au temps de son malheur, avait accepté la sienne.

Jusque-là, Mlle de Plessac s'était volontairement faite méchante pour satisfaire à son ressentiment; alors elle le devint réellement. Son orgueil révolté se déchaîna et l'entraîna dans la voie du mal, où, depuis lors, elle marcha résolûment, sans que rien au monde pût l'arrêter, pas même sa dévotion.

Elle pratiquait régulièrement, mais sèchement; elle pratiquait bien plus en vue de ce monde-ci qu'en vue de l'autre. Elle était bien loin de la dévotion véritable, de celle dont les œuvres s'inspirent d'amour et de charité. Sa haine était entre elle et Dieu et l'empêchait d'arriver jusqu'à lui.

Peut-être cependant, si son cœur eût été enfin satisfait, ses bons sentiments se seraient-ils réveillés? Peut-être cette nature hautaine, relevée vis-à-vis d'elle-même, se serait-elle régénérée et aurait-elle été capable d'obéir à de nobles et grandes inspirations; peut-être même aurait-elle été jusqu'à se dévouer sincèrement à la fille du comte?

Mais ce que Mlle de Plessac considérait comme une dernière et suprême offense acheva de la perdre. Bien convaincue qu'elle ne serait jamais, pour son cousin, qu'une amie, tandis qu'elle lui avait donné toutes les tendresses de son cœur, elle se résolut d'accepter ce rôle d'amie et d'en profiter pour arriver à ses fins, dût-elle attendre des années et encore des années.

Alors, si sa volonté de fer ne parvint pas à vaincre

tout à fait sa passion, Jude, néanmoins, éprouva ce soulagement que donne toujours le parti pris. Il lui procura même, peu à peu, tant de calme, et elle retrouva tant de liberté d'esprit, qu'elle se résolut à profiter, en attendant, de tous les avantages que pouvait et que pourrait lui offrir sa position.

Puis, elle trouva un véritable apaisement dans la pensée que jamais son cousin n'aimerait une femme comme il avait aimé Albine.

Le mariage de M. de Béyanes avec Mlle Legris la laissa donc parfaitement indifférente. Elle se réjouit même en voyant la mariée si laide, si vulgaire; elle se réjouit encore plus en découvrant que le moral n'était pas plus beau que le physique.

Car, avec sa vive intelligence il ne lui fallut pas longtemps pour juger Charlotte et pour acquérir la certitude que non-seulement sa nouvelle cousine n'avait aucune supériorité d'esprit, mais que, malgré son hypocrisie consommée, la bassesse de ses sentiments se révélerait infailliblement, à son mari, dans un temps plus ou moins éloigné. Alors ce qu'elle verrait souffrir au comte serait le commencement de sa vengeance. Et elle se prépara comme on se prépare quand on va assister à un drame émouvant. Son intérêt était d'autant plus excité par le spectacle qu'elle comptait bien, à son heure, y prendre un rôle.

En attendant, Jude ménageait la comtesse, car elle avait vu, tout de suite, le parti qu'il lui serait possible d'en tirer. Aussi, elle la flattait, elle l'encensait, elle lui prodiguait les semblants d'affection.

Elle allait jusqu'à feindre une profonde admiration pour sa sagesse, pour son jugement; et la fière Mlle de Plessac, quand il le fallait, savait se faire petite; elle demandait des conseils. Tout cela était si bien joué, si bien réussi, que Mme de Béyanes, complétement dupe, s'imaginait dominer sa cousine pauvre, tandis que c'était cette cousine pauvre qui la dominait de toute sa hauteur. C'était elle qui l'inspirait, qui lui dictait ses déterminations, qui lui soufflait ses antipathies et qui faisait naître ses sympathies ou plutôt ses caprices.

Jude cependant connaissait trop bien Charlotte pour ne pas mettre une adresse raffinée dans sa manière de la conduire. C'était donc avec les plus infinies précautions qu'elle tirait les fils qui correspondaient aux mauvaises passions de sa cousine : à sa vanité, à sa jalousie, à son envie, à son besoin de paraître; et Jude, à force d'étude, tirait ces fils d'une main si légère, si adroite, si habile qu'elle en était arrivée à faire mouvoir la comtesse à volonté; à en faire, enfin, son docile instrument.

Au reste, Mlle de Plessac, sans fortune, sans position, n'en était pas moins une puissance avec qui chacun comptait. Elle régnait sur tout le monde, au château, et elle y régnait par la peur.

Ce n'est pas qu'elle se prodiguât en petites méchancetés, ni qu'elle s'amoindrît en cancans : non, elle dédaignait de si misérables moyens. Mais, au besoin, comme elle avait toujours quelque bonne médisance en réserve, tout en raillant, elle frappait si juste que la marque de son coup de langue ne s'effaçait plus.

Aussi la comtesse était-elle très-fière de l'empire qu'elle s'imaginait exercer sur Jude, et tout aussi fière, sans en avoir l'air, des éloges que celle-ci ne lui ménageait pas. Elle trouvait à ces louanges une saveur de haut goût.

Jude comprit bien vite que l'engouement de la comtesse pour Geneviève ne durerait pas, et qu'elle ne tarderait pas à la prendre en aversion.

Elle s'était bien gardée de la pousser dans cette voie, mais elle s'était tout autant gardée de l'empêcher d'y marcher. Elle l'avait tranquillement observée, et l'avait vue d'abord mettre un pied dans la voie funeste, puis l'autre ; puis reculer, puis revenir ; puis en sortir pour quelque temps, puis y rentrer tout à fait.

Jude avait affecté de ne rien voir. Elle comblait l'enfant de caresses, n'en écoutait pas moins les plaintes de la belle-mère, ne disait jamais que celle-ci avait tort, ou, quand elle semblait chercher à l'apaiser, elle le faisait de manière à l'exciter davantage. Mais elle se mettait personnellement à couvert en disant : mon Dieu ! que votre clairvoyance est grande, moi, je ne verrais pas tout cela ; il faut votre haute raison, votre jugement ! Moi, je l'aime d'une manière stupide, cette enfant ; je la gâte, je la perdrais si on me la laissait ; mais, que voulez-vous, je l'ai vue naître ! Puis, à l'abri de ce discours cent fois répété, elle écoutait complaisamment les griefs de la comtesse et assistait volontiers à ses actes de sévérité. Elle prenait, il est vrai, un air de componction, mais c'était pour cacher sa jouissance. L'enfant d'Albine, l'enfant adorée de Frédéric, humiliée, rudoyée par Mlle Legris !

Quelquefois, quand Jude pouvait considérer Geneviève à son aise, sans témoins, ses yeux lançaient des éclairs de haine, ses lèvres se crispaient convulsivement : si, alors, la fille d'Albine l'eût regardée, elle aurait eu peur.

Mlle de Plessac en était, d'ailleurs, arrivée, à force d'acrimonie, à comprendre le genre humain dans cette haine. Tout ce qui était beau, jeune, heureux, lui faisait mal à voir. Mais, toujours maîtresse d'elle, toujours en scène, elle était actrice si consommée, qu'elle jouait le plus naturellement du monde ce qu'elle ressentait le moins.

Elle était maternelle avec Geneviève; elle semblait adorer Armande, la louangeant sans affectation, et souvent; au fond, elle ne pouvait la souffrir et la trouvait laide, sotte, commune. Elle avait l'air de faire le plus grand cas de Mlle Smith, avec qui elle ne perdait pas l'occasion d'être aimable; elle avait presque des attentions pour elle. Cependant Mlle Smith lui était antipathique; sa droiture, son dévouement, la gênaient; elle la craignait presque. Mais elle savait que le comte tenait l'institutrice en haute estime, elle savait qu'elle était inattaquable et elle la ménageait.

Quant à Mlle Rebec, elle la choyait pour faire sa cour à la comtesse; intérieurement elle la méprisait, tout en se servant de sa méchanceté pour cacher la sienne propre.

Par exemple Jude, très-ouvertement, laissait voir qu'elle n'aimait pas son cousin Herbert, qui n'en paraissait nullement chagrin et qui, ouvertement aussi, montrait son manque de sympathie pour sa cousine. Ce désaccord remontait à la plus tendre enfance du vicomte. Ce n'est pas qu'il eût jamais eu la conscience du caractère de sa cousine, c'était au contraire parce que dès qu'ils avaient pu se connaître, il avait compris que Jude savait de lui plus qu'il n'en savait lui-même.

Jamais sa gentillesse, jamais sa jolie figure, jamais — plus tard — son luxe, sa réputation d'homme à la mode, d'homme à bonnes fortunes, n'avaient empêché Mlle de Plessac de voir d'abord ce que cachaient les grâces de l'enfant, puis, au travers de l'homme charmant, l'homme véritable, et de lui montrer qu'il ne la trompait pas.

Frédéric, après avoir vainement cherché à rétablir la bonne harmonie entre eux avait fini par s'amuser de cette petite guerre qui se passait en escarmouches et n'amenait jamais de combat sérieux.

M. de Béyanes, plus âgé que Jude, de neuf années, ne s'était jamais douté des sentiments de sa cousine. Elle était toujours pour lui une enfant. Il l'avait vu corriger, et avait maintes et maintes fois entendu la litanie de ses travers.

Dans ce temps-là, les enfants étaient bel et bien

des enfants; on ne leur faisait pas grâce de leurs
défauts, on ne les surfaisait pas; on leur disait
rudement leurs vérités. Devant son cousin, la belle
Jude avait reçu des corrections manuelles, l'impérieuse Jude avait été nombre de fois condamnée à
des pénitences, dont le cousin se souvenait toujours
et qu'il lui rappelait même quelquefois. S'il l'eût
perdue de vue, peut-être eût-il oublié toutes ces
choses, mais leurs relations n'avaient jamais cessé,
et Frédéric, tout en admirant la belle Jude, tout en
faisant cas de son esprit, voyait toujours un peu
en elle la petite fille, ce qui détruisait la poésie et
empêchait l'amour.

Mais à l'époque de la vie où était arrivé le comte,
un sentiment plus sérieux dominait tous ceux qu'il
avait pour Mlle de Plessac : c'était une estime sincère, une admiration véritable pour la résignation
pleine de dignité avec laquelle, sans jamais se
plaindre, elle avait accepté son changement de fortune. Il admirait non moins la sagesse avec laquelle
cette belle personne s'était gouvernée dans le monde,
où sa beauté et son esprit lui avaient gardé sa place,
et il faisait le plus grand cas de la réserve et de la
prudence qui dirigeaient toute sa conduite.

Aussi, tout en connaissant, mieux que qui que ce
fût, les travers et le caractère de Jude, jamais il ne
permettait qu'on la blâmât devant lui.

La comtesse, en cela, suivait l'exemple de son
mari. Elle n'avait d'ailleurs qu'à se louer de sa
cousine, et si, au fond, elle ne l'aimait pas, c'est
qu'elle n'aimait personne. Le caractère de Jude con-

venait tout à fait au sien. Elle trouvait sans cesse dans la raideur de Mlle de Plessac l'occasion de faire montre de douceur et de bonté. Et elle s'était dit que Jude passait pour être difficile, et que cela faisait bien de les voir vivre ensemble dans une parfaite entente.

Elle la comblait de cadeaux, sans y mettre de mystère; elle était, de plus, remplie pour elle de prévenances; ce qui contribuait à lui donner un renom de bonté et de générosité, auquel elle était fort sensible.

Récemment encore, plusieurs mariages inespérés s'étaient présentés pour Jude; l'appui et l'affection de M. de Béyanes en faisaient un bon parti; par lui, on pouvait arriver à tout. M. et Mme de Béyanes avaient réuni leurs instances pour déterminer Mlle de Plessac à accepter, mais elle avait invariablement refusé.

Ils n'y comprenaient rien, étant loin de se douter de la cause qui motivait ce qu'ils traitaient d'originalité.

X

— Quelle chaleur il fait aujourd'hui ! dit le vicomte
en entrant chez sa femme ; mais il fait bon chez
vous, ma chère, — et jetant sa toque sur un meuble,
il alla s'étendre dans un fauteuil.

Madeleine accourut auprès de son mari et s'assit
à ses pieds sur un coussin ; elle prit une de ses mains,
la porta à ses lèvres et la garda dans les siennes ; lui,
se penchant vers elle, l'embrassa.

— D'où venez-vous, mon Herbert ? lui dit-elle
avec cette grâce câline qui sied si bien à une femme
aimée. Il y a un siècle que je ne vous ai vu.

— Je viens de chez ma belle-sœur. J'y ai trouvé
Jude, et, toutes les deux, à ce qu'il paraît, ne taris-
saient pas sur votre compte. J'ai malheureusement
interrompu l'entretien. Charlotte prétend qu'elles
disaient de vous des merveilles !

— Cela ne m'étonne pas, Charlotte est si bonne.

— Oui, bonne,..... fiez-vous-y ! Et Jude, donc ?

— Oh! Jude, c'est autre chose!

— Autre chose! Eh bien! ma chère, je vous engage fort de ne pas la traiter avec autant de sans-façon. Autre chose! Croyez-moi, n'en parlez pas d'un air aussi dégagé. Autre chose!.... Rappelez-vous, je vous prie, qu'il est essentiel que vous ne soyez pas mal avec elle.

— Oh! mal! Herbert, comme tu exagères toujours, dit la jeune femme en joignant les mains d'un petit air malheureux et en fixant sur son mari ses grands yeux remplis de larmes.

— Enfant, reprit Herbert en l'attirant à lui, je ne te gronde pas, je ne doute pas de toi; je te donne un conseil. Cette Jude, vois-tu, c'est une peste, c'est une vraie plaie, ajouta-t-il plus bas. Je te donne, crois-moi, un bon conseil; je te dis de la ménager. Elle est très-influente ici.

— Et moi, répliqua la jeune femme, dont le visage s'était épanoui aux bonnes paroles du seigneur et maître de son cœur, moi, je te laisse voir ce que je pense, mais je ferai ce que tu voudras. Mais.... pourquoi m'as-tu parlé de Charlotte comme tu viens de le faire?

— Pourquoi?.... Parce qu'elle ne vaut pas grand'chose.

— Mon Dieu! tu me fais peur!

— En vérité, Madeleine, tu es par trop naïve; tu crois donc que chacun, dans le monde, est ce qu'il paraît être?

— Non... je sais bien.... Mais tu as l'air de tant l'aimer....

8

— Mais certainement j'en ai l'air, puisqu'il le
faut. Cela ne m'empêche pas, au fond, de penser ce
que je veux. Et je pense qu'il faut que toi aussi,
Madeleine, tu aies l'air de l'aimer. Mon frère dit
bien : « Béyanes est le royaume de Charlotte ; elle
en est la reine ; » son mari est son premier serviteur, et j'ai besoin de ce serviteur-là.

— Mais, Herbert, tu sais qu'il m'est impossible de
feindre. Grand Dieu ! pourquoi m'as-tu amenée ici ?

— Vous me demandez pourquoi, Madeleine, reprit
Herbert d'un ton de reproche, ce n'est pas généreux.

Et, se levant, il se dirigea vers la porte.

D'un bond Madeleine fut auprès de lui. Elle se
dressa sur ses petits pieds, passa ses bras autour du
cou de son mari, et l'entraînant, elle le poussa vers
le divan, le fit tomber et s'assit sur ses genoux.

— Pardonne, Herbert, lui dit-elle, dis-moi que
tu ne crois pas que j'aie voulu te faire de la peine. Je
veux, j'ai besoin que tu me le dises. Je serai bien, va,
je serai heureuse partout où je serai avec toi, tu le
sais bien. J'aimerai ma sœur, j'aimerai Jude, j'aimerai tout ce que tu voudras que j'aime, et toi, toi,
ajouta-t-elle en appuyant ses lèvres sur son front, je
t'aimerai plus que tout, tout au monde.

Herbert baisa ses beaux yeux en larmes.

— Voyons, mon ange, calme-toi, lui dit-il avec
tendresse, il faut bien que tu saches entendre la
vérité, la raison, et que tu voies les choses comme
elles sont, sans cela.....

— Et ton frère ? interrompit la jeune femme avec

l'air craintif d'un enfant qui risque une question indiscrète. Lui, n'est-ce pas? je puis l'aimer vraiment? Il est si bon !

— Oh ! lui, c'est différent, répliqua Herbert dont le visage se rembrunit.

On sonnait le second coup du déjeuner.

— Comme tu as les yeux rouges, dit-il avec humeur à sa femme. Voilà qui les ferait jaser. Voyons, baigne-les un peu..... A présent, viens, que je les embrasse.

Un sourire éclaira alors le visage de Madeleine.

Ce fut un rayon de soleil qui sécha ses larmes et fit briller son regard.

Elle était bien jolie en entrant au salon; ce fut à qui le lui dirait. Les bonjours affluèrent.

— Et moi, dit Jude, quoique arrivant la dernière, je ne vous fais pas moins mon sincère compliment. Vous n'êtes pas blonde, mais vous êtes fraîche comme l'aurore.

— Vite, Madeleine, interrompit malicieusement Herbert, vite, montrez-lui vos doigts, afin qu'elle voie qu'ils sont aussi de roses.

— Allons, Herbert, reprit Mlle de Plessac en faisant la bonne fille, ce ne sont pas ses doigts seulement, c'est toute sa personne qui est de roses.

— Et sans épines.

— Oui, c'est vous qui les avez toutes !

— Mademoiselle de Plessac, grâce pour mon Herbert, dit affectueusement la vicomtesse.

— Appelez-moi Jude, ma chère Madeleine, répliqua la vieille fille en appuyant sur ces mots :

toutes nos parentes m'appellent ainsi; vous êtes maintenant de la famille.

Ceci fut dit d'un ton moitié enjoué, moitié protecteur, et accompagné d'un serrement de main qui voulut être tendre.

Tiens, tiens, se dit à part elle Mlle Jude, tout en acceptant le bras d'un des invités, et tout en se dirigeant vers la salle à manger : on dirait qu'elle a pleuré. Déjà!... C'est plutôt que je ne croyais.

Et la bonne créature fit admirer à son voisin de table la beauté de Madeleine, seulement elle lui fit remarquer aussi qu'elle avait les yeux rouges. Le voisin n'en persista pas moins à trouver la vicomtesse délicieuse.

— Voyez-vous, ma chère petite sœur, disait M. de Béyanes à Madeleine, en lui faisant faire le tour du parc, tout le monde ici vous aime et vous aimera tant, que Béyanes deviendra votre chez vous de prédilection. Ma femme et moi le voulons, et, chose rare, toutes les volontés n'en font qu'une avec la nôtre. Voyez Geneviève, voyez Armande, elles ne peuvent déjà plus se passer de vous.

Le comte n'avait pas achevé sa phrase que Geneviève vint s'accrocher au bras de sa tante :

— Nous nous promènerons maintenant à trois, petite tante, dit-elle, car c'est mon heure, l'heure où mon père est à moi; mais je veux bien le partager avec vous.

— Vous le voyez, chère sœur, reprit le comte, petits et grands, nous sommes tous à vous.

— J'en suis bien heureuse, répliqua Madeleine

avec émotion, et il me sera bien doux de vivre ici. Charlotte m'a fait un si bon accueil.

— La comtesse est excellente, dit M. de Béyanes avec une parfaite conviction; quelquefois elle est un peu rude, mais elle revient si vite. Ce sont les meilleures natures.

La tante sentit le bras de la nièce trembler sous le sien.

— Toute votre famille m'a vraiment comblée. M. et Mme Legris ont été parfaits pour moi. Mme Defermont m'enchante; quelle charmante personne! Son mari aussi me plaît beaucoup.

— René et Aline sont deux natures d'exception qui doivent naturellement sympathiser avec la vôtre. Et la cousine Jude, qu'en dites-vous?

— Je dis qu'elle a dû être bien belle, qu'elle l'est encore, qu'elle a infiniment d'esprit, et qu'il est bon et agréable d'être bien avec elle.

Le comte se mit à rire.

— Jude est mieux que cela, ajouta-t-il en redevenant sérieux, c'est une personne qui a un mérite réel; la mauvaise fortune l'a mise, hélas! trop à même de le prouver.

— Je voudrais empêcher Herbert de guerroyer, sans trêve, mais il y prend plaisir et ne veut rien entendre.

— Laissez-les faire, ma chère Madeleine, car c'est tout simplement une manière d'exercer leurs esprits à la lutte.

Ils continuèrent leur promenade tout en devisant,

8.

d'une manière bienveillante, sur les parents et sur les invités.

M. de Béyanes marquait chaque personne d'un trait bon ou aimable qui ne pouvait s'effacer. Il insista particulièrement sur l'effet heureux qu'avait produit la marquise, sa mère ; il lui répéta plusieurs fois qu'elle avait gagné tous les cœurs.

Enfin, la jeune femme était toute rassurée quand elle rentra au château.

Les paroles d'Herbert lui avaient laissé une appréhension, un malaise qui étaient dissipés. La morale de son mari lui semblait laisser fort à désirer au point de vue de cette droiture qu'elle aimait tant ; aussi s'efforça-t-elle d'oublier sa conversation du matin pour ne se rappeler que celle qu'elle venait d'avoir avec son beau-frère.

Puis, elle fut forcément arrachée à ses réflexions par les jours de plaisirs qui se succédèrent.

Les ouvriers de la fonderie, eux aussi, voulurent fêter l'arrivée de la jeune femme.

Son entrée au village fut un triomphe. On avait élevé des arcs de verdure, toutes les maisons étaient pavoisées, et il y eut force coups de fusils.

Toutes les jeunes filles, vêtues de blanc, lui présentèrent des bouquets. Celle qui lui fit le compliment, et qui s'en tira à son honneur, était d'une beauté remarquable.

Elle avait seize ans ; ses cheveux étaient d'un blond d'épis mûrs. Ses sourcils noirs ; ses grands yeux noirs donnaient un caractère étrange à sa physionomie. Ses traits étaient réguliers et beaux. La vicomtesse fut frappée agréablement par sa beauté, et ce fut avec un grand plaisir qu'elle lui attacha au col la croix d'or dont elle lui fit présent.

— Quelle est cette belle jeune fille qui m'a récité le compliment? demanda-t-elle ensuite à M. Hartmann, qui eut l'honneur de lui offrir le bras pour lui faire visiter les ateliers, pavoisés comme le village.

— C'est la fille d'un de nos contre-maîtres qui est mort l'an dernier. Il a été fort regretté. Il nous avait, pendant dix ans, rendu de grands services. Aussi, afin de les reconnaître, M. le comte a-t-il laissé à sa veuve et à sa fille, la jouissance d'une petite maison. Vous pourrez, Madame la vicomtesse, la voir en vous en allant; c'est la première à l'entrée du village.

— Quelle étrange beauté que celle de cette enfant.

— En effet; mais elle est d'origine génoise. Son père et sa mère étaient de Sarzana. Elle a le type italien; son teint n'a aucun rapport avec celui des blondes de notre pays.

— Comment s'appelle-t-elle ?

— Le père se nommait Felipo Perulino. On l'appelle la Pérulina ou la Péruline.

Au repas, où Madeleine voulut assister, elle occupa le haut bout de la table des femmes, et fit asseoir auprès d'elle la Génoise qu'elle s'amusa à faire causer.

Le jeune fille, sans être hardie, ne manquait cependant point d'assurance: elle répondit à tout, avec naturel, et sans paraître le moins du monde embarrassée.

— Avez-vous remarqué, Herbert, la belle enfant qui m'a récité le compliment, et que j'ai voulu avoir auprès de moi à table? dit Madeleine à son mari, en retournant au château.

— Est-ce que je vois une autre femme quand tu es là, lui répliqua-t-il tendrement.

Il était dans le ravissement de l'effet que sa femme avait produit.

Madeleine le remercia, en lui serrant la main.

C'est charmant, en vérité; mais combien de temps cela durera-t-il? se demanda la bonne Jude, qui était avec le jeune ménage dans la même calèche.

XI

Un mois tout entier s'écoula en fêtes données par les châteaux environnants et rendues par les châtelains de Béyanes. Mais tout a une fin, même et surtout le plaisir. Le moment de la séparation arriva. Parents et invités s'en allèrent. Mme de Valby, elle aussi, dit adieu à sa fille qui resta avec sa nouvelle famille.

M. et Mme Legris, M. et Mme Deformont, seuls, prolongèrent leur séjour.

Madeleine s'était sentie, dès l'abord, attirée vers la sœur de la comtesse, l'empressement que Mme Deformont avait montré à la marquise, sa mère, avait achevé de gagner son cœur.

La sympathie étant réciproque, les deux jeunes femmes s'étaient promptement liées, et une sérieuse amitié ne tarda pas à s'établir entre elles.

Aline, cette jolie enfant qui était la joie de la maison de son père, et qui depuis quatre ans avait épousé M. Deformont, auditeur au Conseil d'Etat, était devenue la plus charmante jeune femme.

Ce n'étaient pourtant ni ses jolis traits, ni ses grands yeux bleus, si limpides, ni ses beaux cheveux blonds cendrés, ni toute sa beauté enfin qui lui donnaient cette puissance de charmer. C'étaient la franchise, la douceur et la pureté de son regard qui disait toute la loyauté de son âme, c'était son sourire si bon, si aimable, c'était même son rire, si jeune, si vraiment gai. De même que ce n'était pas tout ce qu'elle disait qui faisait prendre un si grand plaisir à causer avec elle, mais la manière dont elle disait. Son esprit n'était pas éclatant, il n'éblouissait pas; mais, tel qu'un parfum délicat, il pénétrait agréablement. Il était fin, enjoué, caressant, si on peut dire, car il s'inspirait de son cœur; c'est pourquoi, aussi, il était droit et sérieux.

Sa démarche gracieuse, mais digne, son accueil plein d'une aimable bienveillance; ses manières, d'une réserve toute charmante, qui était une grâce de plus, toute sa personne, enfin, avait quelque chose de chaste qui faisait penser à une madone, et le respect venait tempérer l'adoration qu'elle inspirait involontairement. Car cette jeune femme, honnête s'il en fût, pieuse de la piété la plus douce et la plus aimable, était extrêmement recherchée dans le monde, et ce monde qu'on accuse d'être si léger, tout en l'admirant pour sa beauté, la tenait en haute estime pour ses vertus que toute sa modestie ne parvenait point à cacher.

Aline n'avait jamais envisagé le mariage au même point de vue que sa sœur Charlotte. Elle n'avait point rêvé d'ambition : elle avait rêvé de bonheur. Et si elle se sentait heureuse d'être riche, c'était parce que la richesse lui permettait de choisir un mari à son gré, et de se préoccuper uniquement des goûts et du caractère de celui qu'elle accepterait pour être le compagnon de sa vie.

Un jour que son père lui proposait un parti très-brillant comme nom et comme fortune, elle lui répondit avec cette sincérité qui la rendait adorable : « Vous voulez, n'est-ce pas, mon père, que je sois heureuse? Eh bien! laissez-moi choisir mon mari. Je ne tiens ni au nom ni à la fortune, je tiens seulement à pouvoir aimer et estimer celui que j'épouserai. Qu'il soit d'une famille modeste, mais honorable, cela me suffit. Et il devrait tout ce qu'il serait à lui-même, que cela me suffirait encore. Je ne tiens point aux aïeux. Ce n'est point avec eux que je vivrai. Il y a si peu d'hommes qui s'inspirent, pour les imiter, des vertus de leurs ancêtres. Quant à sa fortune, c'est pour lui, bien plus que pour moi, que je souhaiterais qu'il eût une indépendance. Je souffrirais de penser que le monde pourrait croire que mon mari dépend de moi. Dans ce cas je ne perdrais jamais une occasion d'affirmer que sa volonté serait l'unique loi de mon ménage. Mais il y a une chose pour laquelle je ne transigerai pas : comme le Dieu de mon mari sera vraiment le mien, je veux que ce Dieu soit réellement le sien. Je veux qu'il ose le

prier à côté de moi, ouvertement; je veux que nous
le priions ensemble. Je rougirais d'un homme qui
serait honteux de m'accompagner à l'église. Il me
serait impossible de mettre ma confiance dans un
mari qui manquerait au premier des devoirs, celui
d'honorer Dieu. Comment le prendrais-je pour
guide si je le voyais s'écarter du chemin de la vérité,
de celui qui mène à la vie véritable ?

Et comme la douce et aimable nature d'Aline
était encore douée d'une grande fermeté, elle refusa
de se marier jusqu'au jour où elle rencontra celui
qui devait satisfaire à la fois son cœur et sa raison.
Ce fut René Deformont.

Aline, qui en avait entendu dire tout le bien possible, accepta sa cour, et au bout de quelque temps,
quand elle se sentit en confiance, elle eut avec lui,
devant sa mère, une conversation à cœur ouvert.
Elle le supplia, au nom de leur bonheur à tous les
deux, de lui laisser voir son caractère tel qu'il était,
de ne pas lui cacher ses imperfections, lui assurant,
avec un enjouement plein de grâce, qu'elle préférait
les connaître avant plutôt qu'après le mariage. Elle
lui promit d'agir avec la même franchise, afin qu'il
n'eût jamais de désillusions.

D'un commun accord, ils fixèrent leur mariage à
six mois de là. M et Mme Legris approuvèrent tout
ce qui plut à leur fille.

A mesure que leur mutuelle sympathie se dévelop-
pait, M. Deformont rapprochait ses visites. Quand
Aline épousa René, ce fut avec la certitude que ses
croyances, son caractère et ses goûts s'accordaient

avec ceux de son mari. Et qu'ils comprenaient tous
les deux de la même manière les devoirs, le dévouement, qu'impose la vie du cœur, la vie de famille ;
et qu'ils comprenaient de même aussi la vie du
monde et les plaisirs qu'elle sait offrir.

Aline était heureuse des qualités sérieuses et des
qualités aimables qu'elle découvrait dans son futur.
Elle était fière de son esprit élevé et cultivé ; elle
était charmée par cette délicatesse de sentiments qui
en faisait un second elle-même. Elle pressentait avec
joie le plus aimable intérieur, et le jugement droit,
la fermeté, la bonté et l'indulgence de M. Deformont faisaient qu'elle lui engageait sa vie en toute
sécurité et en toute confiance.

Puis, à cette grande valeur morale René joignait
l'extérieur le plus agréable. Son regard franc et vif
rayonnait d'intelligence ; sa bouche, quoique un peu
malicieuse, exprimait la bonté ; l'ensemble de sa
physionomie était séduisant. Sa tournure, ses manières étaient celles du meilleur monde.

René Deformont appartenait à une ancienne
famille parlementaire. Il avait perdu son père depuis
longtemps et était le fils unique et chéri d'une mère
qui avait eu la douleur de voir mourir quatre enfants.
Les uns lui avaient été enlevés dans leur enfance,
les autres donnaient déjà de grandes espérances
quand la mort les frappa.

Quoique ce fût une femme énergique et courageuse, tant de douleurs l'avaient brisée, et René, le
seul qui eût été laissé à sa tendresse, était pour elle
une cause d'angoisses incessantes. Cette tendresse

9

cependant participait du caractère de Mme Deformont, et n'excluait pas la rigidité. Elle aimait son
fils, mais elle renfermait tout cet amour au plus
profond d'elle-même; il se trahissait rarement par
quelque signe extérieur autre qu'une tyrannie excessive à laquelle René se soumettait, parce qu'il savait
que cette tyrannie provenait d'un excès de tendresse.

Il en fut néanmoins effrayé quand vint l'heure de
son mariage, il en parla franchement à Aline qui
lui répondit : je vous aime assez pour pouvoir supporter tout ce que vous-même supporterez.

Au grand étonnement de son fils, ce fut Mme Deformont qui, elle-même, aplanit tous les obstacles.

Pour la première fois depuis bien des années, il
vit s'animer cette pâle figure toujours triste et im-
muablement enveloppée de crêpes; la mère souriait
au bonheur de son fils.

Quand René lui parla de la possibilité d'épouser
cette jeune fille si exceptionnellement riche, elle fut
d'abord plus effrayée que réjouie; elle pensa aux
goûts qu'une personne élevée dans un si luxueux
intérieur allait apporter dans sa maison jusque-là
simple jusqu'à l'austérité; mais, dès qu'elle connut
Aline, ses craintes s'apaisèrent; son cœur glacé par
la douleur se réchauffa; il se rouvrit à l'espérance
et fut doucement ému.

- Il faut, dit-elle à son fils, que votre femme ait sa
maison à elle, et que dans la mienne elle vive suivant ses goûts et son âge. Moi, je ne changerai rien
à mon existence, mais quand elle voudra venir me

voir et s'asseoir à ma table, elle sera toujours la
bienvenue et elle aura la moitié de l'affection que
j'ai pour vous.

Comme Mme Deformont passait pour une personne
impérieuse et difficile, M. et Mme Legris virent avec
chagrin leur fille accepter de vivre avec sa belle-
mère. Ils lui firent toutes les représentations que
leur sagesse et leur expérience purent leur suggérer, mais la résolution d'Aline n'en fut point
ébranlée : elle avait en son mari une confiance sans
bornes; elle lui en donna la preuve et ne s'en
repentit jamais.

M. Deformont portait sur sa mère un jugement
plus éclairé que ne l'était le jugement du monde.
Quand il connut bien sa future, quand il sut qu'elle
aurait son ménage à elle, quand il vit que sa mère
l'appréciait et même qu'elle lui plaisait, — chose si
difficile, — il l'amena sans hésitation dans la demeure maternelle. Il ne redouta même pas que la
jalousie se mît entre elles pour les désunir, il les
estimait trop haut. Il sentit que deux natures aussi
élevées respecteraient leur mutuelle tendresse et
s'entendraient parce que leur vie aurait le même
but.

M. Deformont ne se trompa point.

Les jours de calme et d'intimité qui succédèrent
aux jours de fête furent extrêmement goûtés par les
deux amies. Aline aida Madeleine à supporter les
heures d'absence d'Herbert, qui, pour la première
fois depuis son mariage, s'éloignait de sa femme.
Il s'essayait à son rôle d'associé, tout en travaillant

le moins possible, et passait une partie de la journée
à la fonderie.

Au commencement d'août, toute la famille partit
pour la Normandie, afin d'y demeurer pendant tout
le mois. M. et Mme Legris y étaient retournés dans
le courant de juillet, afin de préparer des réjouis-
sances en l'honneur des nouveaux mariés.

Hermanville, habitation de l'ex-manufacturier,
était une antique demeure seigneuriale.

Le château, admirablement situé à mi-côte d'une
montagne boisée, avait un parc qui descendait jusqu'à la mer. La vue était splendide. Il y avait des
serres merveilleuses, et les parterres étaient renom-
més pour la beauté et le choix des fleurs.

M. et Mme Legris n'oublièrent rien de ce qui pouvait amuser leurs hôtes et leur prouver le plaisir
qu'ils avaient à les recevoir.

Ce fut une suite de bals, de concerts, de dîners.
Il y eut jusqu'à deux représentations données par
des acteurs de Paris. M. Legris ayant improvisé
une charmante salle de spectacle, rien n'y avait
été épargné; M. Legris improvisait comme les autres bâtissent.

Les fêtes furent si belles qu'on se les raconte encore dans le pays, car il n'y avait pas que le beau
monde qui se fût amusé. M. Legris avait voulu du
plaisir pour tous.

Mme Legris l'avait secondé à merveille. Personne
ne la pouvait surpasser dans l'ordonnance intérieure et ne savait faire plus grandement avec
une économie bien entendue; tout en abondance,

mais rien de perdu. Bonne, affectueuse, aux petits
soins pour ses hôtes, un peu guindée dans le céré-
monial des grands jours, parce qu'elle craignait
toujours d'être au-dessous de ses invités ; plus heureuse, à cause de cela, de veiller aux apprêts de la
fête qu'empressée d'en jouir elle-même ; néanmoins
elle n'était point indifférente aux honneurs qu'on
lui rendait, mais elle était surtout enchantée de
voir comme tout allait bien et comme on s'amusait
chez elle. Son mari en était si heureux !

M. Legris, toujours le même, tout rond, tout bonhomme, veillait à ce que chacun, grand seigneur
ou paysan, prît sa part de la fête. Son langage
simple et marqué au coin du bon sens lui donnait
un grand poids auprès des hommes, et il n'avait
qu'à se laisser aller à sa bienveillance naturelle
pour se faire bien accueillir des femmes. Sa ron-
deur et sa franchise donnaient à ses compliments
une telle saveur de vérité qu'elles y étaient fort sen-
sibles.

Il n'oubliait pas, d'ailleurs, les paysans et se montrait fréquemment dans la salle de verdure où ils
dansaient.

Charlotte cherchait à se faire affable, mais n'en
restait pas moins madame la comtesse du matin jusqu'au soir, et si elle donnait beaucoup aux autres,
c'était afin qu'on lui rendît cent fois plus encore.

Aline était adorable d'empressement et de bonne
grâce.

Madeleine était charmante en restant elle-même.

Geneviève s'amusait franchement ; elle aimait le

plaisir pour le plaisir lui-même, sans souci de sa toilette. Elle accompagnait Mme Legris partout dans le château; elle l'aidait à donner des ordres; elle était de toutes les promenades, elle ne voulait rien perdre. Elle assistait aux préparatifs, elle assistait aux fêtes, et donnait fort à faire à Mlle Smith, qui la quittait le moins possible.

Ainsi la chère petite échappait à la surveillance impitoyable de sa belle-mère, et ce n'était pas la moindre de ses satisfactions.

Armande, elle, courait du matin au soir le château et le village, mais pour son compte. Elle caquetait, parlait, racontait, inventait, et si on avait eu le temps de l'écouter, elle aurait fait battre le monde entier.

Miss Sarah Rebec, toujours en quête de son élève, se procurait ainsi l'occasion de voir, d'entendre, de surprendre et de raconter ensuite à la comtesse ce qu'elle avait vu, deviné ou même soupçonné.

Quant à M. de Béyanes, il jouissait du bonheur de voir tous ces heureux.

Herbert, flatté dans sa femme, flatté dans sa propre personne, qu'il savait rendre très-aimable, trouvait cette vie fort douce et en jouissait pleinement.

Aux fêtes officielles succédèrent les plaisirs en famille, les excursions, la pêche, une chasse à courre dans la forêt.

Puis on utilisa le théâtre : on joua des proverbes; on voulut essayer un mélodrame, mais les artistes, au moment le plus pathétique, furent pris d'un fou rire : l'amoureux s'était fait une voix si caverneuse, il débitait sa tirade à effet d'un air si farouche, que Madeleine, la jeune première, ne put jamais lui répondre sérieusement. Sa gaieté entraîna celle de tous les spectateurs qui ne la contenaient qu'avec peine ; car il y avait des spectateurs.

Les belles dames avaient été remplacées par de belles et fraîches paysannes, et les beaux messieurs par de grands et robustes gars. Ce public-là s'amusait tout autant que l'autre, et quand il vit le beau monde rire, il rit aussi et s'en donna à cœur-joie.

L'ouverture de la chasse, qui approchait, rappela le comte et la comtesse à Béyanes. Charlotte voulait y arriver à l'avance pour faire préparer le château.

— Mon cher Herbert, dit Madeleine à son mari, l'avant-veille du jour où ils devaient quitter Hermanville, j'espère que vous ne me désapprouverez pas, mais tout à l'heure, encouragée par Frédéric, j'ai cédé aux instances de Mme Legris et d'Aline, j'ai promis que nous resterions encore huit jours.

— A votre aise, ma chère, restez si bon vous semble, je ne vous empêche pas ; mais moi, je pars.

Et le visage du vicomte, qui la minute d'auparavant était de la meilleure humeur, devint des plus maussades.

— Vous partez ! Oh ! non, non, Herbert, vous ne ferez pas cela. Vous ne ferez pas cette sottise à Mme Legris, qui vient d'être si excellente pour nous.

— Je vous jure que je le ferai, répliqua-t-il sèchement. Cela vous servira de leçon, et vous guérira
de disposer de moi, sans mon consentement; une
autre fois, vous me consulterez. Ce sera amusant
ici, quand tout le monde sera parti.

— Mais Aline et son mari resteront.

— Eh! bien, après? Vous croyez peut-être que
René m'amuse?

— Vous avez l'air, au moins, de vous plaire avec
ui.

— Me plaire? Nous n'avons pas deux idées qui
s'accordent. Je ne sais de quoi causer avec lui. Me
plaire! oui, quand il y a dix personnes entre nous;
mais en tête-à-tête, non, certes.

— Mais vous aurez M. Legris.

— M. Legris! ah! vous le comptez? Pourquoi
pas Mme Legris?

Herbert leva les épaules, éclata d'un rire moqueur, prit sa toque et sortit en fredonnant entre
ses dents, ce qui était chez lui un signe évident de
mauvaise humeur.

Madeleine resta pétrifiée. Comment expliquerait-
elle à ses hôtes le refus de son mari?

On allait déjeuner. Elle descendit et entra au salon avec un véritable battement de cœur.

Herbert y était déjà, causant le plus amicalement
du monde avec René et avec M. de Jouville, un
voisin, qui venait d'arriver.

Ils arrangeaient une partie de chasse pour le surlendemain.

— Tu sais, lui dit Aline, venant toute joyeuse,

au-devant d'elle, tu sais, ton mari reste; il a dit oui tout de suite; il a été charmant.

La vicomtesse avait si vivement craint que son mari ne froissât la famille Legris, qu'elle ressentit un grand soulagement. Néanmoins, elle garda, au fond du cœur, une impression de tristesse.

Ce n'était pas la première fois que la versatilité d'Herbert l'étonnait et même l'inquiétait. Mais jusque-là l'inquiétude n'avait été que passagère, il redevenait très-vite affectueux et empressé, et elle oubliait ses brusqueries et ses caprices. Cependant comme ce jour-là son humeur fantasque avait menacé ses amis, elle en avait été plus frappée. Aussi ne put-elle s'empêcher d'y penser à plusieurs reprises et d'établir, malgré elle et quoiqu'elle se le reprochât presque, une comparaison entre son ménage et celui d'Aline. Là peut-être il y avait moins d'emportement, de passion, d'admiration excessive; la tendresse était peut-être plus contenue, mais comme elle était plus profonde et plus grave.

M. Deformont avait moins de petits soins, mais plus d'égards, et tout en admirant sa femme, tout en l'adorant aussi, cette adoration avait un caractère plus sérieux, plus respectueux. Il était pour elle un ami sûr, un conseiller éclairé sur lequel elle pouvait s'appuyer et qui la protégeait. Herbert aussi avait de grandes qualités, cependant.....

Madeleine prit un livre pour s'empêcher de penser, et elle se reprocha si sévèrement ses réflexions, que, loin de tenir rigueur à Herbert, elle fut plus douce et plus prévenante encore que de coutume. Elle cher-

9.

chait ainsi à mériter le pardon de ce qu'elle considérait comme une offense cachée.

Herbert, qui n'avait point oublié sa boutade, inter-
préta cette indulgence à sa manière : il se dit tout
bonnement que rien ne rendait une femme plus charmante que de lui faire sentir de temps en temps
qu'on était le maître, et il fut enchanté de lui-même.

Geneviève avait tant de fois dit : « Comme je
m'amuse, comme je suis heureuse ici ! » que la bonne
Mme Legris profita d'un moment où la comtesse lui
parut bien disposée pour lui demander de laisser à
Hermanville Geneviève et Mlle Smith, jusqu'au départ de la vicomtesse, qui les ramènerait.

— Mon Dieu, ma mère, répondit Charlotte avec
aigreur, et en changeant subitement de visage, pourquoi me demandez-vous donc toujours des choses
qu'il m'est tout à fait impossible de vous accorder,
malgré le vif désir que j'en aurais. Je ne puis laisser
ici Mlle de Béyanes. Je me suis fait une loi de ne
jamais m'en séparer, de ne jamais la confier à personne.

— Comment, pas même à moi ?

— Ma mère, reprit sèchement la comtesse, quand
on a accepté une charge, il faut la porter jusqu'au
bout. C'est un devoir.

Pauvre Geneviève ! pensa Mme Legris ; car elle savait comment sa fille accomplissait ce devoir ; mais
elle avait compris que son insistance serait inutile,
et elle ne répliqua plus.

La saison d'automne se passa de la manière la plus
agréable. Beaucoup de monde, beaucoup de mou-

vement, beaucoup de ce va-et-vient et de cet imprévu qui anime la vie à la campagne et la rend
aimable à la jeunesse. Madeleine était ravie, elle
montait à cheval, ce qui lui plaisait par-dessus tout,
et suivait avec son beau-frère ou son mari les chasses
à courre. Sans être intrépide, elle montait bien et
avait la plus jolie tournure.

Elle se trouvait heureuse à Béyanes et témoignait
d'une manière si gracieuse et si affectueuse combien
elle s'y plaisait, que sa belle-sœur ne la détestait pas
autant qu'elle l'aurait cru, et que tant de grâce
aimable, tant de douceur et tant de simplicité embarrassaient Mlle de Plessac elle-même; certes elle
ne lui faisait pas l'honneur de l'aimer, mais jamais
elle ne l'attaquait en face : c'était beaucoup.

Enfin, on se trouvait si bien, tous réunis, qu'au
moment où M. et Mme Deformont quittèrent Béyanes,
et où l'époque du retour à Paris fut mise en question, la famille décida qu'elle passerait l'hiver au
château.

L'hôtel de Paris était à peine suffisant pour la
comtesse et ses filles; Herbert et Madeleine n'auraient pu y trouver place, ce fut d'un commun accord qu'on résolut de ne pas se séparer.

M. de Béyanes en fut doublement satisfait. Il eut
d'abord regretté de voir Herbert et sa femme obligés de demeurer à part; puis il aurait été fâché que
son frère fût rejeté aussi promptement dans cette
vie de Paris qui lui avait été si fatale. Il promit que
l'hiver suivant l'hôtel serait disposé de manière à ce
que toute la famille y eût place, et dit qu'il allait

faire venir son architecte, afin de faire ajouter une aile au corps de logis principal.

Les deux sœurs furent dans la joie de rester à la campagne. Paris ne les séduisait pas encore, c'était une sorte de prison, et Béyanes, c'était la liberté. Geneviève eut un cheval, elle le montait auprès de son père et de sa tante, ce qui la rendait folle de plaisir. Armande eut un panier à elle avec un âne, ce qui était toute son ambition. Petits et grands firent force projets pour Noël, pour le jour de l'an et pour les jours gras. On rêva des merveilles, et la com-tesse se prêta à tous ces rêves de la meilleure grâce du monde.

Mlle de Plessac s'engagea à rester. M. et Mme De-formont s'engagèrent à revenir. M. et Mme Legris promirent quelques semaines, et comme Béyanes n'était qu'à quatre heures de Paris, la comtesse fut assurée d'une quantité de visites.

La nouvelle de la prolongation de séjour à Béyanes s'étant répandue, les châteaux voisins, ten-tés par ce brillant hiver et par le non moins brillant carnaval qui se préparait, se résolurent à rester jus-qu'au mois de mars.

La petite ville de ***, distante d'une lieue du châ-teau, s'émut aussi à l'idée de ces plaisirs inaccoutu-més. On visita soigneusement les toilettes, on les ra-fraîchit, on mit en bleu ce qui était en rose, eu rose ce qui était en bleu. On s'arracha le journal des modes, afin que les toilettes neuves fussent au der-nier goût.

Béyanes et ses hôtes défrayèrent les conversa-

tions ; il absorba le présent, il embellit l'avenir ; hors
Béyanes, rien n'était plus.

Chacun se hâta de se mettre en règle pour les
visites, le château ne désemplissait pas. Il y eut
même des présentations, car il y a toujours des paresseux, mais l'aiguillon du plaisir fit qu'il n'en
exista plus.

La vanité de la comtesse fut extrêmement flattée
en voyant qu'elle révolutionnait ainsi, à volonté, le
pays. Aussi trouva-t-elle une affabilité de reine pour
recevoir toutes ces bonnes gens. Elle en parlait
comme si elle eût été une Montmorency ou une
Rohan : elle oubliait si volontiers qu'elle était Legris
tout court.

Le 25 décembre, les cheminées du château firent
merveilles ; elles étaient, au matin, sans qu'on sût
comment, encombrées de surprises.

Il y en eut non-seulement pour Geneviève et pour
Armande, mais aussi pour la comtesse, pour la vicomtesse, pour Mlle de Plessac, pour les deux gouvernantes. Le petit Noël se montra magnifique pour
tout le monde. C'était à qui, le lendemain matin,
courrait chez sa voisine, pour lui montrer ses tré-
sors, et chacun était si empressé qu'on se rencontrait dans les corridors et qu'on y tenait assemblée.

Le jour de l'an transforma la galerie en bazar.
Sans parler des cadeaux particuliers, on tira une
loterie, où les voisins et les invités de la petite ville
eurent tous à se louer du sort.

De chaque côté de la galerie étaient des arbres
faits en branches de sapin et illuminés par une mul-

titude de petites bougies : les lots y étaient sus-
pendus.

Malgré la neige qui tombait en abondance, pas un
invité ne manqua. Le village qu'ils traversèrent
avait, lui aussi, l'air en fête. Le comte et la comtesse avaient fait faire une distribution de vivres et
de chauffage, et grâce à eux l'année, pour chacun,
commençait sous d'heureux auspices. La comtesse
avait ajouté des vêtements ; la vicomtesse s'était
chargée des jeunes filles ; Geneviève et Armande
avaient distribué des jouets et Mlle de Plessac avait
donné des bonbons.

Entre les fêtes et les jours gras, il y eut des soirées et même des concerts à la ville ; c'était simple,
mais on s'y amusait beaucoup. On recevait aussi,
chaque semaine, à la sous-préfecture, et la comtesse, Madeleine et Mlle de Plessac ne manquaient
pas une soirée. La comtesse était reçue comme une
principauté, une famille royale n'aurait pas été accueillie avec plus d'honneurs. Ces coups d'encensoir
embellissaient infiniment le plaisir pour Charlotte ;
Madeleine, elle, s'enivrait de tout, et Mlle de Plessac
s'amusait tout simplement aux dépens de Mme de
Béyanes, et n'était pas non plus fâchée de se voir
encensée pour son propre compte, car elle aussi
était une puissance. Elle et la comtesse, quand elles
étaient en tête-à-tête, s'en donnaient à cœur-joie de
se moquer de tout ce petit monde, et n'étaient pas
moins pressées d'y retourner.

Les voisins, eux aussi, rivalisaient à qui rece-
vrait le mieux la famille.

Enfin, les jours gras arrivèrent. Le dimanche, il y eut grand dîner, grande soirée au château ; on joua des proverbes.

Le lundi, il y eut bal costumé ; le lundi, depuis plus de deux mois, occupait toutes les femmes.

Il avait été décidé que les costumes Louis XV et Louis XVI seraient de rigueur ; que les femmes ne pourraient être reçues qu'en poudre et en paniers, et les hommes qu'en poudre, habit, veste et culotte.

La comtesse avait fait choix du costume porté par la reine Marie Leckzinska dans son beau portrait peint par Vanloo : grand habit de cour de velours incarnat, garni de martre, et la simple fanchon de dentelle noire sur les cheveux poudrés ; jamais Charlotte n'avait été autant à son avantage.

Madeleine et Herbert étaient en mariés de village sous Louis XVI ; Aline avait le costume de velours bleu de ciel que la reine Marie-Antoinette porte dans un de ses plus beaux portraits. Les deux jeunes femmes, l'une dans sa simplicité, l'autre dans sa tenue royale, étaient délicieusement jolies.

Jude portait un costume exactement copié sur le portrait de sa grand'tante de Béyanes. On eût dit que le portrait était descendu de son cadre. Jude produisait un effet saisissant. Cette beauté correcte, mais sévère et dure, attirait les yeux et les retenait sans rien dire au cœur.

M. Legris avait eu la fantaisie de prendre le costume de porte-balle du temps Louis XVI. La comtesse avait été loin d'approuver ce choix, quoique l'habit fût en taffetas, mais malgré tout ce qu'elle

avait pu dire, M. Legris avait tenu bon. Il préten-
dait avoir son idée.

Mme Legris portait un costume espagnol velours
noir satin, une coiffure de dentelles et force dentelles
à sa robe. Cette toilette sévère allait à son visage,
et elle aussi semblait descendre de quelque cadre
du siècle dernier.

Geneviève, poudrée et en costume de jeune fille
de l'époque, était ravissante.

La grosse Armande gagnait fort à la poudre et à
la robe à queue, qui la faisait paraître moins épaisse.

A huit heures, toute la famille était habillée et
réunie dans la galerie.

Ce fut un bon moment de gaieté. On se saluait en
cérémonie, on se complimentait, on courbait une
plume, on redressait une fleur.

Tous les costumes étaient si parfaitement réussis,
qu'au fond jeunes et vieilles étaient fort satisfaites
et de la meilleure et plus belle humeur du monde.
On s'essaya à des menuets de fantaisie qui n'en
étaient peut-être que plus jolis, on risqua quelques
figures de la gavotte.

Cette heure, certainement, fut une des plus aimables de la soirée.

Bon nombre de parents et d'amis étaient arrivés
dans la matinée et à l'heure du dîner. Mais le dé-
ballage, l'arrangement des toilettes avaient été toute
une affaire, et les femmes furent longtemps à s'habiller.

Leur entrée mit un nouvel entrain, mais elle fut
promptement suivie de celle des invités.

Les Parisiennes se groupèrent alors toutes ensemble, formant ainsi une sorte de tribunat.

Mlle de Plessac, momentanément, fit partie du groupe en qualité de gazette de l'endroit.

A neuf heures, on annonça M. le maire!

— Voyez, voyez, ma tante, dit Jude à Mme de Pléneuff, voici madame la mairesse! Dieu! quel costume! Un arc-en-ciel empanaché. Voyez si sa figure enluminée et bouffie n'a pas l'air, sous cette lourde perruque poudrée à frimas, d'une grosse pomme rouge dans de la ouate.

— D'où sort cette bonne femme?

— Oh! c'est tout bonnement une Perrette qui n'a cassé ni ses œufs, ni son pot au lait. M. le maire est un ancien fermier qui a mieux que du foin, il a de l'or plein ses bottes.

— Claire, ma chère — Claire était une demoiselle de Pléneuff — Claire, dit la bonne Jude, vite un regard, en coulisse, à gauche. Voilà la femme du percepteur. Une vraie mine de Pierrot. Pas de sourcils, les yeux éteints. On disait : elle sera mieux avec la poudre; mais non, elle est encore plus mal. Tenez, tenez, comme elle se trémousse, comme elle se tortille. La pauvre femme cherche à se donner une contenance et de l'aplomb afin de répondre à Charlotte.

— Marie, attention! — Marie était une seconde demoiselle de Pléneuff — voilà madame la préfète.

— Comme elle est jolie, dit la jeune fille.

— Oui, oui, et elle le sait. Le fait est que son costume de Pompadour est très-bien réussi. Tenez, la voici qui vient.

Jude se leva, alla vers elle.

— Sans compliment, chère madame, laissez-moi vous dire que votre toilette est délicieuse, et que vous la portez à ravir.

— Mais, c'est uniquement de la vôtre qu'il faut s'occuper, chère mademoiselle, reprit la jeune femme avec grâce; vous êtes cent fois plus belle que ce portrait que nous admirons tant; et, faisant une révérence à Mlle de Plessac, elle alla s'asseoir auprès de la comtesse.

— Avez-vous remarqué, ma tante, comme, en prévisions des futures hautes destinées d'Arnold, — c'est le sous-préfet, — la petite personne, par avance, prend des airs de préfète?...

— Jude, qu'est-ce que cette avalanche? interrompit Mme de Pléneuff.

— Ce sont les dames de la ville et leurs demoiselles, — elle appuya ironiquement sur ce mot. — Elles arrivent en caravane, quinze dans deux voitures : c'est l'usage du pays. Sont-elles assez chiffonnées?...

— Ma cousine, ma cousine, dit du bout des lèvres le petit vicomte de Vernières en se jetant au travers de la conversation, grâce! Elles sont si fraîches, si jolies!

— Un vrai bouquet, une vraie botte de fleurs, j'achève votre pensée, mon cousin; eh bien! venez avec moi, venez m'aider à les faire placer; puis vous choisirez les plus belles et vous les ferez danser.

Et, prenant le bras du vicomte, elle alla le présenter aux jeunes filles, puis revint auprès de sa tante.

— Vite, Jude, dit Mme de Pléneuff, nommez-moi la jolie femme qui vient d'entrer.

— C'est Mme Patu, la notaresse.

— Et le gros vilain homme qui lui donne le bras?

— C'est son mari, maître Patu, le notaire.

— Comment a-t-on pu marier une si jolie créature à un si vilain bonhomme?

— O ma tante, c'est que, dans ce pays, on sait compter. Et que cette face plate, cet air bonnasse n'empêchent pas que maître Patu soit un finot qui, d'un sou, fait tout de suite un franc... Ah! mais voilà la fine fleur de la *gentry* du pays.

Une marée montante de satin, de dentelles et de diamants fit irruption dans le salon.

Mlle Jude se précipita au-devant du flot et lui apporta son tribut de révérences et de compliments.

C'étaient les châtelaines des environs avec leur famille et quelques amis.

Quand la cérémonie des présentations fut terminée, Jude accourut auprès de sa tante.

— Eh bien! comment trouvez-vous nos merveilleuses?

— Ma chère nièce, je les ai vues dans le monde, pour la plupart, et je vous avoue que je m'en occupe fort peu : je suis tout à la petite Patu. C'est bien la plus délicieuse petite bourgeoise Louis XV qu'on puisse imaginer. Sa modeste robe de taffetas blanc et sa croix de perles effacent, pour moi, les satins et les diamants. Est-elle jolie dans tout ce blanc! A-t-elle l'air ingénue! Est-elle séduisante!

— Vous voyez, ma tante, qu'Herbert partage votre goût. Cette toilette de mariée, — car c'est la toilette de noce de la petite, — a un parfum qui lui monte à la tête.

— Jude, reprit la tante sans s'occuper de·la réflexion, regardez donc le mari; il me paraît moins entendu aux choses du monde qu'en affaires.

— Oui, en effet, il semble heureux et tenir à honneur de voir qu'Herbert admire sa femme. Regardez comme il relève ses gros sourcils, déjà si ridiculement arqués? Voyez donc si ses gros yeux ronds n'ont pas l'air d'o surmontés d'accents circonflexes.

Un éclat de rire accueillit cette charitable réflexion.

— Encore vous, vicomte! dit Mlle Jude en se retournant. Et pourquoi ne dansez-vous pas?

— Je regarde cette petite femme. Un vrai pastel Louis XV. Ah! si j'avais été le roi.

— Eh bien! qu'eussiez-vous fait? dit la douairière de Pléneuff d'un ton quelque peu revêche.

— Ma tante... je... je l'aurais regardée.

— Eh! regardez-la; qui vous en empêche?

— Parole d'honneur, après ma cousine Madeleine et Mme Deformont, c'est la plus... — Il s'arrêta court... — Parole d'honneur, elle a des yeux de gazelle.

— Qu'est-ce qu'il dit? qu'est-ce qu'il dit?...

Mais Jude, n'est-ce pas le petit duc d'Avrincourre
que je vois là-bas, donnant le bras à Geneviève? Il
et elle pourraient moins bien choisir. Ils sont charmants. Comment va la duchesse?

— Toujours de même; ma tante, toujours aussi
malade.

— Qu'elle est jolie, cette petite Geneviève, et
gracieuse! Mais elle ne sera pas aussi belle que l'é-
tait sa mère. Qu'en pensez-vous, ma nièce?

— Je n'ai jamais pu souffrir les blondes, répliqua
sèchement Mlle de Plessac.

— Ah! — Cet ah! fut prononcé d'un ton indifférent. — Si vous préférez les brunes, en voici une si
jolie qu'elle doit être de votre goût. Venez ici, ma
chère Madeleine, dit la douairière à la jeune femme,
que j'aie le plaisir de causer un peu avec vous.

— Ma cousine Jude, un tour de valse; cette valse
de *Faust* est irrésistible. Moi, je ressusciterais
pour.....

Tout en parlant, le petit vicomte entraînait
Mlle de Plessac, et tous deux se perdirent bientôt
dans le tourbillon des valseurs.

— Regardez donc Herbert, ma chère Charlotte.

Mlle Jude, après la valse, était venue se reposer
un moment auprès de la comtesse.

— Et Madeleine donc.

Cette réflexion échappa à Mme de Béyanes; elle
reprit vivement.

— Avouez que la petite Patu est bien drôle.

— Oui, cela promet. Avez-vous remarqué Geneviève?

— Certainement. Cette petite est d'une coquetterie ! Mais, vous le savez, il n'y a rien à dire.

— Le jeune duc ne serait pas à dédaigner !

— Grand Dieu ! je ne la souhaite pas au pauvre Gaspard.....

Il paraît qu'elle ne se soucierait pas de ce mariage. Elle le trouverait trop beau. C'est bon à savoir, pensa Mlle de Plessac.

— Comment trouvez-vous la petite notaresse ? dit-elle à Madeleine, qui passait auprès d'elle.

— Charmante, répliqua Madeleine, que l'assiduité de son mari contrariait, mais qui était incapable de s'en venger par une réflexion malveillante.

— Ah ! voilà Herbert qui la quitte, enfin ! Il y avait des années que je n'avais vu votre mari aussi aimable et aussi gai que ce soir.

Mlle de Plessac avait pris son air tout à fait bonne fille pour donner ce coup d'épingle à sa cousine.

— C'est qu'il a pris au sérieux ses devoirs d'époux, répliqua la vicomtesse avec enjouement. Ce soir, il est en vacances, mais demain il rentrera dans le giron conjugal. Ma chère sœur, dit-elle avec grâce à Charlotte, votre soirée est délicieuse, et nous nous amusons toutes comme des bienheureuses.

Elle ment, se dit avec dépit Mlle de Plessac, certaine d'avoir atteint son but, mais contrariée de ce que la vicomtesse ne le laissait point voir.

Les bienheureuses n'étaient peut-être pas aussi nombreuses que Madeleine avait bien voulu le dire ; mais il y en avait une cependant, une qui, à elle

seule, s'amusait autant que tout le bal réuni : c'était
Geneviève.

Le comte, son père, la suivait des yeux avec un
bonheur infini. Elle était si gaie, si gentille, si ave-
nante. Elle causait d'une manière si aimable, si
naïve, avec le petit duc d'Avrincourre ; elle avait
si franchement l'air de prendre plaisir à la conversation.

Gaspard d'Avrincourre venait d'avoir dix-huit
ans ; mais, en vrai enfant des bois, il était si timide,
si sauvage, si peu habitué au monde, que, dans le
premier moment, le bruit de la fête l'avait effarouché: Il s'était réfugié dans un salon écarté, et il y
causait tranquillement seul à seul avec son précepteur, quand Geneviève, qui l'avait vu toutes les
fois qu'elle avait été avec sa belle-mère faire visite
à la duchesse, vint se mêler à la conversatioa. Elle
avait peu à peu si bien apprivoisé, si bien rassuré
le jeune homme, qu'il avait fini par oser lui offrir
son bras. Et, tous les deux, ils étaient allés parcou-
rir la galerie transformée en champ de foire.

On y avait porté des orangers et une quantité
d'arbustes qui formaient une avenue dans laquelle
de vrais marchands avaient établi leurs boutiques.
Ouvriers et paysans venaient y faire leurs emplettes
ou plutôt leurs choix, d'une manière fort agréable,
car ils achetaient sans avoir besoin de payer. C'était
le comte qui donnait. Lui aussi avait voulu qu'il y
eût du plaisir pour tous.

M. de Béyanes suivait donc des yeux la promenade de sa fille. Il regardait avec intérêt Gaspard,

et cette vue amenait sans doute d'agréables pensées dans son esprit, car son visage avait une expression souriante. Il cherchait peut-être à deviner ce que deviendrait un jour le blond et mince jeune homme aux yeux si doux, qui paraissaient maintenant si bien sous le charme des grâces enfantines de Geneviève. Il se disait peut-être que Gaspard d'Avrincourre aurait un jour une fortune immense, que le château des d'Avrincourre était tout près de celui de Béyanes, et que la duchesse faisait un grand accueil à Geneviève. Il se disait encore qu'elle, si triste, si souffrante, si sauvage, elle qui ne voulait voir personne, recevait toujours la comtesse avec empressement et lui avait fait une visite, elle qui n'en faisait jamais. Mais il se disait sans doute aussi qu'il faudrait voir ce que deviendrait le jeune homme ! Aujourd'hui, il n'aimait que la chasse et les bois, mais plus tard qu'aimerait-il ?

M. de Béyanes, tout en s'occupant de chacun, ne perdait personne de vue ; il vit avec regret qu'Herbert se laissait emporter, et il sentit que Madeleine devait en souffrir. Plusieurs fois il surprit les yeux de la jeune femme attachés sur son mari avec une expression de tristesse. Elle sera jalouse, pensa-t-il ; pauvre femme, alors !

Herbert était, en effet, redevenu l'Herbert d'autrefois, et Madeleine ne l'avait point encore vu ainsi. Cette réunion de jolies femmes avait tourné la tête du vicomte ; il coquetait, il papillonnait ; l'homme charmant, l'homme à la mode reparaissait dans toute sa vivacité, dans toute sa légèreté. Il aurait volontiers oublié qu'il avait pris femme, si les compliments qu'on lui adressait sur la sienne ne l'eussent ramené à la réalité. Mais s'il acceptait cette réalité sans la maudire, c'est qu'elle lui était rappelée d'une manière qui flattait sa vanité.

Jude le regardait aussi, elle, mais c'était pour se réjouir de le voir, plus tôt qu'elle ne l'espérait, redevenir lui-même.

— Vraiment, ma cousine, lui dit Herbert qui la trouvait splendide dans son costume, vous êtes admirable. Défunt notre grand'tante en pâlit de jalousie dans son cadre. Je vous jure qu'elle en fronce le sourcil.

— Mais c'est vous qui lui faites froncer le sourcil; elle est indignée de voir que le modèle des maris ne cherche que l'occasion de ne plus l'être.

— Ma cousine, vous savez, vous lui ressemblez aussi d'esprit, à notre grand'tante? Quel tyran vous eussiez fait, si vous eussiez daigné accepter un mari. Comme vous l'auriez régenté, admonesté.

— Peut-être, interrompit-elle. Mais, par exemple, si mon mari s'était conduit comme vous le faites ce soir....

— Il en aurait entendu de belles?...

— Vous êtes bien dans l'erreur, interrompit-elle encore, je me serais moqué de lui. Un mari qui a un sentiment peut faire pleurer, mais un mari papillon, on n'en fait que rire. Le ridicule le garde. Il paraît cependant que la petite Patu....

— A un minois charmant. Mais, entre nous, mon adorable cousine, elle est plus qu'ingénue et moins

10

qu'intelligente, et quoique vous et moi soyions en
guerre, j'avoue....

— Vous avouez ?

— Eh bien! j'avoue que j'aime mieux un quart
d'heure de guerre avec vous, que la paix avec
elle.

Jude fut désarmée par le compliment, et le vicomte, en veine de choses aimables, poursuivit ses
succès.

M. de Béyanes ayant voulu que le lundi gras fût
une vraie fête pour tout le monde, avait fait arranger en salle de bal une des salles basses du château,
et la comtesse et lui s'y étaient montrés à plusieurs
reprises. Leur exemple avait été suivi par un grand
nombre de leurs invités, ce qui avait grandement
flatté les danseurs et les danseuses du pays.

Puis M. de Béyanes avait fait établir à l'un des
bouts de la galerie, celui qui donnait sur le vestibule, une estrade, afin que les gens du village
puissent jouir de la vue du bal costumé.

L'estrade avait surtout été occupée par ceux qui
ne dansaient pas; une seule jeune fille, la Génoise,
y avait passé toute la soirée. Elle avait choisi le
coin le moins éclairé, et, de là, elle contemplait
d'un œil sombre et avide le luxe et l'éclat qu'elle
avait sous les yeux.

— Regardez donc, miss, comme la Génoise a l'air
grognon, dit à sa gouvernante Mlle Armande, obligée d'aller se coucher, parce qu'ayant surabondam-
ment absorbé des glaces et des gâteaux, elle
ne trouvait plus d'attrait au bal.

Non, la pauvre Génoise n'a pas l'air grognon, elle a l'air malheureux, se dit Madeleine qui avait entendu la réflexion de sa nièce. Ce doit être une terrible tentation pour les jeunes filles qui ont des goûts au-dessus de leur état que de voir nos plaisirs, et un véritable supplice que de se dire que ces plaisirs leur seront toujours interdits. Que de soumission à leur sort, que de raison il leur faut! Pauvre Pérulina!

Et certainement, si la jeune fille fût descendue de l'estrade, elle lui aurait dit quelques bonnes paroles. Mais la Génoise ne quitta pas sa place.

Madeleine, quoiqu'elle eût beaucoup dansé, quoiqu'elle se fût beaucoup occupée des autres et qu'on se fût tout autant occupé d'elle, était triste au fond du cœur : les paroles de Jude lui avaient fait mal. Elle aurait voulu être la seule à s'apercevoir de la légèreté d'Herbert. Elle en était embarrassée. Elle le trouvait trop aimable, de cette amabilité qu'une femme n'aime pas voir à son mari et qui lui fait perdre à ses yeux.

Ce rôle d'homme charmant, loin de l'éblouir, l'étourdissait. Il la rendait froide et positive, elle qui l'était si peu.

Elle était dans la disposition d'esprit où se trouve toute personne qui, à un grand dîner, s'abstient de boire du vin de Champagne quand tout le monde en boit.

Elle voyait peu à peu les autres femmes s'animer; elle les voyait sortir de leur caractère, et, sous le prétexte qu'Herbert était marié, accepter sa cour,

écouter les compliments, écouter les fadeurs et
les folies qu'il leur débitait et lui en répondre.
Plus elles s'animaient, plus Madeleine devenait de
glace. Elle avait même fini par trouver que ces
femmes manquaient de retenue. Quant à Herbert,
il lui semblait ridicule. Et elle se sentait prise
de dégoût pour le monde et d'amour pour le coin
du feu.

— Comme vous voilà songeuse, ma petite sœur,
lui dit le comte de Béyanes, qui, éclairé par la sincère affection et la connaissance qu'il avait de cette
nature de sensitive, lisait dans son âme depuis le
commencement de la soirée.

— C'est vrai, répliqua-t-elle, et je vous remercie,
mon cher Frédéric, de m'en avertir. Le bal me produit souvent cet effet. Insensiblement je m'isole du
monde, je me fais une solitude au milieu du bruit,
et malgré ma couronne de fleurs et ma robe de bal,
je fais de la philosophie sérieuse.

— Je le comprends. Moi, tout à l'heure, j'ai vu
repasser sous mes yeux toute ma triste jeunesse ; et
je voyais là-bas, tenez, auprès de cette fenêtre, ma
pauvre mère assise, tenant un livre qu'elle ne lisait
pas et ayant laissé tomber sa tapisserie sur ses genoux. Je me rappelais ses larmes... Je revoyais tous
ceux que j'ai aimés, et je pensais avec douleur qu'ils
n'étaient pas heureux.

Tout d'un coup la porte du grand salon s'ouvrit,
et le maître d'hôtel annonça le souper.

Les tables étaient splendidement servies ; le repas
fut magnifique et très-gai.

A peine était-il achevé, qu'on se disposa à danser le cotillon. Les valseurs faisaient déjà leurs invitations, quand on annonça aux dames qu'un porteballe réclamait la faveur de leur présenter ses marchandises. Cette annonce les eut bien vite rassemblées, et elles accordèrent sans peine cette faveur.

On ouvrit à deux battants les portes de la galerie, et on vit paraître M. Legris portant une véritable balle, qui, tout enveloppée de soie qu'elle fût, n'en présentait pas moins un volume respectable. Luimême voulut étaler ses bijoux, ses dentelles et les curiosités qui formaient son fonds de commerce, et lui-même aussi les présenta à la ronde à ses jolies acheteuses, qui le payaient comptant, avec un aimable merci.

Cette fin de bal, vraiment princière, couronna la fête dont chacun emporta le plus charmant souvenir.

Le lendemain, mardi gras, fut tout à fait consacré aux enfants. Geneviève et Armande firent les invitations. Mais, en bons parents, les père et mère accompagnèrent leurs fils ou leurs filles, puis quelques intimes se faufilèrent. Il y eut donc, bon gré, mal gré, une soirée de contrebande ; et, pendant que les enfants faisaient des crêpes, ainsi qu'il était convenu, les parents dansaient au piano. A minuit moins un quart, il y eut une ronde générale, et au premier coup de minuit, la musique s'arrêta court. La comtesse fut inflexible : le mercredi des Cendres enterrait le mardi gras.

10.

Les hôtes de Béyanes restèrent encore quelques jours au château; mais les plaisirs prirent une teinte de recueillement : on fit de la musique, on causa. Il avait beaucoup neigé, on fit des promenades en traîneau.

Le printemps succéda à l'hiver, et l'été au printemps, sans apporter ni une ombre ni un changement dans la vie de famille. On fit quelques voyages. On fut à Hermanville, et, en quittant la Normandie, dans le courant de juillet, Madeleine laissa la comtesse et ses enfants s'établir au bord de la mer et s'en alla passer deux mois au château de Valby.

La vicomtesse avait toujours été la plus tendre des filles; mais, sans cesser de l'être, elle avait néanmoins subi l'influence d'un premier attachement. Son amour pour Herbert avait, sans les diminuer, dominé tous ses sentiments. Mais, à son premier chagrin, elle s'était réfugiée dans sa profonde affection pour sa mère, et sans le lui dire, rien qu'en pensant à elle, son chagrin s'était calmé.

Madeleine savait qu'elle était fort impressionnable, aussi avait-elle assez de raison pour se défier de son premier mouvement.

Que de fois, après s'être crue très-malheureuse, elle avait vu sa peine s'adoucir, et parfois disparaître sous l'influence d'un regret, d'un retour ou même d'une bonne parole d'Herbert; aussi ne se plaignait-elle jamais.

Cependant, depuis quelques mois, de sérieuses craintes s'étaient éveillées en elle; sa foi en son bonheur s'ébranlait ; elle voyait qu'elle aurait dans sa vie des moments bien difficiles, mais elle espérait encore le conjurer, à force de tendresse, de patience et de douceur.

Mme de Valby n'eut pas besoin de confidences de sa fille pour voir que des nuages avaient déjà passé sur son intérieur. Madeleine n'avait plus sa gaieté d'autrefois : sans être triste, elle se laissait volontiers aller à de mélancoliques rêveries. La marquise avait trop appris sur Herbert pour s'en étonner ; mais en femme de sens et d'expérience, loin d'encourager sa fille à lui confier ses petites misères intérieures, elle évita ces douloureuses confidences, et au lieu de l'énerver en la plaignant, elle préféra réagir par de sages conseils.

Elle l'engagea à ne rien négliger pour se faire aimer de son entourage. Elle insista sur la nécessité de ne pas voir les travers de Mme de Béyanes ni ceux de Jude. Elle lui recommanda de mettre infiniment de prudence et de circonspection dans l'affection qu'elle témoignait à Geneviève, de ne pas négliger Armande. Elle lui demanda aussi surtout de ne pas laisser voir que ses sentiments et sa reconnaissance appartenaient plus au comte qu'à la comtesse : Jamais, lui dit-elle, M. de Béyanes ne s'offensera des préférences que vous aurez pour sa femme ; tandis qu'elle, dont l'ambition est d'être toujours la première, ne vous pardonnerait pas de lui donner la seconde place.

Quant à votre mari, vous devez maintenant assez le connaître pour savoir comment il faut vous con-

duire avec lui. Chacun a ses imperfections, et si la
vie en commun vous a révélé les siennes, il connaît
aussi les vôtres. Ne vous lassez jamais d'être, quand
même, indulgente et dévouée. Votre caractère à
vous est tendre, sensible et peut-être un peu trop
sentimental : prenez sur vous, ne vous créez pas
trop facilement des chagrins, ne permettez pas à
votre imagination de les grossir outre mesure.
Laissez de côté les illusions, envisagez la réalité.
Votre roman est fini ou près de finir ; un roman est
toujours court, et le vôtre a duré plus longtemps
que bien d'autres ; cessez donc de rêver un genre
de bonheur impossible ; faites le vôtre vous-même ;
entrez courageusement dans la vie positive : cela
vaudra mieux que d'y entrer de force, poussée par
les événements.

Que votre prudence, que votre raison, que vos
aimables qualités rattachent à vous la famille de
votre mari, afin qu'elle soit votre appui si je venais
à vous manquer. Car ma tendresse pour vous
me rend prévoyante jusqu'à la défiance, et si
dans longtemps, bien longtemps, Herbert, tout en
vous aimant toujours, avait un moment d'oubli,
de faiblesse, — vous savez chez lui comme tout
est excessif, — vous trouveriez dans votre beau-
frère les conseils et la protection dont vous auriez
besoin.

Remarquez, mon enfant, que ce n'est ni une prévision, ni même une crainte, ce n'est, je vous le
répète, qu'un excès de prévoyance, qu'une mère
seule a le droit d'avoir.

Mme de Valby remarqua, avec peine, que sa fille l'écoutait sans protester, sans que son premier mouvement fût d'affirmer, comme le font toujours les jeunes femmes, que jamais son mari ne l'oublierait. Cette douloureuse pensée avait donc déjà traversé l'esprit de Madeleine ?

— Mais, chère fille, reprit plus tendrement encore la marquise, si jamais ce malheur devait avoir place dans votre vie, rappelez-vous qu'il se trouve dans la vie de beaucoup de femmes. Votre unique soin alors devrait être de cacher, d'excuser l'erreur qui vous ferait souffrir.

— Ma mère, répliqua doucement la jeune femme, je crois que je pourrais garder le silence, sauf envers Aline, mais je ne pourrais dissimuler à mon mari l'excessive douleur que me causerait sa conduite. Vous ne m'étonnez pas, ma mère, en me disant ce que je viens d'entendre, Herbert ne m'a jamais donné lieu de me plaindre, Dieu en soit loué ; mais cependant sa facilité à se laisser entraîner m'a quelquefois mécontentée, et alors mes pensées ont été très-loin…, aussi loin que les vôtres.

Les larmes coulaient des yeux de Madeleine.

— Si je ne vous avais connue comme je vous connais, si je ne lisais dans votre âme, ma chère fille, jamais je n'aurais osé aborder un sujet aussi délicat ; mais j'ai voulu, en touchant à un mal imaginaire, vous mettre en présence du mal réel, et vous indiquer, s'il survenait, comment il faudrait le supporter. D'ailleurs, ces sortes de pensées sont dangereuses à renfermer, il faut les faire sortir du cœur qu'elles oppressent, afin de le soulager,

Alors Mme de Valby se laissa aller à causer avec Madeleine, comme elle l'eût fait avec une amie. Elle lui parla des épreuves qu'elle aussi avait traversées, et comment elle les avait endurées et acceptées, comment elle en était sortie.

La jeune femme écoutait religieusement; cette confidence faisait naître en elle l'admiration. Elle avait toujours vu sa mère si parfaite pour son père, qu'elle n'avait jamais douté qu'elle n'eût été très-heureuse.

Le vicomte ne passa que peu de jours au château de Valby. Il n'y vint que pour chercher sa femme. Il était mal à son aise chez sa belle-mère, et quoiqu'il cherchât à le dissimuler, elle s'en aperçut. Il lui en voulait; car il commençait à regretter d'avoir épousé Madeleine, et, avec son injustice habituelle, il s'en prenait à Mme de Valby de ce mariage qu'il avait tant souhaité. Sa position à Béyanes ne lui plaisait déjà plus. Il se figurait qu'il travaillait beaucoup trop, et se révoltait de l'obligation qu'il avait acceptée, oubliant qu'il l'avait regardée comme un bonheur inespéré.

L'expérience de la marquise l'aida bien vite à démêler ce qui se passait dans l'esprit de son gendre, mais pour l'amour de sa fille, et tout en gardant sa dignité, elle fut remplie de bienveillance et d'attentions aimables pour Herbert.

Le vicomte aimait encore Madeleine. Cependant, sa vie régulière lui pesait ; il la trouvait monotone, et comme il ne savait s'imposer aucune contrainte, son ennui était visible.

Mme de Valby en fut péniblement frappée ; sa fille s'en apercevait beaucoup moins, parce qu'Herbert était arrivé à cet ennui par degrés. Elle fit néanmoins son possible pour que ce changement échappât à sa mère, mais elle ne put y parvenir. Seulement, elle se garda bien de donner à penser qu'elle ne voyait plus dans Herbert le plus empressé des maris.

La saison de la chasse passa à Béyanes aussi brillante et aussi bruyante que de coutume.

A la fin de décembre, toute la famille quitta le château.

L'arrangement de l'hôtel était terminé, et, à Paris comme à Béyanes, la vicomtesse trouva son appartement disposé avec un soin qui prouvait la véritable affection qui avait présidé à l'arrangement de sa demeure.

La comtesse donna quelques réunions afin de présenter sa belle-sœur. Puis, au commencement de de janvier, il y eut une fête en l'honneur de la quinzième année de Geneviève. Ce fut un bal où se trouvèrent invitées les plus jolies jeunes filles de Paris. Mlle de Béyanes en fit les honneurs avec une grâce et une simplicité charmantes.

La vicomtesse alla beaucoup dans le monde et y eut un grand succès, ce qui lui ramenait, par boutades, son volage mari, dont la vanité était la véritable corde sensible.

A peine arrivé à Paris, Herbert, avide de distractions, avait recommencé à mener sa vie d'autrefois. Sa femme, à qui la réalité apparaissait enfin, s'en désolait. Il s'était remis à jouer; il avait perdu, et elle avait dû venir à son aide.

Beaucoup de nuages passaient donc sur le jeune ménage, et le caractère d'Herbert, déjà si changeant, l'était devenu encore davantage, il suivait les variations de son jeu. Comme l'humeur d'Herbert était le baromètre qui marquait le bonheur ou le chagrin de Madeleine, elle avait fort à souffrir. Ses succès du monde ne la consolaient pas; et elle était privée d'une des grandes satisfactions qu'elle s'attendait à trouver à Paris.

Mme Deformont, ne pouvant se remettre des suites d'une fluxion de poitrine, avait été condamnée à aller passer l'hiver à Madère.

Le comte, en voyant son frère retourner à ses anciennes habitudes, avait ressenti un véritable chagrin. Il n'essaya pas, cependant, de donner des conseils qu'on ne lui demandait pas, et qui auraient peut-être été mal ou froidement accueillis. Il se résigna à fermer les yeux. Il fut donc agréablement surpris quand le vicomte annonça son intention d'aller passer huit jours à Béyanes. Mais, au grand étonnement de tous et à la grande inquiétude de Madeleine, cette absence se prolongea pendant un mois.

Quand Herbert revint à Paris, il était charmant.

Sa femme fut si heureuse de ce changement qu'elle ne hasarda pas même une question.

Chose étrange! Madeleine était, en tout, supérieure à son mari. Constamment elle réparait ses légèretés, constamment elle l'empêchait de faire des folies ou des sottises, et il le reconnaissait bien, car, tout en gardant des airs de maître, il lui demandait des conseils. Il l'en remerciait, il est vrai, en lui disant qu'ils n'avaient pas le sens commun, ce qui ne l'empêchait point toutefois de les suivre.

Madeleine sentait donc très-bien le besoin qu'Herbert avait d'elle, et combien aussi elle le dominait de toute la raison qui lui manquait, cependant elle en avait peur. Ses bourrasques de caractère l'effrayaient. Elle les redoutait à un point excessif et faisait tout pour les éviter, non à cause de l'émotion pénible et de l'ébranlement douloureux qui en était la suite, mais parce que ces accès amoindrissaient pour elle son mari au point de vue moral.

Dans les premiers jours de mai, la famille de Béyanes, tout entière, quitta Paris.

11

XII

Le lendemain de l'arrivée de la comtesse à Béyanes, le comte, après le déjeuner, passa, comme d'habitude, quelques instants au salon, où toute la famille était réunie.

Il raconta les nouvelles du pays, et annonça à Charlotte qu'elle allait avoir un nouveau voisin. Le château de Rocheposée, en vente depuis deux ans, venait d'être acheté par un riche anglais, le marquis de Newcastle.

A cette nouvelle, tout le monde s'anima ; la Rocheposée et Béyanes se touchaient, et on chercha à deviner quel voisin on allait avoir.

Les suppositions que chacun faisait furent interrompues par un domestique qui vint présenter une carte à M. de Béyanes.

— Tenez, ma chère, dit-il à Charlotte, voilà précisément milord. Il me fait demander si je puis le recevoir. Un peu de patience, mesdames, et votre curiosité va être satisfaite.

Se levant alors, le comte fut au devant du noble visiteur, et le reçut dans la bibliothèque.

Trois quarts d'heure après, M. de Béyanes rentrait au salon, où il était impatiemment attendu.

— Eh bien, comment l'avez-vous trouvé? demanda la comtesse.

Ce fut le signal d'une multitude de questions. Toutes les femmes parlèrent à la fois; les demandes s'entrecroisaient; c'était un feu d'artifice.

— Est-il vieux? Est-il jeune? Est-il beau? Est-il laid? Est-il grand? Est-il petit?

— Frédéric, répondez à moi, dit la comtesse en élevant la voix et cherchant à dominer le tumulte ; je suis la seule raisonnable.

— Eh bien, je l'ai trouvé très-aimable. Voilà pour votre question, ma chère. Maintenant, mesdames, je vous réponds à toutes ensemble : front élevé, cheveux bruns frisés, nez droit, yeux...

— Mais, mon frère, c'est un signalement, dit la vicomtesse, tout cela réuni peut être fort laid. Si son nez droit a un pied de long, si...

— Non, non ; je continue : bouche...

— Mon cousin, vous n'êtes pas supportable, interrompit Mlle Jude ; voyons, ne nous faites pas languir. Ecorche-t-il le français ou le parle-t-il ? Est-il raide de tournure? empesé de manières? Habitera-t-il son château?

— Je continue, et si on m'interrompt, je ne dis plus rien. Bouche...

— Taisez-vous, taisez-vous, crièrent en chœur les femmes.

— Frédéric, finissez donc ! — La comtesse commençait à s'impatienter.

— Charlotte, ma chère, ce n'est pas à vous, mais à ma cousine Jude que je réponds. Je veux bien abréger, pour ne pas la faire sortir de sa douceur habituelle. Il parle fort bien le français; il a une très-belle tournure ; ses manières sont celles d'un grand seigneur anglais. Et il habitera la Rocheposée. Je ne puis rien dire de plus. Il a eu la fièvre jaune au Mexique, et ne peut plus supporter qu'un climat tempéré.

— Et quel âge a-t-il ?

— Mon aimable cousine, ceci, vous le savez, est toujours un mystère. Mais demain vous pourrez vous-même approfondir celui-là, car milord m'a prié de le présenter à la comtesse.

Le lendemain, lord Harry, marquis de Newcastle, fit sa visite officielle à la comtesse, qui le pria à dîner pour le surlendemain.

Il accepta.

La visite, le dîner, la soirée laissèrent la plus aimable impression à toute la famille. Mlle Jude, elle-même, fut enchantée de milord.

Le marquis était à la fois un homme du monde des plus aimables, et un homme sérieux. Il avait beaucoup voyagé, beaucoup et bien vu, et causait de toutes choses d'une manière originale et intéressante. Curieux et chercheur, il aimait passionnément le travail, et son esprit vraiment éclairé lui permettait d'aborder toutes les grandes questions ; de même son goût fin et délicat en faisait un juge précieux au point de vue de l'art et de la littérature.

Le comte apprécia, tout de suite, un pareil voisin. Il lui plut par les côtés élevés de son caractère. Il lui fit donc l'accueil le plus cordial, auquel lord Harry répondit sincèrement ; car pour lui le comte n'était pas un homme ordinaire. La différence d'âge fut compensée par la haute raison du marquis, et de mutuels sentiments d'estime et de sympathie établirent entre eux de bonnes et agréables relations qui, avec le temps, devinrent une solide amitié.

Lord Harry, marquis de Newcastle, appartenait à une des plus anciennes familles d'Angleterre et était pair du royaume. Il avait hérité, fort jeune, de l'immense fortune dont il jouissait. Ses grandes qualités et la noblesse de sa nature l'avaient préservé de l'entraînement des passions.

Tout en ayant une grande existence, il ne consacrait pas sa fortune aux caprices de son égoïsme, il en faisait un meilleur usage. Il faisait du bien, et en faisait beaucoup, parce que sa bonté ne lui laissait jamais soupçonner un chagrin ou une misère sans qu'il cherchât à les soulager. Sous une apparence froide et réservée se cachait un cœur ouvert à toutes les impressions vraies, à toutes les idées généreuses et à tous les dévouements.

Il fut bientôt un des intimes du château.

Depuis son retour à Béyanes, Madeleine avait passé des jours fort calmes. Herbert n'était certainement plus aussi tendre et aussi assidu qu'aux pre-

miers temps de leur mariage, mais il était moins
inégal de caractère. Il avait l'air de prendre goût
à ses occupations et allait régulièrement et d'un air
si satisfait à la fonderie que la jeune femme ne doutait point qu'il ne commençât à y prendre un véritable intérêt.

Avec un grand calme d'esprit, elle acceptait le
présent et jouissait par avance de l'avenir. Encore
un mois, et Mme Deformont serait à Béyanes. Quelle
joie de la revoir! Puis elle attendait sa mère à la fin
de l'été, et c'était encore un bonheur!

Geneviève était pour sa tante une aimable et attachante occupation. La jeune fille l'aimait passionnément; elle l'aimait avec cette exclusion, cet emportement qui caractérisait toutes ses affections.

Cette nature extrême en tout, enthousiaste du
beau et du bien, impitoyable pour le laid et le mal,
était exaltée par les qualités de sa tante. Elle admirait son visage, mais elle admirait tout autant les
qualités de son cœur. Leur mutuelle sincérité, leur
amour du bien, étaient le point qui les réunissait, et
faisait qu'elles s'entendaient toujours.

La vicomtesse avait une grande influence sur la
jeune fille, et s'en servait pour modérer cette fougue
qui souvent l'effrayait. Elle savait, par expérience,
qu'avec une douce parole, avec un témoignage de
tendresse, on obtenait de Geneviève ce qui d'abord
semblait le plus impossible, ce qui devait le plus
lui coûter; mais elle savait aussi qu'à la moindre
injustice, ce caractère, toujours excessif, s'emportait
jusqu'aux partis les plus extrêmes.

Il y avait néanmoins plus que jamais dans Mlle de Béyanes une séduction irrésistible, car ses défauts n'étaient que l'excès de ses qualités. Puis, Madeleine résistait à son cœur qui l'entraînait à traiter comme sa fille cette enfant pour qui elle éprouvait une tendresse de mère. Elle se rappelait souvent, pour se retenir, les conseils de sa mère, et elle était à même d'en sentir toute la justesse.

Madeleine s'efforçait donc de modérer sa nièce, mais elle s'entendait avec Mlle Smith pour ce qui pouvait contribuer à son bien moral. Il était évident pour toutes les deux que si Geneviève avait été élevée dans un autre milieu, son caractère se serait naturellement modifié et apaisé, mais la tyrannie et les exigences de la belle-mère ne faisaient qu'irriter la belle-fille.

Maintenant sa fierté s'éveillait ; elle commençait à avoir la conscience d'elle-même, à comprendre quelle place elle avait le droit d'occuper dans la maison de son père. Elle ne se laissait plus mettre de côté. Puis, plus que jamais, l'odieux caractère de Charlotte lui causait de la répulsion. Ce n'était plus de la mésestime qu'elle avait pour elle, c'était du mépris. Jamais elle ne répliquait à sa belle-mère ; mais elle avait une manière de protester par la seule expression de son visage, qui exaspérait d'autant plus la comtesse qu'il n'y avait rien à dire, car Geneviève se soumettait toujours.

Mme de Béyanes était d'ailleurs forcée de se surveiller ; Geneviève était plus que jamais l'idole de son père, qui ne voyait que ses grandes qualités, et cédait à l'attrait d'être aimé, sans mesure, par la fille comme il l'avait été par la mère. Puis, elle n'ignorait pas que Geneviève était l'amour de tout le château; car à sa bonté elle joignait la grâce qui la faisait valoir.

La comtesse sentait donc très-bien que tous les yeux étaient ouverts sur elle; aussi prenait-elle ses précautions et mettait-elle pour martyriser sa belle-fille des gants de velours, cachant ainsi ses griffes acérées, mais ne laissant néanmoins passer aucune occasion de s'en servir. Seulement c'était en la caressant qu'elle la déchirait.

Si elle voyait Geneviève prête à sortir avec sa tante et toute joyeuse de faire une promenade à cheval, projetée longtemps à l'avance, subitement elle trouvait un prétexte pour la retenir au château.

— Mon Dieu, ma chère fille, lui disait-elle au moment où elle allait s'habiller, combien je vais vous contrarier, j'en suis vraiment désespérée, mais j'ai oublié de vous dire que votre amie, Marie de La Suze, doit venir à trois heures et passer la fin de la journée avec vous. Sa mère me l'a écrit ce matin. — Elle omettait d'ajouter que Mme de La Suze avait demandé, si le jour ne convenait pas, d'en choisir un autre. — Mais, si vous voulez, je la recevrai?

Geneviève n'acceptait pas, se disant que ce serait un triste plaisir pour son amie, et, le cœur gros, renonçait à la promenade.

La comtesse était doublement satisfaite, car elle atteignait aussi Madeleine, sans en avoir l'air.

Ou encore, si la jeune fille était au moment d'aller à une soirée dansante où elle devait retrouver ses amies, sa toilette étant déjà presque terminée, tout à coup Charlotte se trouvait indisposée, et avec un naturel si parfait, qu'il ne restait à Geneviève qu'à se déshabiller ; car jamais Mlle de Béyanes ne sortait sans sa mère !

Alors la vicomtesse restait au château pour atténuer par sa présence les regrets de sa nièce.

Si on faisait de la musique, Mme de Béyanes, en prenant son ton le plus doucereux, disait : Chère fille, je vous en prie, jouez-nous le morceau que j'aime tant. Et ce morceau, sans exception, était toujours celui qui était le moins dans les doigts de la belle-fille.

Il en était de même pour les toilettes.

Geneviève désirait-elle mettre une toilette bleue toute fraîche, avec les paroles les plus mielleuses, Mme de Béyanes lui en imposait une autre fanée : Chère fille, lui disait-elle, vous me feriez tant de plaisir en mettant votre toilette rose ; elle vous va si bien.

Et Geneviève jouait sans réplique le morceau qui lui déplaisait et mettait la robe fanée sans mot dire.

Mais que d'orages contenus dans ce pauvre cœur de quinze ans !

La vicomtesse souffrait pour sa nièce de ces contrariétés qui se multipliaient à l'infini ; mais, si elle n'avait pas la puissance de les empêcher, elle avait celle d'en conjurer le mauvais effet.

Le comte ne s'était pas trompé : la présence de

11.

Madeleine dans la famille avait été un bonheur pour Geneviève.

Mlle de Plessac, elle aussi, se rendait parfaitement compte du nouveau système adopté par la comtesse, et en jouissait avec délices.

Elle soufflait adroitement les mauvaises inspirations à la belle-mère et tâchait d'exciter le ressentiment de la belle-fille.

Jude choisissait si bien son heure et disait avec tant d'à-propos : Comme vous êtes pâle, ma petite Charlotte, vous souffrez, n'est-ce pas ? Ne sortez donc point ce soir. Geneviève a bien le temps de s'amuser.

Ou bien : Je suis comme vous, je suis folle de cette musique. Elle l'écorche bien un peu, mais, vous le savez, son jeu laisse toujours à désirer. Il n'y a que Mlle Smith pour trouver du talent à son élève.

Ou encore : Geneviève voulait mettre sa robe bleue, quel enfantillage ! Vous avez eu bien raison d'exiger la robe rose ! C'est assez bien pour ce soir. Je trouve, comme vous, qu'il faut garder l'autre pour une plus belle occasion.

En réalité, la soirée était une des plus jolies et la dernière de l'été.

Puis elle allait auprès de Geneviève : Pauvre fille, lui disait-elle, voilà donc encore que tu gardes la maison ; c'est triste, à ton âge. Mais pourquoi ne vas-tu pas au bal, avec ta tante Madeleine ?

— Vous savez bien, ma cousine, que...

— Ah ! oui, c'est vrai ; tu ne dois sortir qu'avec elle.

Ce mot : elle, accompagné d'un haussement d'épaules, disait tout ce qu'on voulait.

Jamais Geneviève ne se laissait entraîner à répondre à Jude, ni à suivre ses inspirations; d'instinct elle s'en défiait; elle ne l'aimait pas, malgré ses câlineries.

— Tu vas donc jouer ce morceau? allait-elle dire, à voix basse, à la jeune fille, à propos de musique, au moment où elle allait s'asseoir au piano; tu aurais mieux aimé jouer celui-ci, n'est-ce pas?

Elle montrait à Geneviève le morceau qu'elle jouait de préférence.

— Qu'est-ce que cela me fait, répliquait la jeune . fille. J'obéis.

— Tu fais bien; mais je t'admire.

C'est singulier, pensait alors Mlle de Béyanes, elle est au mieux avec ma belle-mère; elles s'adorent, et pourtant, si je l'écoutais... Et elle souriait ironiquement à la conclusion de sa pensée.

La vicomtesse était également au mieux avec Armande, qui l'aimait aussi, mais à sa façon, en rapportant d'elle à sa mère et à son institutrice tout ce qu'il lui était possible de voir et d'entendre. Madeleine ne s'en préoccupait guère, et n'avait pour sa nièce qu'une affection banale qui se résumait en paroles aimables, jouets et bonbons. Mais la fille de Charlotte ne demandait pas autre chose.

Ainsi que l'avait souhaité la marquise sa mère, Madeleine était aimée et appréciée par tous. Elle était arrivée, en sachant s'accommoder de tant de

caractères différents, à se faire une existence
agréable, quand une funeste nouvelle vint la boule-
verser. Un télégramme, adressé au comte, lui annonçait que Mme de Valby était gravement malade. Elle
demandait sa fille, son gendre, et le priait de les
accompagner.

Tous les trois partirent immédiatement. Ils trouvèrent la marquise au plus mal. Elle les attendait
avec une anxiété qui aggravait son état.

La présence du comte parut lui faire du bien : un
grand calme suivit la conversation qu'elle eut avec lui.

Elle eut encore la force d'entretenir sa fille
et son gendre ; de lui recommander Madeleine, dont
la douleur muette était navrante à voir. Elle voulait
être courageuse ; mais, malgré elle, le déchirement
de son cœur se trahissait.

Mme de Valby s'éteignit vers le matin, sa main
dans la main de sa fille, qui resta pieusement près
de son corps inanimé jusqu'au moment où on vint
l'enlever pour la dernière et funèbre cérémonie.

La mort de la marquise laissa à sa fille une profonde et durable affliction ; mais son gendre n'eut
que celle qu'il se crut strictement obligé de montrer.

Il avait été peu touché par l'adieu de sa belle-
mère, et peu ému par ses dernières recommandations ; car il gardait contre elle un double ressenti-
timent.

Pourquoi avait-elle demandé son frère, et que
pouvait-elle avoir eu à lui dire qu'il ne pût entendre !

Il ne tarda point à le savoir. La lecture du
testament le lui apprit dès le jour même.

Le comte de Béyanes était dépositaire des dernières volontés de la morte, et avait accepté la mission de les faire exécuter.

La marquise exigeait que tout ce qui excéderait,
sur la vente du château et des terres de Valby, ce
qu'elle devait à ses créanciers, que toutes les valeurs
enfin que pourrait représenter sa succession fussent
la propriété exclusive de sa fille, qui n'en pourrait
disposer qu'à certaines conditions.

Et ces conditions établissaient pour le vicomte
une impossibilité absolue de jamais user de ce qui
appartenait à sa femme, et ôtait à celle-ci toute
facilité d'en donner la disposition à son mari.

Herbert fut tellement irrité et exaspéré par cette
disposition qu'il ne put cacher à Madeleine sa colère.
Car il savait que son frère serait un rigoureux et
inflexible exécuteur testamentaire.

La vicomtesse ressentit un grand chagrin du mécontentement de son mari, et comme il ne ménageait pas les expressions quand il parlait de ce testament, où elle ne pouvait s'empêcher de voir, où elle
voyait, au contraire, une dernière preuve de la tendresse prévoyante de sa mère, elle évitait avec soin
tout ce qui avait rapport aux questions d'intérêt. Mais
Herbert, qui s'en apercevait, trouvait un autre moyen
de la froisser. Il affichait la plus grande indifférence
pour le deuil qu'il portait, et ne cachait pas qu'il
ne s'y soumettait que pour la forme. Cette légèreté
calculée amena une grande froideur dans le ménage.

Le vicomte, qui se posait en offensé, parut trouver

ce refroidissement de son goût, et il fallut toute la douceur, toute la patience, toute l'abnégation de Madeleine pour conjurer cette tempête et l'empêcher d'éclater à l'extérieur.

Herbert finit cependant par comprendre l'odieux de son rôle, et le respect humain, bien plus que l'affection véritable, le ramena à sa femme. La blessure qu'il lui avait faite se fût certainement guérie, si lui-même, en y touchant à chaque instant, ne l'avait entretenue.

L'arrivée d'Aline fut une grande consolation pour Madeleine, qui put enfin parler de sa douleur. Elle lui ouvrit son cœur, depuis si longtemps privé d'expansion, elle lui dit tous ses chagrins. Elle y fut amenée en lui parlant des dernières volontés de sa mère. Ce fut en toute sincérité qu'elle raconta ses tristesses et ses difficultés intérieures à son amie. Elle la connaissait trop bien pour se croire obligée d'excuser son mari, de crainte que Mme Deformont n'aggravât les choses en lui montrant les tristes côtés d'Herbert. Elle savait qu'Aline, au contraire, éviterait de le blâmer, et que, sans chercher à diminuer ses peines, elle comprendrait toute la gravité de sa situation, et lui donnerait de sages conseils.

Aline la pria de se confier à M. Deformont.

Madeleine y consentit.

Et tous les deux lui conseillèrent une fermeté inébranlable quant aux affaires d'argent, mais une douceur et une indulgence sans limites dans ses rapports de chaque jour avec son mari.

— Puisque vous le connaissez maintenant, lui

dit M. Deformont, vous devez savoir que ce n'est qu'en gouvernant votre cœur avec votre raison, et non en laissant votre raison à la merci de votre cœur, que vous rendez votre position supportable. Si vous continuez à lui témoigner et à vouloir de lui une affection comme celle qui vous rendait heureux tous les deux autrefois, votre vie à tous les deux aussi deviendra intolérable.

C'était dur à entendre et dur à accepter ; mais Madeleine voulut en vain essayer de se rattacher à ses illusions, il lui fallut voir la réalité et s'y soumettre.

M. et Mme Deformont avaient prévu, depuis qu'ils connaissaient Herbert, ce qui n'était pas difficile, les chagrins qui attendaient sa femme, car l'un et l'autre s'apercevaient de choses que Madeleine ne soupçonnait même pas encore.

C'était en prévision de cet avenir qu'ils cherchaient à porter son esprit vers les choses sérieuses, afin qu'elle pût y trouver une ressource quand viendrait le temps de l'épreuve, qui devait arriver si vite.

Tous les dimanches, le comte, sa famille et sa maison allaient entendre la messe à l'église du village où des bancs leur étaient réservés.

Les ouvriers et les employés de la fonderie assistaient au service et, quand il était terminé, le comte venait s'asseoir sous le porche de l'église et écoutait les réclamations de chacun.

Il entendait leurs griefs, et y faisait droit quand il y avait lieu. Il leur donnait des conseils. Il jugeait et apaisait leurs différends ; il calmait même bien souvent leurs querelles de ménage, et les aidait de sa bourse quand ils en avaient besoin. Ils avaient en lui une grande confiance, qu'il appelait par sa bonté. Elle était si grande, qu'il préférait donner mal à propos plutôt que de manquer à secourir un malheur réel.

Il n'était sévère que pour la paresse et l'abus de la boisson; encore essayait-il, auparavant, la voie de la douceur et de la persuasion.

Le village, au reste, comptait peu de paresseux et d'ivrognes.

Le comte, qui était une providence pour ses ouvriers, avait cherché par tous les moyens à leur faire considérer l'ordre et le travail comme étant la véritable source du bien-être.

Quand M. de Béyanes n'avait plus personne à entendre, il allait à l'hospice voir les malades. La comtesse, Madeleine et les autres femmes de la famille l'accompagnaient et distribuaient aux malades les douceurs qui leur étaient permises.

Pendant que le comte donnait audience aux ouvriers, elles visitaient les deux écoles, où chacune avait ses protégés.

Geneviève et Armande étaient chargées des enfants. Elles accompagnaient les choses utiles qu'elles leur apportaient d'une distribution de sucreries, de galettes et de jouets pour les plus petits.

Pendant l'office, sans lever les yeux, Madeleine s'était aperçue que la Pérulina, qui se plaçait régulièrement de manière à voir la famille de Béyanes et à en être vue, regardait presque constamment de son côté.

Cette persistance distrayait souvent la vicomtesse.

Pauvre fille, se disait-elle alors, je crains bien qu'elle ne nous envie. Qui sait tout ce qui passe par cette pauvre tête? et qui sait s'il y a près d'elle quelqu'un pour combattre les idées dangereuses qui peuvent s'y glisser? On dit qu'elle aime beaucoup la danse, la parure et peu le travail. Dans sa simplicité ignorante, l'envie peut la mener bien loin.

Et elle la plaignait, et elle cherchait ce qu'on pourrait faire pour elle. Il lui venait à la pensée qu'on pourrait peut-être la marier.

Un dimanche où cette persistance à la regarder l'avait plus encore frappée que de coutume, elle dit à son mari en rentrant au château :

— Herbert, avez-vous remarqué comme la Pérulina nous regarde? Cette jeune fille a, je le crains, des goûts au-dessus de sa modeste position. Elle a un air de tristesse et d'ennui depuis quelque temps. Si on la mariait?

— A qui? Avec quoi? reprit le vicomte d'un air maussade.

— Mais à un ouvrier, en lui donnant une petite dot. Nous y contribuerions toutes avec plaisir, j'en suis certaine. Moi, j'économiserais...

— Si vous parvenez à économiser, ma chère, de grâce donnez-moi vos économies pour dégrever Seris. Cela vaudrait mieux que de faire de la générosité inutile. Ne trouvez-vous pas qu'il ferait bon être chez nous? D'ailleurs, croyez-moi, ne vous mêlez pas de cela. Ma belle-sœur vous saurait mauvais gré d'aller sur ses brisées et de faire l'aumône chez elle, quand nous y sommes ses obligés.

Madeleine fut vivement froissée par cette réponse faite à la fois d'un ton bourru et railleur. Mais comme elle voulait sincèrement faire le bien, elle ne se découragea point et fit part de ses réflexions et de son désir à son beau-frère.

Le comte l'écouta avec bonté et lui répondit avec affection.

Il entra dans ses idées, approuva son projet et finit en lui disant :

— Je vous promets, sans effort, d'essayer de marier la Pérulina, mais ce ne sera pas facile. Elle est coquette, dissipée, vaine de sa beauté, ce qui effraiera un bon ouvrier. Néanmoins, il ne faut pas désespérer de l'amener à mieux faire. On l'y aidera en lui faisant espérer une petite dot. Tâchez d'intéresser à elle M. Hartmann, qui ne me semble pas favorablement disposé. La marier serait en effet le meilleur remède aux goûts que vous lui supposez, et qu'elle a, je crois, en effet.

Huit jours après, lorsque Madeleine alla, comme d'habitude, entendre la messe au village, la Pérulina occupait toujours la même place. Mais il sembla à la jeune femme que ce n'était plus elle que la Pérulina regardait. Elle s'en assura aisément, et vit, à n'en pouvoir douter, qu'elle ne se trompait pas.

Elle rentra au château toute troublée par l'échange de regards qu'elle avait surpris.

Pendant le déjeuner, elle fut triste et préoccupée.

Pour s'en excuser, elle se plaignit d'un grand mal de tête.

Le repas fini, elle se retira dans sa chambre et s'y renferma.

— Comme cette pauvre Madeleine est triste; avez-vous remarqué, mon père? dit Aline à M. Legris.

— Oui... — Et, après un moment de silence : Il est impossible qu'elle ne finisse pas...

— Comment, vraiment, vous croyez? interrompit Mme Legris.

— Non, je ne crois pas, je crains, répliqua M. Legris.

— Est-ce que M. Hartmann vous en a reparlé?

— Oui.

— Est-ce qu'on s'en aperçoit au village?

— Oui.

— Est-ce qu'on en parle?

— Oui.

— Le comte le sait-il?

— Il a bien fallu le lui dire.

— Pauvre Madeleine! Elle est si charmante, si intéressante !

— Ma mère, surtout, dit vivement Mme Deformont, ayez l'air de ne rien voir.

— Si le vicomte voulait seulement prendre le soin de ne pas mettre tout le pays dans sa confidence, reprit M. Legris, répondant à sa propre pensée; sa conduite est vraiment déplorable ! C'est un exemple scandaleux qu'il donne. Mais avec un pareil caractère, il n'y a qu'à rester spectateur impassible, et à renfermer son indignation, car il est si extrême en

tout, que la contrariété pourrait le porter à quelque
extravagance.

Mme de Béyanes vint chercher sa mère et sa sœur
pour la promenade. On ne dit plus un mot de
Madeleine.

Elles sortirent en calèche découverte.

Sur la route, elles rencontrèrent la Pérulina avec
quelques autres jeunes filles. La Génevoise salua.
La comtesse lui rendit un salut plein d'aménité.

Mme Legris la regarda avec un étonnement mêlé
de mécontentement.

Mme de Béyanes ne parut pas s'en apercevoir.

— Avez-vous vu cette toilette? Je ne puis souffrir
cette fille. Madeleine l'a-t-elle assez gâtée, assez
admirée? Elle aurait bien dû ne pas autant s'en
occuper. Qui sait....

Elle garda un moment le silence, et comme ni sa
mère ni sa sœur ne lui répondirent, elle ajouta
sèchement : il faut avouer que tout cela est parfaitement désagréable pour le comte et pour moi.

Mme Legris et Aline demeurèrent impassibles. Puis
tout d'un coup Mme Deformont mit la conversation
sur un sujet tout à fait différent, afin de faire comprendre à sa sœur qu'elle et sa mère voyaient si
peu les choses de la même manière qu'elles n'en
voulaient même point parler.

Mme de Béyanes, fort ennuyée du deuil de sa belle-
sœur qui l'empêchait d'avoir sa maison aussi animée
et sur un pied aussi gai que de coutume, commençait à ne plus cacher l'ennui que ce deuil lui
causait. Mais ce qu'elle se gardait de laisser soup-

çonner, c'est que les attentions, les égards et la sympathie qu'inspirait le chagrin de sa belle-sœur et que chacun lui témoignait excitaient son envie.

Elle disait à ses confidentes, Mlles Jude et Rebec, que ce noir lui faisait mal, qu'elle n'en pouvait plus soutenir la vue ; et les deux bonnes créatures trouvaient qu'en effet Madeleine aurait pu, au bout de deux mois, lever un peu ses crêpes.

— Tout cela est bon quand on est chez soi, insinuait Mlle de Plessac, mais quand on est chez les autres, il faut savoir être discrète, même dans sa douleur.

La comtesse, sans précisément faire la mine à sa belle-sœur, avait néanmoins parfois dans sa manière d'être quelque chose de raide, et quelque chose de sec et de dur dans sa manière de lui parler.

Quand le comte n'était pas là pour la gêner, elle ne laissait point passer l'occasion de dire, non à Madeleine elle-même, mais elle s'arrangeait pour qu'elle pût l'entendre : je ferais volontiers danser ce soir, mais c'est impossible à cause de la vicomtesse. Elle nous fait passer un triste automne, ajoutait-elle.

La jeune femme rougissait.

— Si je lui offrais de rester dans ma chambre ? disait-elle à Aline.

— Gardez-vous en, répliquait Mme Deformont ; elle le prendrait comme une preuve de susceptibilité et de mauvais caractère, et serait dans le cas de s'en plaindre. Laissez passer le nuage. N'y faites pas attention.

Le nuage en effet passait, mais un autre lui succédait. Par un singulier esprit de méchanceté, la comtesse était charmante pour Herbert.

— Pauvre garçon, disait-elle à Mlle Jude, cette femme toute noire doit lui donner le spleen. Et, entre nous, il ne peut guère regretter sa belle-mère.

Et Mlle Jude, en voyant les choses aller si bien, à ses souhaits, ne se sentait pas d'aise.

Lord Harry avait donné, dans la forêt qui faisait partie de son domaine, une grande chasse à courre que les femmes de la famille du comte avaient suivie en voitures.

Il y avait eu ensuite un dîner auquel elles avaient été invitées. La comtesse avait accepté d'en faire les honneurs. Mais cette réunion n'avait pas un air de fête, le marquis avait évité cela afin que Madeleine pût y assister.

La soirée se passa à visiter les collections de toutes sortes que lord Newcastle avait rapportées de ses voyages. Il y avait aussi de remarquables œuvres d'art qui excitèrent un enthousiasme général. La causerie fut donc très-animée et si pleine d'intérêt que ce fut un regret quand on annonça l'heure du départ.

Lord Harry avait usé envers chaque femme de cette exquise politesse, de ces prévenances délicates qui sont le fait d'un homme ayant l'habitude d'une société choisie. Sans en distinguer aucune en particulier, il les distingua toutes, et toutes elles quittèrent lord Harry plus enchantées que jamais de son esprit et de sa courtoisie.

Il ne s'était donc pas occupé de Madeleine d'une manière marquée, et cependant il n'avait perdu aucune occasion de lui témoigner le respectueux intérêt qu'elle lui inspirait.

Il était dans les meilleures et plus aimables relations avec Herbert, mais la conduite de ce mari léger lui inspirait au fond de la répulsion. S'il n'avait vu en lui le frère du comte et le mari de Madeleine, il l'eût évité.

Ce manque de sympathie était réciproque. Le vicomte ne recherchait lord Harry qu'à cause de sa grande position. Il était jaloux de son mérite et de toute sa supériorité; mais il affectait de parler de lui légèrement. Il avait pris l'habitude, en famille, quand on vantait le marquis en sa présence, et qu'on cherchait son approbation, de répondre invariablement : il est très-riche, très-riche. C'était la seule qualité qu'il voulait bien lui reconnaître.

Herbert n'avait pas l'âme assez élevée pour supporter noblement son revers de fortune. Loin de se refaire un bonheur avec celui de sa famille ou de ses amis, il se laissait aller à l'envie qui le rongeait. Être riche ou heureux était un titre à son aversion.

Lorsque la saison d'automne prit fin, la vicomtesse, qui ne voulait pas que sa présence à Paris fût pour sa belle-sœur une gêne comme elle l'avait été à la campagne, demanda à son mari de vouloir bien trouver bon qu'elle passât l'hiver à Béyanes.

Elle lui fit cette demande, en tremblant, car elle craignait un refus. Mais Herbert lui accorda, au

contraire, en termes très-aimables, ce qu'elle sou-
haitait.

Elle lui en sut le meilleur gré.

La comtesse n'opposa, non plus, aucune objection
au désir de sa belle sœur; mais Mme Deformont
insista très-vivement, pour que son amie vînt, quand
il lui plairait, passer quelques semaines chez elle à
Paris, pendant l'hiver. La vicomtesse, autorisée par
son mari, qui y mit toute la grâce possible, accepta
cette invitation avec un grand plaisir. Elle fixa le
temps du carême pour l'époque de son voyage.

Madeleine savait que jamais, pendant ce temps,
son amie ne recevait ni n'allait dans le monde.

XIII

Quand toute la famille fut partie, et que Madeleine se trouva seule, en tête-à-tête avec son mari, loin de ressentir de la joie comme autrefois, elle éprouva un vive appréhension.

Il était si changé pour elle.

Elle fit cependant tout ce qui était en son pouvoir pour rendre la vie intérieure aimable à Herbert; mais elle s'aperçut bientôt que ses soins étaient inutiles. Quoi qu'elle fît, il s'ennuyait et cherchait, visiblement, à se dérober à cet ennui.

Dès le matin, souvent même sans lui dire bonjour, il partait faire un tour dans le bois, le fusil sur l'épaule, suivi de son chien.

Il rentrait pour l'heure du déjeuner, et le plus souvent se faisait attendre. Il causait volontiers pendant le repas, mais ne parlait que de choses insignifiantes. Madeleine paraissait néanmoins les écouter avec intérêt pour lui être agréable. Puis, en quittant

la table, il s'en allait à l'usine et ne rentrait que
pour dîner.

La vicomtesse passait donc seule toutes ses
journées. Elle lisait, travaillait, dessinait, faisait
de la musique, et tâchait de penser le moins possible, car il ne lui venait que de tristes choses à
l'esprit.

M. Deformont et sa femme avaient commencé
avec elle une série de lectures et d'études musicales.
Ils avaient relu ensemble les classiques; ils avaient
revu Mozart, Beethoven, Chopin, et ils s'étaient
promis, en se séparant, de continuer ces études et
de se rendre ensuite compte de leurs impressions.

Madeleine aimait beaucoup à faire des extraits de
ses lectures sérieuses, et M. Deformont, en les lisant
avec un grand intérêt, l'avait encouragée à ce genre
de travail qui l'obligeait à sortir d'elle-même.

Elle le réservait pour ses soirées, car, le dîner fini,
Herbert venait s'asseoir au coin du feu, priait régulièrement Madeleine de lui faire un peu de musique,
ce qui le dispensait de causer, et régulièrement
aussi s'endormait en fumant son cigare.

Ses propres ronflements ne tardaient pas à le
réveiller. Il se levait alors en disant : je crois que je
dors. Et, après avoir donné un froid baiser à sa
femme, il allait se coucher.

Et tous les soirs se ressemblaient.

Ce fut donc pour la jeune femme un bien triste
hiver, non à cause de sa solitude, car le deuil qu'elle
portait dans ses vêtements, elle le portait aussi dans
son cœur, et toute distraction lui eût été insuppor-

table, mais parce qu'à la douleur d'avoir perdu sa
mère se joignait la certitude d'avoir perdu la tendresse de son mari.

Herbert la négligeait de plus en plus ; il la fuyait
presque, et Madeleine souffrait beaucoup d'être obligée de se renfermer en elle-même. Que de fois elle
s'était demandé pourquoi son mari semblait redouter de causer avec elle comme il le faisait autrefois !
Dès qu'elle voulait sortir des généralités, Herbert
ne répondait plus que d'un air maussade et trouvait
un prétexte pour s'en aller... Craignait-il, par hasard,
qu'elle voulût lui imposer une tendresse qu'il ne
sentait plus ? Elle était bien trop fière pour cela.

Elle s'était d'abord doucement plainte à son mari
de ne plus le voir ; il lui avait répondu en lui objec-
tant ses affaires. Comment voulez-vous que je m'en
occupe, lui avait-il dit, si je reste auprès de vous ?

Que répondre ? Depuis lors, elle s'était tue. Mais
un douloureux pressentiment lui disait que les
affaires n'étaient qu'un prétexte, et qu'un intérêt
particulier devait attirer Herbert au village.

Quel était cet intérêt ?

Janvier touchait à sa fin, et Madeleine voyait
arriver avec joie le moment d'aller reprendre du
courage auprès de Mme Deformont. Que de choses
elle aurait à lui dire, maintenant qu'elle avait commencé à lui ouvrir son cœur !

Elle jouissait des premiers rayons du soleil avec
un plaisir qu'elle n'avait jamais ressenti. C'est que
rien n'est perdu à la campagne, rien ne passe inaperçu : tout a du prix. L'herbe qui commence à

verdir, les pauvres petites pâquerettes qui s'empres-
sent d'y étaler coquettement leurs collerettes
blanches; le jour qui vient plus tôt, la nuit qui vient
moins vite, tout cela est accueilli comme un heureux présage. C'est l'hiver qui commence à laisser
parler le printemps.

Par une belle après-midi de février, la vicomtesse se disposait à aller au village. Elle avait reçu,
le matin, une lettre de Geneviève qui la priait de
porter, tout de suite, un secours à l'une de ses pro-
tégées.

Elle allait partir quand on lui annonça la visite
du marquis de Newcastle.

Elle se hâta d'ôter son chapeau et son manteau,
et alla au salon.

Lord Harry était venu passer vingt-quatre heures
à la Rocheposée et avait voulu lui apporter des nouvelles de sa famille et de ses amis.

Madeleine fut très-touchée de cette attention. Elle
était si heureuse de pouvoir parler de ceux qu'elle
aimait! Elle causa de tout avec une vivacité pleine
de grâce; elle causa comme une personne qui en est
privée depuis longtemps, et laissa voir, avec simplicité, le plaisir qu'elle y prenait.

Lord Harry fut plus que jamais séduit par cet esprit
charmant qui n'imposait ni ses sensations intimes,
ni la couleur de ses pensées, mais qui, souple et aimable, répondait aux impressions qu'on éveillait
en lui.

Dès l'abord, la mélancolie que trahissait l'expres-
sive physionomie de la jeune femme et l'abattement

qu'il y avait dans toute sa personne l'avaient frappé. Il sentait que la conversation la ranimait plutôt qu'elle ne l'animait réellement, et que le silence la ferait retomber dans sa langueur.

Il lui parla de Mme Deformont que, par une aimable prévenance, il avait été voir la veille de son départ. Il lui dit tout ce que cette aimable femme lui inspirait.

Alors le doux et triste regard de Madeleine s'illumina d'un rayon de bonheur; elle était si joyeuse d'entendre l'éloge qu'il faisait de son amie.

Lord Harry la quitta rempli de la plus vive, mais de la plus respectueuse sympathie. Il avait la conviction qu'elle devait être malheureuse, et il la plaignait de toute son âme.

A peine lord Harry fut-il parti que, sans se préoccuper de l'heure, Madeleine s'enveloppa de son manteau et prit, à pied, le chemin du village.

Elle n'avait pas voulu faire atteler le poney dont elle se servait d'habitude, craignant que cela lui fît perdre du temps.

Il était près de quatre heures, il commençait à faire froid, elle marcha vite pour se réchauffer et, afin d'abréger la route, elle traversa le petit bois qui joignait le parc au village. Mais le chemin était difficile, le soleil l'avait dégelé, elle enfonçait et fut obligée d'ôter la terre qui s'était attachée à ses chaussures et l'empêchait d'avancer.

Elle s'arrêta près d'un petit pavillon qui servait, au comte, de rendez-vous de chasse et qui se trouvait à mi-chemin du village, et, s'appuyant au bal-

12.

con de fer de l'une des fenêtres, elle se baissa et,
avec une branche sèche, fit tomber la terre qui.cou-
vrait sa bottine. En se relevant, elle fut tout étonnée
de voir une vive lueur s'échapper des volets mal
joints.

Elle s'approcha alors de la fenêtre et regarda dans
l'intérieur de la salle qui occupait le rez-de-chaussée
du pavillon.

Un grand feu brillait dans la cheminée, près de
laquelle une femme était assise, le dos tourné à la
croisée.

Mais cette femme ayant fait un mouvement, sa
tête changea de place et Madeleine crut reconnaître... Mais non, ce n'était pas possible. Comment?
Pourquoi se trouvait-elle là? Qui attendait-elle?

Son anxiété lui cria un nom, et aussitôt une douleur aiguë lui traversa le cœur.

Alors, elle hésita à continuer sa route. Elle voulait attendre pour voir... pour savoir... Puis la pensée
d'espionner lui fit horreur, et elle reprit sa course.

Je me suis trompée, essayait-elle de se persuader,
tout en hâtant le pas; qu'est-ce que cette jeune fille
viendrait faire là?... Et d'ailleurs, ce serait vrai,
qu'elle n'oserait pas...

Elle s'acquitta en quelques minutes de sa com-
mission, et reprit le chemin du château. Il faisait
nuit. Elle commençait à s'effrayer et courait presque.
Pourtant elle se résolut à regarder encore dans
l'intérieur du pavillon. Elle avait peur de la vérité,
mais le doute lui devenait si insupportable, que le
désir de savoir l'emporta sur la crainte d'apprendre.

Elle n'était plus qu'à quelques pas du pavillon ;
elle s'avançait résolûment vers la fenêtre, quand
soudain la porte s'ouvrit. Elle n'eut que le temps
de se jeter dans le taillis et de se blottir derrière un
arbre.

Une femme descendit les deux marches du perron.
Elle avait le capuchon de sa pelisse rabattu sur le
visage. Madeleine ne put la reconnaître. Un homme
lui donnait le bras, il était enveloppé aussi, mais sa
taille... sa tournure... C'était Herbert...

L'émotion de la jeune femme fut si violente, si
terrible, que, sans s'évanouir tout à fait, elle perdit
le sentiment de ce qui se passait autour d'elle. Quand
elle le retrouva et qu'elle voulut regarder, elle ne
vit plus rien ; un silence de mort régnait dans le
bois.

Elle reprit alors sa course et arriva au château,
haletante, éperdue, hors d'elle. Elle traversa son
appartement sans s'arrêter et, avec la rapidité de la
foudre, entra dans le salon. Herbert était tranquillement assis auprès du feu.

Elle ne put retenir un cri de bonheur et se jeta
dans les bras de son mari, remerciant Dieu du fond
de son âme. — Tout, mon Dieu, disait-elle, tout, je
supporterai toutes les douleurs, mais pas celle-là.

Le passage du chagrin le plus violent à une joie
inespérée avait été si rapide que Madeleine n'aurait
pu le supporter si d'abondantes larmes n'étaient
venues soulager son pauvre cœur.

— Qu'as-tu ? qu'as-tu donc, mon cher ange ? lui
dit Herbert, se montrant plus tendre qu'il ne l'avait

été depuis bien longtemps. Qu'as-tu? Parles. Tu m'effraies.

Elle l'embrassait toujours.

— Mais, d'abord, dit-il, je vais te gronder. D'où viens-tu, si tard? Ce n'est pas raisonnable. Je commençais à être inquiet. Voyons, d'où viens-tu?

— Du village.

— Et qu'allais-tu y faire, grand Dieu! à pareille heure, avec ce temps?

— J'ai été voir la petite Marie Arvray. Geneviève m'avait priée de le faire sans retard.

— Pourquoi, au moins, n'as-tu pas fait atteler le poney?

— Je n'en ai pas pris le temps.

— Eh bien! je te défends, entends-tu, je te défends de jamais sortir seule aussi tard.

Elle tressaillit d'aise. Cette défense, souvenir des bons jours où il s'occupait d'elle, lui fit du bien. S'il pouvait lui revenir, comme elle sentait qu'elle oublierait tout.

Elle le remercia par un regard plein de tendresse.

— Et toi, cher, d'où viens-tu?

Elle était rassurée, et pourtant elle fit cette question d'un air timide.

— Moi, je viens de la ville. J'avais affaire chez le notaire. Elle n'est pas belle, madame la notaresse en négligé. Je n'ai fait que l'entrevoir, mais j'en ai eu assez. Elle se livrait à je ne sais quel travail de cuisine. Fi! fi! j'ai horreur du parfum que laissent ces passe-temps-là.

— Tu la trouvais si jolie? dit malicieusement Madeleine.

— Oui, oui, certainement, quand la poudre et les paniers cachaient la maritorne.

— Pauvre femme, elle est, dit-on, si raisonnable, si entendue, si bonne femme de.....

— Oh! assez, assez. Les prix de vertu m'ont toujours souverainement ennuyé.

— Que voulais-tu donc à son mari?

— Je voulais un acte que Frédéric désire recevoir demain, et que l'honnête et béat Désormeaux m'a remis avec force compliments et saluts.

— Tu n'as donc pas été à la fonderie cette après-midi? risqua Madeleine, qui, toute rassurée qu'elle fût, voulait se rassurer encore.

— Non.

— Bien vrai?

— Bien vrai. Mais qu'est-ce que cela veut dire? Pourquoi me fais-tu cette question?

Sans répondre, elle se jeta dans les bras de son mari, cachant son visage sur son épaule.

— Voyons, ma chère Madeleine, qu'as-tu? Qu'avais-tu quand tu es arrivée? Explique-toi.

— Herbert... cher Herbert... j'avais été très-malheureuse, et... et la joie m'a fait mal.

— Malheureuse, et pourquoi?

— Mon Dieu... j'avais cru...

Elle s'arrêta. Maintenant elle rougissait presque de ses doutes.

— J'avais cru... mais tu vas me gronder...

— Mais non, mais non. Allons, dis donc.

Herbert commençait à s'impatienter.

— Eh bien, j'avais cru...

Et elle lui raconta ce qu'elle croyait avoir vu.

— Tu es folle, répliqua Herbert quand Madeleine, eut achevé sa confidence. Et, moitié riant, moitié fâché, il l'embrassa.

—Où as-tu été imaginer de pareilles choses? continua-t-il. Tu vois bien que tu t'es trompée, n'est-ce pas?

— Certainement.

— Alors, n'en parlons plus. Fais apporter le dîner ici, au coin du feu, sans cérémonie. Et nous passerons une bonne soirée.

— Voudras-tu me lire *Fleurange*, que lord Harry, qui est venu cette après-midi, m'a apporté de la part d'Aline.

— Ah! tu as vu le marquis? Y a-t-il du nouveau à Paris?

— Toujours.

— Eh bien, tu me raconteras tout cela pendant le dîner. Vas vite te déshabiller. Le bas de ta robe est mouillé.

Elle se leva, fit quelques pas, puis revint près de son mari.

— Herbert, quelle bonne soirée nous allons passer! Je suis si contente quand tu me fais la lecture. Quel excellent passe-temps, quel aimable ami qu'un bon livre? Quand on est heureux, c'est un bonheur de plus. Quand on ne l'est pas, il s'empare si bien de vous qu'on oublie ses peines.

— Ne dirait-on pas à t'entendre, mon ange, que tu as de profondes plaies à panser.

— Non, mais les égratignures font aussi leur petit mal.

— Eh bien, moi, j'aime à lire haut, parce qu'on aime à faire tout ce qu'on fait bien. Et j'aime à lire bas parce que cela m'endort, et que le sommeil est le grand guérisseur de tous les maux.

— Oh! Herbert, comme tes idées ont changé; te rappelles-tu, en Italie, tu aimais les livres pour eux-mêmes?

— Ma chère, alors je te faisais ma cour. Et tu m'inspirais si bien! Je te jure que je pensais tout ce que je te racontais; mais j'étais un Herbert de convention, un Herbert de circonstance, un Herbert pour te plaire. Maintenant, ma cour est faite; le vrai Herbert a reparu, mais il n'est pas moins ton serviteur et n'est pas moins à tes pieds que l'autre.

Il se mit à genoux.

— J'aimerais mieux le vrai Herbert plus près de mon cœur, dit la jeune femme, que cette confession avait rendue sérieuse, et, attirant la tête de son mari, elle l'appuya sur son épaule. Pourquoi n'es-tu pas toujours ainsi? lui dit-elle à l'oreille, se laissant emporter par son cœur.

— Pourquoi, pourquoi, répliqua Herbert en se relevant soudain, c'est ta faute.

Elle sentit qu'elle avait été trop loin.

— Non, c'est la tienne, reprit-elle vivement en riant, afin de cacher son désappointement, et elle alla changer de toilette.

C'est singulier, on dirait qu'il a peur de mon affection, pensait-elle tout en s'habillant.

Quand elle revint, le dîner était servi.

Herbert avait eu la permission de la robe de chambre; Madeleine avait un négligé qui lui seyait à ravir.

— Eh bien, maintenant, dit le vicomte, après avoir pris le potage, raconte-moi ce que t'a dit le marquis. Tu as une petite toilette qui te va délicieusement, ma parole, ajouta-t-il.

La jeune femme avait fait un petit signe de tête d'incrédulité.

— Mais d'abord, continua-t-il, comment se passe l'hiver à l'hôtel de Béyanes?

— D'une manière très-brillante. Charlotte donne des dîners, des concerts. Elle reçoit beaucoup, mais elle va peu dans le monde. Il est question d'un bal de jeunes filles.

— Comment, est-ce qu'on lance déjà Geneviève?

— Non. Elle n'est pas allée dans le monde et elle n'ira pas cet hiver.

— Oh! celle-là, reprit Herbert, n'a pas besoin de se prodiguer pour trouver un mari. Elle ne courra pas après eux, ce sont eux qui courront après elle.

— Elle est si jolie!

—Oh! si jolie! Jolie n'y fait pas grand'chose. A quoi bon? C'est tous les jours le même visage, on s'y habitue bien vite. Mais la richesse a mille formes toutes plus agréables les unes que les autres!

Certainement Herbert ne pensait pas à mortifier sa femme; la vérité lui était échappée sans parti pris de la dire; mais cette réflexion maladroite jeta du froid sur la gaieté de Madeleine. Elle fit un effort

pour le cacher et continua comme si les paroles de
son mari eussent glissé sur elle.

— Milord dit que Geneviève est charmante et fort
admirée quand elle paraît aux concerts de sa belle-
mère. Le duc d'Avrincourt, qui est, dit-on, charmant, s'est fait présenter et admire beaucoup votre
nièce.

— J'aurais cru cependant que sa beauté eût été
encore plus remarquable. Le duc serait un beau
parti. A-t-il du bonheur, ce Frédéric? tout lui
réussit.

— Geneviève a tant de charme, elle est si séduisante. Je n'ai jamais rencontré un visage plus délicieux que le sien. Je ne suis pas étonnée que le duc
la remarque. Je serais ravie de ce mariage! Ah!
j'oubliais. Jude va faire un voyage en Italie avec la
famille de Pléneuff.

— Elle peut bien n'en pas revenir sans que j'en
souffre. Quelle méchanceté en permanence que cette
adorable cousine. Et le monde? les femmes? la
cour?

— Le monde n'est que joie et fêtes! Les femmes
ne sont que satin, velours, diamants, dentelles! Lord
Harry prétend qu'un fleuve d'or doit arroser tous
les ménages; il assure que sans cela les maris n'y
pourraient suffire. La cour est plus brillante que
jamais. L'impératrice est une merveille de beauté.
Les femmes sont jolies à l'envi l'une de l'autre.
Enfin, notre voisin trouve que tout va pour le mieux
et pour le plus amusant dans le plus beau des Paris
de l'univers.

13

— Ah bah ! vous ne me dites pas tout. Il a bien un peu philosophé, moralisé, déploré ceci, souhaité le mieux de cela. Mais vous faites bien de m'en faire grâce, ma chère, parce que ces sortes de considérations m'ennuient irrémissiblement.

Le dîner était fini. Ils allaient quitter la table, quand Sylvain annonça au vicomte qu'un employé de l'usine, envoyé par M. Hartmann, désirait lui parler.

— C'est bien, faites-le entrer dans mon cabinet, répondit Herbert.

— Mais faites-lui donc plutôt dire de venir ici ; vous mourrez de froid dans votre cabinet. Il n'y a pas eu de feu de la journée.

— Je vous remercie, ma chère, je profite de votre permission. Est-ce qu'il y a un accident à l'usine ? demanda Herbert au messager, dès qu'il fut entré.

— Non, monsieur le vicomte, grâce à Dieu. Mais M. Hartmann m'envoie pour remettre à monsieur le vicomte les deux mille francs qu'il a oubliés, ce soir, dans le bureau de M. Hartmann, et dont monsieur le vicomte a besoin demain matin pour M. Desormeaux. Que monsieur le vicomte veuille bien voir si la somme est exacte.

Herbert compta à plusieurs reprises, afin de prendre le temps de se remettre.

— C'est très-exact, Ambroise, dit-il en affectant un grand calme. Remerciez M. Hartmann de son attention ; il m'eût fallu, sans cela, envoyer à la fonderie dès le matin.

Ambroise se retira. Le vicomte et sa femme restèrent en tête-à-tête.

Il y eut quelques secondes de ce silence qui précède toutes les tempêtes.

Puis, malgré ses efforts, malgré toute sa volonté, les larmes de Madeleine inondèrent son visage.

Herbert regardait pleurer sa femme sans en paraître touché le moins du monde : une colère sourde grondait en lui.

Enfin elle éclata.

— Pourquoi ces larmes? dit-il d'une voix brève.

Madeleine n'eut pas le courage de répondre.

— Eh bien! pourquoi ces larmes?

— Herbert, Herbert, vous m'avez trompée, reprit avec désespoir la jeune femme.

— Trompée! Il éclata d'un rire nerveux. — Trompée! Ah! la bonne folie.

— Oui, trompée. Pourquoi m'avez-vous dit que vous n'étiez pas allé à la fonderie?

— Eh bien! oui, j'y suis allé. Où est le mal?

— Le mal est de m'avoir dit que vous n'y étiez point allé.

— Eh! ce sont vos sottes jalousies qui m'obligent à mentir.

— Mais, quand je vous l'ai demandé, vous ne saviez pas pourquoi je vous faisais cette question.

— Je ne le savais pas; mais je m'en méfiais. Je suis toujours en garde. Il y a toujours une arrière-pensée cachée sous la pensée que vous exprimez. Ecoutez, Madeleine, tout cela commence à me fati-

guer, — le vicomte prit un air railleur, — nous avons
fait trois années de sentiment, vous n'avez pas à
vous plaindre. Maintenant, je vous aime toujours
autant ; seulement je vous aime d'une autre manière,
plus tranquille.

— Herbert, je vous en conjure, ne parlez pas
ainsi ; nous avons été si heureux, ne jetez pas au
vent notre bonheur passé. Ne me dites pas, de gaieté
de cœur, qu'il n'y en aura plus pour moi dans
l'avenir.

— Eh ! qui vous dit cela ? Quelle tête !

— Herbert, vous m'aimiez tant. Moi, je vous aime
toujours. Rappelez-vous nos jours heureux ! nos
jours d'Italie ! Rappelez-vous la grotte bleue, rappelez-vous...

— Eh bien ! après, interrompit-il, je n'ai rien
oublié. Il faisait un temps superbe. Vous étiez jolie
comme les amours. Vous l'êtes encore, quoique un
peu moins, ma chère ; vous le voyez, ma mémoire
est excellente, mais les années changent les hommes.
Vous n'y pouvez rien, ni moi non plus. Nous sommes
tous les mêmes, et vous avez le sort de toutes les
femmes ; seulement, toutes les femmes ne sont pas
aimées et considérées comme je vous aime et vous
considère.

Un sanglot fut toute la réponse de Madeleine.

— Grand Dieu ! que vos larmes m'ennuient ! s'é-
cria-t-il avec emportement, que j'en suis fatigué.
Ecoutez-moi une bonne fois, ma chère, je veux être
libre, entendez-vous, je veux être libre, faire ce
qu'il me plaît ; et, vous le savez ou vous le saurez,

je sais vouloir quand il le faut. Les scènes, les phrases
ne mènent à rien. Mais vous les aimez, vous! Vous
cherchiez une explication. Eh bien! vous l'avez;
êtes-vous contente? Moi, je les hais, les explications,
car elles n'expliquent rien que ce que l'on veut bien
expliquer. Mais, pour Dieu, cessez de pleurer. Les
larmes ne servent qu'à vous enlaidir, et vos yeux
rougis mettent tout le monde dans la confidence de
vos prétendus chagrins.

Madeleine avait d'abord écouté son mari comme
dans un rêve. Pendant qu'il méprisait ce cher passé,
elle le revoyait avec tout son charme de tendresse;
mais les paroles d'Herbert, devenant de plus en plus
blessantes, elle ne sentit plus que l'offense.

— Rassurez-vous, Herbert, répliqua-t-elle avec une
douceur mêlée de dignité, je vous ai aimé de toute
mon âme, mais je ne vous imposerai pas ma tendresse. Et si votre conduite produit un mauvais
effet, ne vous en prenez qu'à vous. Jamais je ne me
suis plainte, jamais je n'ai dit un mot de mes peines
à votre famille, pas même à votre frère. D'ailleurs,
il n'y a qu'une heure que je suis certaine de votre
oubli.

— Mon oubli! Mon frère! Je m'étonnais qu'il ne
fût pas encore intervenu! Mon frère! le grand jus-
ticier! le confident de votre mère! Je me soucie
bien de mon frère! Serais-je encore en tutelle, sans
le savoir? C'est trop qu'il se soit mêlé de mes affaires d'intérêt, je n'entends pas qu'il se mêle de
mes affaires de ménage. Oui, je le répète, ce sont
vos soupirs, vos simagrées, vos airs malheureux qui

disent vos prétendus chagrins..., qui racontent mes
oublis..., ajouta-t-il d'un ton moqueur.

— Taisez-vous, Herbert, répliqua sévèrement la
jeune femme, vous savez bien que vous m'accusez
injustement. Vous savez bien que, loin de révéler
vos fautes, je les cacherais, si je le pouvais, non-
seulement aux autres, mais à moi-même. Si je ne
suis plus votre femme aimée, Herbert, je suis toujours votre compagne dévouée, et je serai l'amie fidèle des tristes jours que vous vous préparez.

Herbert, ému malgré lui, eut envie de lui prendre
la main, mais un mauvais sentiment le retint : elle
croirait peut-être que je veux revenir à elle, se dit-
il. Je ne veux pas m'engager, cela me gênerait ; et
il garda son attitude superbe.

— Herbert, continua Madeleine, le devoir, qui est
sacré pour moi, l'est aussi pour vous : si vous y
manquez, la faute est la même, devant Dieu, que
si moi, j'y manquais. Je ne puis vous rendre votre
liberté, je n'en ai pas le droit; je ne puis vous
autoriser à mal faire, je ne puis non plus fermer
les yeux ; mais je puis, sans crier, supporter ma
douleur, et je le ferai ; je vous en donne ma
parole.

Sans rien ajouter, sans attendre une réponse de
son mari, Madeleine quitta le salon et se retira dans
sa chambre.

Après cette douloureuse scène, Madeleine se
sentit l'âme brisée. Mais sa souffrance avait changé
de nature, ce n'était plus le désespoir que cause à
une femme l'infidélité d'un mari qu'elle adore, c'était

la navrante certitude que ce mari ne méritait pas d'être adoré.

Herbert n'avait ni principes, ni conscience, ni cœur. Il se moquait de tous les devoirs, de toutes les affections : il était incapable d'un sentiment sérieux.

Elle n'avait jamais été pour lui qu'un caprice, et elle en rougissait.

Elle vit tout cela, puis elle ferma les yeux afin de ne plus voir. Sa raison domina son cœur et fit taire ses révoltes. Le calme lui revint. Alors, elle ne voulut plus se souvenir que de la double promesse qu'elle avait faite à son mari : je resterai, quand même, votre compagne dévouée, et je supporterai ma douleur sans crier.

Elle en fit son devoir de chaque jour.

Le lendemain, Herbert la retrouva telle qu'elle avait coutume d'être : douce, égale, d'humeur prévenante, mais de cette prévenance qui est une des aimables nuances du savoir-vivre et non point une avance affectueuse. Il ne lui en sut aucun gré. Il aurait préféré qu'elle fût maussade, parce qu'il se sentait porté à l'être.

Comme il ne résistait pas à ses mauvaises inspirations, ne trouvant pas de prétexte, il s'en passa, et se livra bientôt sans la moindre gêne à tous les accès d'humeur que lui suggéra son caractère fantasque.

Il alla jusqu'à faire le malade, afin d'empêcher sa femme d'aller à Paris. Puis il changea d'idée. Il pensa que, Madeleine n'étant plus là, il serait tout à fait libre.

Alors la maladie s'en alla encore plus vite qu'elle n'était venue, et ce fut lui qui pressa le départ.

Mais il trouva un motif pour ne pas accompagner sa femme, qui n'insista pas et partit seule avec Cadine.

XIV

La vicomtesse savait que la voiture de sa belle-
sœur serait à la gare, mais elle ne s'attendait pas à
y trouver son beau-frère ; elle fut très-agréablement
surprise en voyant qu'il était venu au-devant d'elle.

Il l'emmena à l'hôtel de Béyanes, où elle dé-
jeûna et passa quelques heures en famille ; puis il
la fit conduire chez Mme Deformont.

L'hôtel Deformont, situé quai d'Anjou, dans l'île
Saint-Louis, avait un aspect monumental. Il avait
été bâti par l'arrière-grand-père du mari d'Aline,
et, dans ce temps-là, les magistrats bâtissaient en
princes. L'imposante architecture de la façade, ses
beaux balcons, les sculptures qui la décoraient lui
donnaient un grand air. Cependant, on se sentait
pris, en la regardant, de cette tristesse rêveuse qu'on
ressent involontairement devant ce qui a été et qui
n'est plus.

L'hôtel était encore beau, bien entretenu, mais il

13.

semblait un vivant parmi des morts : tout ce qui l'environnait était si froid, si sombre, si privé de vie.

Madeleine était sous cette impression lorsque sa voiture entra dans la cour.

L'hôtel se composait intérieurement d'un corps de logis principal dans le style de la façade, et de deux ailes en retour ayant chacune sa porte particulière.

La porte de droite, avec ses vitres en glaces, avec ses degrés de pierre soigneusement poncés, contrastait avec la porte de gauche qui avait conservé ses petits carreaux et dont les degrés étaient légèrement moussus.

C'est le présent et le passé, se dit Madeleine.

Elle ne se trompait point, car la porte à glaces s'ouvrit, et Aline qui, ayant entendu la [voiture, s'était empressée de descendre, reçut son amie dans ses bras.

A peine la vicomtesse put-elle jeter un coup d'œil sur le dieu marin, qui vidait mélancoliquement son urne sur les belles plantes d'eau qui garnissaient le bassin du vestibule. Elle ne vit pas davantage le bel escalier.

Les deux jeunes femmes traversèrent presque en courant l'enfilade d'appartements que l'une ne regardait plus, habituée qu'elle était à les voir, et que l'autre ne voyait pas, parce qu'elle voulait tout regarder à la fois.

— Enfin, vous voilà arrivée, ma chère Madeleine, dit Mme Deformont en faisant entrer son amie dans sa chambre. Enfin je vous ai, à moi, pour quelques jours, non, pour quelque temps, veux-je dire.

— Et je suis si heureuse de me trouver avec vous, si heureuse que j'avais peur que ce bonheur ne m'échappât. Mon Dieu! que cette chambre est délicieuse. Que d'arcs, que de carquois, que d'amours! Les dessus de porte, le plafond... il y en a partout.

— Que voulez-vous, il faut croire que l'arrière-grand'mère qui a inventé cette chambre n'en trouvait jamais assez.

— Oh! le joli portrait, s'écria tout d'un coup Madeleine.

— C'est le sien, ma chère.

— Quel charme dans cette physionomie. Mais quels yeux! Il y avait plus du démon que de l'ange dans cette femme.

— C'est vrai, dit M. Deformont qui venait d'entrer et qui avait entendu la fin de la phrase; mais je remets à plus tard ma bisaïeule, je veux être tout à notre chère voyageuse.

Et les souhaits de bienvenue et les bonnes choses qui montent si vite du cœur à l'esprit, quand l'amitié est sincère, absorbèrent les trois amis.

L'heure du dîner approchant, Aline conduisit Madeleine dans la chambre qu'elle lui destinait.

— Ce boudoir aussi a été imaginé par votre grand'mère, dit la vicomtesse en traversant la pièce merveilleuse peinte par Boucher et décorée avec un luxe et un goût raffinés.

— Certainement, mais ce fut sa dernière folie, et votre chambre que voilà fut l'œuvre de sa conversion. Quand elle se fit dévote, les amours, les roses, les carquois se trouvèrent relégués parmi les pompes et les vanités du monde. Elle fit alors meubler cet appartement et resta persuadée qu'elle était arrivée au dernier degré du renoncement.

— Tout cela est encore fort beau : cette tenture de damas vert sombre, ce lit d'ébène à colonnes, ce prie-Dieu ne sentent pas trop la pénitence.

— J'en conviens. Pourtant, comparée à la mienne, cette chambre lui semblait un tombeau, et elle avait voulu, toute vivante, mourir aux joies de la terre. Il faudra que vous entendiez mon mari conter cette histoire.

— Mais, ma chère, voilà encore son portrait! Qu'elle est toujours belle dans ses habits de pénitente, et comme la batiste se mêle coquettement à sa robe...

On annonça le dîner.

Le dîner fut très-gai. Ils étaient si vraiment heureux de se retrouver ensemble.

Pendant la soirée, ils causèrent si agréablement que la voyageuse oublia l'heure et la fatigue d'une nuit passée en chemin de fer. Ce fut son amie qui la lui rappela.

Madeleine se coucha avec un contentement de cœur et une tranquillité d'esprit que depuis longtemps elle ne connaissait plus.

Mais le lendemain, dès son réveil, elle retrouva toutes ses préoccupations.

— Comme vous avez l'air triste, chère amie, lui dit Aline en entrant dans la chambre. Vous est-il arrivé de mauvaises nouvelles, ou est-ce un chagrin que vous avez apporté avec vous?

Madeleine répondit à cette question en confiant à son amie ce qui s'était passé depuis leur séparation.

— Ma pauvre chérie, répondit Mme Deformont fort émue par le triste récit qu'elle venait d'entendre, votre position est d'autant plus affreuse que vous ne pouvez songer à quitter Béyanes. Car c'est là seulement que vous trouverez l'appui et la protection dont vous aurez peut-être besoin. Si vous aviez encore votre mère, je vous aurais engagée à aller auprès d'elle pour quelque temps. Pendant votre absence, le caprice eût sans doute passé, ce ne peut être sérieux; mais vous ne l'avez plus. Il faut donc que vous ayez la force de rester tranquille spectatrice de la conduite de votre mari. Je dis tranquille, parce que c'est avec le calme, uniquement, que vous le retiendrez. Ce calme sera d'ailleurs un respect de vous-même qui vous méritera le respect de votre entourage. Puis, chère Madeleine, il y a un sentiment qui est inné chez nous autres femmes, c'est de savoir aimer; mais il y en a un autre qui n'y est pas toujours, c'est de savoir pardonner, et celui-là il faut le forcer à faire partie de nous-mêmes.

Elle regarda un instant Madeleine avec les yeux remplis de larmes, et, lui prenant affectueusement la main, elle continua :

— Ne me demandez pas si, à votre place, j'aurais la force de faire ce que je vous conseille, mais vous si bonne, si capable de tout ce qui est bien, écoutez-moi, je vous en conjure, car je suis la vérité et le dévouement. Ne me repoussez pas.

Madeleine pleurait.

— Chère amie, ajouta Aline, croyez-moi : quoi qu'il fasse, quelle que soit votre juste indignation, ménagez-lui toujours les moyens de revenir à vous. Vous êtes si jeunes tous les deux ! Votre vie ne fait que commencer, ne la brisez pas au début.

— Je vous promets ce que j'ai promis à ma mère, répliqua la jeune femme ; ma tendresse première ne pourra jamais revenir, mais je lui serai dévouée, je ne me plaindrai pas, et, vous exceptée, personne au monde ne saura mes peines.

Le même jour, la vicomtesse fut présentée à Mme Deformont la mère, qui l'accueillit comme elle accueillait rarement.

Elle le fit d'abord pour être agréable à ses enfants, puis elle céda aux sentiments que la jeune femme lui inspira, quand elle fut à même de la juger par elle-même.

Madeleine se montra touchée de cette bienveillance et très-empressée d'en profiter.

Deux fois la semaine Aline dînait chez sa belle-mère, qui recevait ces jours-là quelques vieux amis. Ensuite, on faisait une partie de bouillotte.

Pendant bien des années la maison de Mme Deformont avait été absolument fermée : elle vivait dans une retraite absolue. Mais le mariage de son fils avait ramené autour d'elle quelques intimes, et la grâce de sa belle-fille les avait retenus.

On dînait à six heures précises, et à dix heures on se retirait.

Il fallait voir, autour de la table de jeu éclairée par un flambeau à deux branches, discrètement coiffé d'un abat-jour en taffetas vert, le pâle et austère visage de Mme Deformont, ceux de ses vieux amis qui jouaient aussi sérieusement et aussi attentivement que si l'enjeu en eût valu la peine ; puis, à côté, la charmante figure d'Aline, et celle si belle, si heureuse de son mari. Cette jeunesse pleine de vie formait un saisissant contraste avec cette vieillesse ridée et décrépite.

Aline [se plaçait toujours auprès de Pierre ; elle essayait d'abord de se faire très-grave, mais cela ne durait pas. Tout à coup, il lui prenait un accès de gaieté qui excitait celle de son mari ; et les vieux amis se déridaient, et la belle-mère, elle-même, souriait.

Vers neuf heures, on servait le thé ; c'était une innovation apportée par Mme Pierre, comme l'appelaient les vieux intimes, et, quand elle leur présentait la tasse de thé, ils ne se faisaient pas faute de louer la blanche main qui l'offrait.

Madeleine assista à ces réunions. Elle parut y prendre tant de plaisir, elle fut si aimable, sut si bien mettre chacun à l'aise, que tout le monde se prit à l'aimer.

Aussi, elle se sentait renaître. Cette vie de famille lui était salutaire, tout ce qu'elle voyait était bon, honnête. Là, le devoir passait avant tout, mais il n'était pas une tâche pénible; il répondait aux besoins du cœur. L'impression que les passions mauvaises dont elle venait de souffrir lui avaient laissée allait s'affaiblissant. Le souvenir des derniers jours qu'elle avait passés à Béyanes perdait peu à peu de son amertume.

Aline et son mari avaient pour elle les plus délicates prévenances, et leur affection sérieuse et dévouée relevait son moral et lui faisait un bien infini.

Mais plus elle vivait avec ses amis, plus elle acquérait la conviction qu'il ne suffit pas d'être épris vivement l'un de l'autre pour être heureux en ménage. Il faut que cette tendresse, pour être durable, s'appuie sur des qualités réelles, sur de solides principes, sur des convictions sérieuses et sur le sentiment du devoir. Elle sentait que son bonheur à elle n'avait jamais été fait que d'illusions, et qu'il s'était effacé dès que son imagination avait été forcée de renoncer à ses chimères et de regarder en face la réalité.

Elle se souvenait qu'Herbert l'avait par-dessus tout séduite, qu'il avait ensorcelé son cœur; mais que jamais elle n'avait appelé à elle sa raison pour le juger. Elle ne se dit pas que sa mère aurait dû se servir de la sienne; elle respectait trop sa mémoire pour l'accuser : elle rejetait tout sur elle. J'ai semé le vent, se dit-elle, je recueille la tempête. —Et, se courbant devant la divine parole, elle demanda à Dieu de lui donner la force de supporter courageusement cette tempête.

Le comte venait très-souvent voir Madeleine; il

lui amenait très-souvent aussi Geneviève. Mlle Smith accompagnait parfois la jeune fille, qui était enchantée de voir sa tante et aurait voulu venir chaque jour.

La comtesse, qui ne se serait point souciée d'avoir sa belle-sœur chez elle, à cause de la gêne que son deuil lui aurait imposée, était cependant jalouse de la voir chez sa sœur. Il lui déplaisait que Madeleine eût des obligations à une autre qu'à elle ; elle craignait que cela ne diminuât son autorité. Aussi elle multipliait les attentions ; elle venait la chercher pour dîner, pour la conduire à la promenade, pour la mener faire des emplètes. Elle arrivait au moment où elle était le moins attendue ; elle dérangeait les projets, elle faisait prévaloir ses désirs ; tout cela afin de maintenir ses droits sur la jeune femme et de bien établir qu'elle ne l'avait que prêtée à sa sœur.

Jamais Charlotte n'était aussi souvent venue à l'île Saint-Louis.

Un matin, le comte arriva chez Mme Deformont, comme la famille finissait de déjeuner. Pierre se disposait à sortir.

— Mon cher, lui dit M. de Béyanes, je suis fort aise que vous nous laissiez, car j'ai une confidence à faire à votre femme et à Madeleine. Ne vous offensez point ; mais il vous est interdit de l'entendre. Voilà les choses, Mesdames, continua le comte, je puis vous les confier maintenant que nous sommes entre nous. Mais d'abord, il faut que je m'acquitte de la mission que la comtesse m'a donnée.

Il ôta de sa poche deux écrins.

— Aline, ceci est à votre adresse. Madeleine, ceci est à la vôtre.

L'écrin d'Aline contenait une bague : c'était un petit émail entouré de brillants.

M. Legris avait eu la fantaisie de faire peindre sa femme dans son costume espagnol. Charlotte avait fait copier le portrait par un émailleur de talent ; sa sœur avait admiré la copie, et le comte lui en apportait une qu'il avait commandée à son intention.

L'écrin de Madeleine renfermait un médaillon orné d'une magnifique perle noire sur un sablé de brillants.

— Je suis sûr, dit M. de Béyanes à la vicomtesse, qu'ayant reçu au jour de l'an deux paniers de bonbons.....

— Deux énormes corbeilles, interrompit vivement la jeune femme, et tout le pays en a mangé.

— Soit. Mais je suis sûr que vous vous imaginiez être quitte de Charlotte et de moi.

— Mais certainement.

— Eh bien ! je vous remercie, vous avez une belle idée de la manière dont nous usons de la prérogative que donne le jour de l'an, de fêter ceux qu'on aime.

Madeleine voulut remercier.

Aline essaya de se faire entendre.

Chut ! chut ! dit le comte ; il s'agit bien de cela. Je suis venu uniquement pour faire une proposition à Madeleine, écoutez-moi donc toutes les deux, et vous, Madeleine, répondez-moi. Voulez-vous venir entendre Faure, Nillson, etc., etc., samedi prochain?

— Mais, vous savez bien, Frédéric, que je ne
veux point aller au théâtre.

— Eh! qui vous parle d'y aller. Je vous le défends, au contraire.

— Mais alors?

— Alors, vous viendrez chez la comtesse. Elle
donne un concert samedi.

— Mais, je ne veux pas aller dans le monde.

— Eh! vous n'irez pas. Il ferait beau vous y voir.

— Mais alors? je ne comprends plus?

— Eh bien! vous comprendrez samedi. Promettez-
moi de venir, et je m'engage à vous faire entendre
le concert sans être vue; mais vous verrez. Cela
vous convient-il?

— Mais.....

— Pas de mais, je n'en accepte pas. A samedi.
Adieu, adieu, Aline, je ne vous revois de ma vie, si
vous ne l'amenez pas.

— J'en fais le serment, répliqua Mme Deformont
d'un ton solennel. Et elle se mit à rire, de ce rire
d'enfant qui lui allait si bien.

— Ah! dit le comte en revenant sur ses pas, je
crois avoir entendu parler à la comtesse d'une robe
de crêpe noire montante que vous pourriez bien,
ma chère Madeleine, recevoir demain. Ma femme est
admirable, elle pense à tout! Puis, j'allais l'oublier,
Herbert arrivera peut-être samedi; mais nous ne
le mettrons pas dans la confidence : il parlerait. Nous
ne lui dévoilerons le mystère qu'à la fin de la soirée.

Les appartements de réception de la comtesse

de Béyanes occupaient, en partie, le rez-de-chaussée de son hôtel.

Ils se composaient d'un immense salon qui avait, à chacune de ses extrémités, un salon de moyenne grandeur. Celui de droite communiquait à l'appartement de la comtesse; celui de gauche ouvrait sur un jardin d'hiver.

Le samedi soir, la vicomtesse arriva à l'heure convenue. Au grand amusement des privilégiés de la famille qui étaient dans le secret, on lui fit traverser l'appartement de la comtesse avec toutes sortes de précautions, et on l'introduisit mystérieusement dans le salon de droite.

L'appartement était dans une complète obscurité. Un store sur lequel s'épanouissait un buisson de fleurs remplaçait la porte. Du côté du grand salon, il était impossible de voir au travers du store, mais l'étoffe en était assez claire pour que Madeleine pût jouir du coup d'œil de la fête.

Elle était enchantée de cette aimable attention et dit à son beau-frère tout le plaisir qu'elle lui faisait. Le comte, ravi de son idée, en fit cependant les honneurs à Charlotte.

La soirée s'annonçait comme devant être des plus brillantes. Tout le beau, tout le grand Paris, tout le Paris aristocratique s'y pressait.

Madeleine s'amusa d'abord du panorama vivant qu'elle avait sous les yeux. Elle examinait curieusement cette pantomime; elle cherchait à s'expliquer les gestes, les mouvements de physionomie des personnages qui lui passaient sous les yeux.

C'était presque une étude qui finit par l'intéresser. Tous ces sourires, toutes ces révérences, sans paroles, avaient aussi leur côté pittoresque.

Enfin, la musique commença.

Il y avait si longtemps que la vicomtesse n'en avait entendu qu'elle en jouit avec délices. Elle s'abandonna si bien aux douces sensations qui la pénétraient qu'elle se trouva ramenée aux pays de ses beaux rêves. Un moment elle oublia qu'elle était malheureuse.

Tout en écoutant, elle regardait sa nièce qui se trouvait assise en face d'elle. Geneviève était éblouissante. Ses seize ans prêtaient à sa beauté un luxe de fraîcheur, ses mouvements, qui gardaient encore la vivacité et la grâce de l'enfance, donnaient un charme de plus à la jeune fille. Elle ne posait pas, elle ne cherchait pas à se faire un maintien ; elle laissait voir sa joie de s'éveiller à la vie dans un milieu qui lui promettait tous les bonheurs.

Debout, derrière elle, se tenait le jeune duc Gaspard d'Avrincourt ; entre chaque morceau de musique, il s'inclinait vers elle pour lui parler. Il y avait dans la manière dont il se penchait et dans celle dont elle lui répondait tout un début de roman.

Le visage de Geneviève était rayonnant d'espérance ; celui de Gaspard disait qu'il était bien amoureux.

Moi aussi, j'ai été comme elle, se dit tout à coup Madeleine ; Herbert était comme lui, encore plus épris peut-être. J'ai vingt-deux ans, et tout est fini !

Alors elle revit la triste réalité.

Il est vrai que les chants avaient cessé : le charme était rompu.

Il y eut plusieurs entr'actes pendant lesquels la vicomtesse reçut quelques visites.

Le dernier entr'acte allait finir, ses visiteurs l'avaient quittée afin de regagner leurs places. Elle approcha son fauteuil tout près du store pour mieux entendre, et elle venait de s'y asseoir quand une voix la fit tressaillir.

C'était celle d'Herbert.

— Pourriez-vous, très-cher, vous qui êtes de la maison, — la voix qui répondait au vicomte était inconnue à Madeleine, — m'expliquer le mystère que cache ce store. Je l'ai demandé à toute la terre, et personne n'a pu me répondre.

— Très-cher, répliqua Herbert, je suis dans la même ignorance que vous. Ce mystère ne me sera dévoilé qu'à la dernière heure, et elle n'est pas encore venue.

Ici, malgré l'attention de Madeleine, quelques phrases lui échappèrent.

— Vraiment, continua la voix inconnue en devenant distincte, tout le club vous admire. Vous devez périr d'ennui à la campagne ! Au moins l'année dernière, — la voix baissa : — oh ! elle était gentille ! dit la voix en s'élevant de nouveau.

— Ah bah ! rien ; pas même un caprice.

— Mais cette année, c'est plus que sévère. Je sais bien que votre femme est charmante. Mais.....

— Mais c'est ma femme, répliqua le vicomte en

riant; aussi, mon cher, — il parla presque bas, et quoique Madeleine fût tout oreilles, elle ne put saisir que ces mots : blonde, une syrène, un démon.

Ces mots lui suffirent.

— Et votre femme s'en doute? Elle vous fait des scènes?

— Elle n'y manque pas.

— Que voulez-vous, c'est son droit. Je parie qu'elle est folle de vous?

— Oui, elle est folle de moi, répliqua Herbert avec fatuité.

— C'est toujours ainsi. Et vous?

— Moi, mon cher, j'ai été pendant trois ans son esclave..... Mais..... à la fin !

Madeleine, rouge de honte et d'indignation, repoussa bruyamment son fauteuil.

— Tiens, dit tranquillement le vicomte, voilà le mystère qui s'agite, et il demeura appuyé contre le chambranle de la porte.

La jeune femme s'était réfugiée dans le coin le plus obscur du salon. Elle n'entendait plus que les battements de son cœur qui l'étourdissaient. Elle ne savait plus où elle était; elle ne pensait plus; sa mémoire ne lui rappelant rien, elle ne se sentait plus vivre.

Le concert était fini, le vide se faisait dans les salons. Elle restait toujours blottie dans l'ombre et inerte.

Tout à coup la porte s'ouvrit, un flot de lumière inonda le salon. C'était Aline, c'était Herbert.

Madeleine ne fit aucun mouvement. Elle était blanche et froide comme une statue.

— Qu'avez-vous, chère, lui dit Mme Deformont, effrayée de la voir en cet état.

— J'ai froid, répondit-elle.

— Froid ! Pardieu, je le crois bien, répliqua brusquement Herbert.

Au son de cette voix, le frisson de Madeleine redoubla, ses dents s'entre-choquèrent. Aline, de plus en plus effrayée, l'entraîna dans la chambre de la comtesse, l'enveloppa dans sa pelisse de fourrure et la fit asseoir auprès du feu.

— Vous voilà dans un bel état, ma chère, reprit le vicomte. Vous savez, n'est-ce pas, que vous êtes parfaitement ridicule. Vous pouviez, maintenant, assister à ce concert, si vous l'aviez voulu.

— Oui, mais je ne l'ai pas voulu.

C'était Madeleine qui répondait; mais ce n'était ni sa voix, ni son regard. Sa voix était sèche et dure, son regard avait une expression étrange.

— Vicomte, dit doucement Aline, le chagrin ne se mesure ni ne se raisonne; ne lui faites donc pas de reproches : d'ailleurs, c'est votre frère qui a tout arrangé. Prenez-vous-en donc à lui. Ne vous verrons-nous pas bientôt dans notre île? ajouta-t-elle en souriant.

— Certainement, Madame, je m'empresserai d'aller vous remercier de l'accueil.....

— Oh! ne nous remerciez pas. C'est à nous à le faire. Jamais nous ne pourrons assez vous dire la satisfaction que vous nous donnez, en nous laissant votre chère Madeleine que je vais emmener, car elle me paraît très-souffrante. Elle aura eu froid.

On vint précisément annoncer la voiture.

Mme Deformont emmena son amie qui n'était pas en état d'attendre que la comtesse fût quitte de ses devoirs de maîtresse de maison.

— Qu'avez-vous, ma chère, dit Aline à la vicomtesse dès qu'elles furent en voiture?

Madeleine ne répondit pas.

Un moment après, elle eut un accès de ce rire nerveux qui est le paroxysme de la douleur; puis ses sanglots l'étouffèrent, puis enfin d'abondantes larmes vinrent les soulager.

Elle était tout à fait calme quand elle arriva à l'hôtel. Mais Mme Deformont ne voulant pas encore la laisser à elle-même, la garda dans sa chambre.

M. Deformont rentra. Madeleine, qui avait repris toute sa présence d'esprit, tout son sang-froid, put alors confier à ses amis quelle avait été la triste fin de sa soirée.

Ils n'eurent pas besoin de l'apaiser; elle ne gardait aucune colère, elle n'éprouvait qu'un immense dégoût.

— Si Herbert n'était un fou, dit M. Deformont après l'avoir entendue, ce serait le dernier des hommes, mais c'est un fou, et, à ce point de vue, le chagrin que vous vous faites m'afflige vivement. Cependant je le comprends, tout en vous suppliant de vous rendre forte.

Le lendemain, vers la fin de l'après-midi, Herbert vint faire la visite qu'il avait promise. C'était

14

un dimanche; le jeune ménage dînait chez Mme Deformont. Pierre engagea le vicomte de la part de sa mère; il accepta, poussé qu'il était par la curiosité. Il avait tant entendu parler de la vieille dame, qu'il éprouvait le désir de la connaître, désir nullement bienveillant. La vue de l'hôtel avait excité son envie et sa méchante humeur; c'était donc un vrai plaisir, pour lui, de chercher les côtés faibles de la famille. Ce Pierre tant vanté lui était surtout insupportable. Quand il voulait être désagréable à sa femme, il ne manquait jamais d'appeler M. Deformont l'homme modèle; il était certain de causer un véritable déplaisir à Madeleine.

Le vicomte fut tout surpris de l'affabilité de Mme Deformont. Il croyait voir une espèce de caricature; mais il fut forcé de reconnaître que sa simplicité était accompagnée d'une dignité qui la rendait imposante et donnait du prix à sa bienveillance.

Il regarda beaucoup les vieux amis, il les écouta, et jugea qu'ils étaient gens de mérite, malgré leur air du temps passé, ce qui lui fit passer la fantaisie d'être railleur.

Il considéra curieusement le salon, envia les belles tapisseries, mais les déprécia tant qu'il put vis-à-vis de lui-même pour se consoler de n'en point avoir de semblables. Puis, en somme, il trouva que tout cela avait un air froid à glacer l'âme, et que pour rien au monde il ne voudrait habiter un pareil sépulcre.

Toute réflexion faite, il prit le parti d'être aimable

pendant le dîner. Les vieux amis ayant décidément
de l'esprit; il trouva le sien pour leur répondre, et
fut ce qu'il savait être quand il voulait plaire.

Il fit la partie de bouillotte de la meilleure grâce
du monde. Il se cava sérieusement de trois sous, et,
en joueur qu'il était, les défendit comme s'il se fut
agi de trois mille francs.

Enfin il reçut, en partant, l'adieu cordial et bienveillant de tous.

Mais à peine dans l'antichambre, il se dédom-
magea de la contrainte qu'il s'était imposée.

— Quelle collection, ma chère, dit-il à sa femme
qui le reconduisait, quel musée de curiosités; il faut
venir dans l'île Saint-Louis pour trouver de pareilles mœurs, pour voir de pareilles figures. Vous
devez bien vous amuser ici, ma chère! Pouah! cela
sent le moisi. Ah! la bonne soirée, j'en rirai longtemps! Et j'ai eu la faiblesse de me laisser engager
pour après-demain chez Pierre. J'ai bien envie....

— Mais vous avez promis d'y venir?

— Et j'y viendrai. Mais vous voulez ma mort!
Quel splendide tombeau que cet hôtel.

Le vicomte, en quittant sa femme, lui dit à peine
bonsoir. Il ne lui avait, dans le courant de la soirée, fait aucune allusion à ce qui s'était passé la
veille, quoiqu'il eût parlé du concert, et ne paraissait pas se souvenir que Madeleine eût été souffrante.

La réception que M. et Mᵐᵉ Deformont firent à
Herbert fut des plus aimables. Il y avait dix-huit
convives; parmi eux se trouvaient le comte, la

comtesse et Geneviève. Le nom des autres invités prouva à Herbert que le monde élégant faisait cas des invitations du jeune ménage, quoiqu'il habitât cette île Saint-Louis, selon lui, peuplée de sauvages.

Après le dîner, il y eut de la musique. Ce furent les mêmes célébrités du chant qui s'étaient fait entendre chez la comtesse.

On était à la fin de mars. La journée, tout à fait printanière, avait été éclairée par un soleil dont la magnificence avait si bien mis le ciel en fête qu'il y était resté. La nuit était superbe. Il n'y avait pas un nuage, et des milliers d'étoiles scintillaient dans le plus bel azur.

L'air était tiède. Il faisait très-chaud dans le salon. Madeleine, qui étouffait dans sa robe de crêpe noir montante, vint respirer sur le balcon. Elle s'accouda sur la balustrade et regarda la Seine dont les eaux réfléchissaient le brillant écrin qui parait le ciel. Elle regarda d'abord sans penser, puis, peu à peu, la fraîcheur réveilla ses idées, et elle se mit à songer au passé. De combien d'événements ces quais si mornes, si morts, si abandonnés aujourd'hui avaient dû être les témoins. Il lui semblait voir les fenêtres des hôtels s'illuminer, les chaises circuler, les carrosses rouler pleins de belles dames ; puis elle imaginait les cavaliers, les porteurs de torches ; elle imaginait un duel : les seigneurs avaient jeté de côté leurs manteaux et leurs feutres, ils commençaient à croiser leurs épées......
Et elle s'abandonnait si complétement à sa rêverie

que lord Harry, survenant, demeura un instant auprès d'elle sans qu'elle s'en aperçût.

— Madame... risqua-t-il enfin.

— Lord Harry, dit-elle en se tournant vers lui, que je suis contente de vous voir ! — et elle lui tendit la main.

Il y avait tant de grâce et de sincérité dans ce bon accueil que le marquis en ressentit un véritable plaisir ; et, prenant la main que lui tendait la jeune femme, il la baisa respectueusement.

— Me pardonnez-vous, Madame, d'avoir interrompu le cours de vos pensées ?

— Sincèrement, milord.

— Voulez-vous me permettre de vous dire que je les ai pénétrées.

— Oui. Et je suis même très-curieuse de savoir comment vous les interprétez.

— Mon Dieu, très-simplement. Je vous prête les pensées que j'aurais eues si je m'étais trouvé à votre place. J'aurais oublié le présent, comme vous faisiez, et je me serais mis à vivre de cet autrefois qui, au fond, ne valait peut-être pas mieux que cet aujourd'hui que nous mettons si au-dessous de lui. Mais cet autrefois est entré maintenant dans le domaine de l'imagination, ce qui fait que, déjà riche par lui-même, elle l'enrichit encore de toutes les beautés qu'elle lui prête. Il jouit enfin du privilége des morts, on ne voit plus ni ses travers, ni ses vices, on ne voit plus que ses qualités.

Herbert n'était pas jaloux, mais jamais il n'avait autant le désir de s'occuper de sa femme que lors-

14.

qu'il voyait qu'on s'occupait d'elle. Il arriva donc tout au travers de la conversation, et l'interrompit pour revenir ensuite, de lui-même, à l'inépuisable temps passé.

Le duo qui commençait fit rentrer les causeurs.

Herbert, peu disposé à prêter attention à la musique, passait une revue peu bienvillante de tous les invités, et il cherchait parmi eux lord Harry sans pouvoir le retrouver; puis son regard s'arrêta enfin sur sa femme. Il la trouva toujours jolie, quoique bien changée. Il ne lui vint pas à la pensée qu'il était la cause de ce changement. Il l'avait aimée; il ne l'aimait plus; il n'avait nul souci d'elle. Cependant, il était bien aise qu'elle lui fît honneur.

Cette robe toute noire lui allait à merveille. Cette toilette sévère faisait valoir sa beauté correcte. Il remarqua seulement alors le médaillon à la perle noire.

Quel royal bijou, se dit-il.

Dès que le duo fut fini, Herbert vint se placer auprès de Madeleine.

— Je ne vous connaissais pas ce bijou, ma chère, d'où vous vient-il donc ?

— C'est Frédéric qui me l'a donné, répliqua-t elle. C'est son présent de jour de l'an et celui de Charlotte.

— Quel précieux beau-frère vous avez là. Il est vraiment magnifique ! — Il y avait une raillerie voisine de la colère dans la voix du vicomte.

Lord Harry était resté sur le balcon. Il avait suivi avec un véritable intérêt le jeu de physionomie de la vicomtesse pendant le duo de *Roméo et Juliette :* toutes les impressions de son cœur et de son âme passaient tour à tour sur son doux visage.

Il la regardait encore quand Herbert s'approcha d'elle. Il la vit rougir jusqu'à la racine des cheveux, puis pâlir.

Il y avait longtemps qu'il avait deviné qu'elle avait peur d'Herbert. Il demeura encore quelques instants appuyé sur le balcon, à la place où il l'avait vue. Lui aussi s'absorbait dans ses pensées ; mais ce n'était pas au temps passé qu'il rêvait.

— Peste, ma chère, dit le vicomte en disant adieu à sa femme, Pierre a bien fait d'épouser une femme riche, cela lui permet de faire magnifiquement les choses ! Et il s'y entend. Quel service ! Quelle argenterie ! C'est presque aussi riche que chez mon frère ! Adieu, ma chère, vous savez, ne vous gênez pas ; amusez-vous comme vous l'entendrez. Je retourne à Béyanes, mais restez ici tant que vous voudrez. Je ne suis pas un tyran, moi. Je ne suis point un mari jaloux. Je m'en vais à mes affaires. Je vous laisse à vos plaisirs. Bonsoir.

Il l'embrassa sans la regarder, et descendit en fredonnant.

Il faisait une nuit superbe. Herbert s'en alla à pied. Chemin faisant, le médaillon lui repassa par la tête. Est-il heureux, ce Frédéric, de pouvoir ainsi jeter l'argent, se disait-il avec un sentiment d'envie ; moi, si j'en avais... Et il pensa à ce qu'il en ferait s'il en avait. Il s'endormit en y pensant et il se réveilla, toujours avec la même pensée.

Il se hâta de s'habiller, et, comme jamais une mauvaise idée ne manquait, chez lui, de porter son fruit; il courut chez son bijoutier et acheta des boucles d'oreilles et une croix. La veille, il avait acheté une chaîne et une montre. Puis, quoiqu'il n'eût pas d'argent, il recommanda qu'on lui envoyât la note.

Il partit immédiatement. Le mémoire arriva quand il venait de quitter l'hôtel de Béyanes. Le domestique qui le reçut le renvoya à la vicomtesse.

— Que faire? dit-elle à Aline en le lui montrant.

— Mettre le mémoire sous enveloppe, et le renvoyer par la poste à votre mari, répliqua M. Deformont. Il reconnaîtra votre écriture. Ce sera une leçon.

Madeleine suivit le conseil.

Elle passa encore une semaine avec ses amis; mais il lui fallut enfin leur dire adieu. Elle s'en sépara courageusement et arriva à Béyanes, forte des meilleures résolutions.

XV

Herbert accueillit le retour de sa femme avec une parfaite indifférence et continua de mener une vie à part. Il la voyait le moins possible et se montrait, régulièrement, de la plus maussade humeur.

Mais Madeleine n'en souffrait plus, comme autrefois. Elle fuyait ses pensées au lieu de s'y abandonner. Le temps où elle confiait à son bonheur le soin de lui préparer un lendemain était passé. Elle ne se laissait plus vivre, elle faisait elle-même sa vie.

Elle prenait beaucoup d'exercice, montait à cheval, surveillait certains travaux qui se faisaient dans le parc, sa belle-sœur les lui avait recommandés.

Elle faisait des lectures sérieuses qui soutenaient sa force morale et fuyait les lectures de sentiment qui l'eussent ramenée à elle-même.

Elle s'occupait de musique et choisissait celle qui demandait une étude toute d'attention et qui ne parlait pas trop à son cœur.

Son temps était si bien rempli qu'il passait vite. Puis, le printemps à Béyanes étalait tout son charme. Il y avait un luxe de fleurs qui faisait du parc un Eden.

Madeleine fut néanmoins très-heureuse quand la comtesse revint au château. Elle se retrouva avec plaisir au milieu de toute cette famille qui lui témoignait, elle aussi, une vive satisfaction de la revoir. En sentant la consolation et l'appui que ce retour lui apportait, elle se souvint des bons conseils que lui avait donnés sa mère, et elle éleva son âme vers elle pour la remercier.

Le comte s'aperçut bien vite de l'indifférence presque dédaigneuse qu'Herbert affectait envers Madeleine. Il en fut affligé et redoubla d'égards vis-à-vis de la jeune femme.

La comtesse ne parut rien remarquer; elle resta la même avec sa belle-sœur et la même avec son beau-frère : c'était plus commode et ne la compromettait pas.

Une de ses prétentions était de se tenir en dehors de toutes les querelles et de ne jamais se mêler de savoir qui avait tort ou raison.

Madeleine aussi était restée la même avec tout le monde, et elle était irréprochable envers son mari. Son charmant caractère avait gardé la même égalité et la même douceur que pendant ses jours heureux; seulement, elle était moins gaie. Mais sa mélancolie avait quelque chose de sympathique.

Charlotte était seule à la juger sévèrement, mais elle se gardait bien de le laisser voir.

La fin de juillet réunit encore toute la famille.

Ce fut Mlle de Plessac qui se trouva la première à Béyanes.

Le lendemain de son arrivée, elle s'empressa de faire sa visite du matin à la comtesse.

Toutes les deux parurent enchantées de se retrouver dans le sanctuaire.

— Enfin vous voilà, chère cousine, dit Charlotte en embrassant Mlle de Plessac, nous allons enfin reprendre nos bonnes habitudes ! Que votre absence m'a donc paru longue !

— Et à moi, répliqua Jude en prenant un air attendri. Ni Rome, ni Naples, ni même Venise ne m'ont consolée, un instant, de ne plus être auprès de vous.

Ces six mois m'ont paru l'éternité. Mais, grand Dieu ! quel changement j'ai trouvé ici ! J'en suis toute triste ! Que s'est-il donc passé dans le ménage ?

— Oh ! demandez tout cela à ma sœur Deformont. Moi, on ne me dit rien, et Aline est impénétrable.

— Ainsi, vous croyez que maintenant Madeleine sait...

— Je ne suis pas dans le secret, vous dis-je. En tout cas, Madeleine porte haut et résolûment le chagrin. Jamais une plainte ! jamais une impatience ! C'est beau !

— Elle est triste, cependant.

— Elle a bien sujet de l'être ! Cela fait, dans le pays, un déplorable effet.

— Si j'étais Frédéric, je saurais bien mettre fin à ce scandale.

— Oh ! c'est à cause d'elle qu'il ne le fait pas. Quelle charge ! C'est odieux. On ne sait pas jusqu'où cela peut aller ? Frédéric craint, si on ne le ménage pas, qu'il emmène sa femme.

— Eh bien ?

— Eh bien ! Il craint qu'il ne la rende malheureuse, et il a promis à la marquise mourante...

— Eh ! aussi, pourquoi a-t-il promis, dit avec vivacité la bonne Jude. Il devait penser d'abord à vous, chère petite cousine.

La comtesse crut devoir prendre un air de victime ; mais cet air allait si mal à l'expression dure de son visage, que Mlle de Plessac eut toute la peine du monde à réprimer son envie de rire.

Elle continua.

— Vous rappelez-vous, ma chère Charlotte, ce que nous disions il y a trois ans, ici, à cette même place : c'est trop brûlant, cela ne pourra durer ; et, en effet, cela n'a pas duré.

— Comment voulez-vous qu'une pareille adoration résiste à la vie de tous les jours. Dieu ! que cela devait être ennuyeux, et que cela m'aurait ennuyée !

La comtesse prit une mine froide et pincée.

La menteuse ! pensa Jude.

Et elles déchirèrent encore longtemps le malheureux ménage, mais à petits coups de dents, afin de prolonger le plaisir.

Quand toute la famille se trouva réunie, Béyanes reprit sa vie d'été. On recommença les promenades, les visites ; cependant la gaieté n'était pas si franche que d'habitude, il y avait dans l'air ce je ne sais quoi avant-coureur des grands événements.

Geneviève, grâce à ses seize ans, commençait à échapper à la domination de sa belle-mère. Elle avait un peu plus de liberté, et en profitait pour être, aussi souvent que possible, auprès de sa tante Madeleine. Elle ne pouvait comprendre la nature des chagrins de sa tante, mais il lui suffisait de voir qu'elle était malheureuse pour redoubler de tendresse.

Le jeune duc Gaspard, qui avait passé six semaines à son château d'Avrincourt, était venu faire plusieurs visites à la comtesse, et laissant voir son admiration pour sa belle-fille, il avait osé malgré son extrême timidité, lui marquer un grand empressement.

Geneviève n'en paraissait pas contrariée, et le comte en paraissait très-satisfait et accueillait paternellement le jeune homme.

Lord Harry continuait ses relations de bon voisinage, et semblait y trouver plus de plaisir que jamais. Peu de jours se passaient sans que Mme de Béyanes reçût sa visite. C'était un échange continuel de livres, d'albums, de musique et même de fleurs.

Lord Harry, qui ne se faisait jamais valoir, avait cependant un talent d'artiste. La vicomtesse, Mlle de Plessac et Geneviève, s'occupant beaucoup de dessin et d'aquarelle, lui demandaient souvent des conseils.

Elles allaient faire des croquis d'après nature, et,

15

la plupart du temps, l'étude devenait une partie de plaisir.

La comtesse et ses invités se joignaient aux artistes. On goûtait sur l'herbe. Quelquefois on leur faisait seulement une visite; quelquefois, toute la famille partait avec eux. Pendant que les uns dessinaient, les autres travaillaient. Mlle Smith ou miss Rebec faisait une lecture; ou encore, et c'étaient les bons jours, M. Deformont lisait du Corneille, du Racine ou du Molière. Il disait à merveille.

L'intimité était donc très-grande. On pensait volontiers tout haut; on disait sans contrainte tout ce qui passait par la tête.

Le duc avait été d'un de ces goûters. Il avait peu parlé, mais s'il avait laissé voir que le milieu dans lequel il se trouvait lui plaisait beaucoup, il n'avait pas caché que Geneviève était l'aimant qui l'attirait.

Après le goûter, on avait joué aux barres. Les deux jeunes gens avaient couru et s'étaient animés de la manière la plus aimable. Geneviève, avec ses cheveux ébouriffés, avec son teint qui eût fait pâlir une rose, était jolie à faire plaisir. Gaspard avait pris des couleurs; son regard était vif, mais d'une vivacité qui lui venait du cœur; quand il courait après Geneviève, il s'élançait d'abord, puis au moment de la saisir, il ralentissait, s'arrêtait et n'osait pas.

— Ils sont vraiment charmants, disait lord Harry à la vicomtesse; j'ai un vrai bonheur à voir cette passion naissante. Elle est si naïve, si vraie, si touchante. Elle est si rare, cette passion-là. Voyez, avec quelle retenue il l'approche; il hésite à la faire prisonnière; c'est charmant, c'est la vraie passion; plus l'amour est profond, plus il doit être respectueux.

— Je crois que ma nièce sera heureuse, répliqua doucement Madeleine; le duc a une telle délicatesse de sentiments qu'il saura apprécier et ménager la nature de Geneviève. Le bonheur de cette chère enfant serait la plus grande récompense que la Providence puisse accorder au comte, en échange de celui qu'il donne aux siens et qu'il répand autour de lui.

Le marquis aimait beaucoup à causer avec Madeleine. Le caractère grave et réfléchi de la jeune femme l'attachait, puis, il pouvait s'entretenir avec elle de sujets sérieux et attachants. Il avait remarqué que ce genre de conversation lui plaisait pardessus tout. Elle sortait alors de sa tristesse, elle s'animait : tout ce qui peut élever l'âme était avidement saisi par la sienne. Soit en religion soit en philosophie, elle était frappée de la grandeur, de la justesse et de la beauté des sentiments de lord Harry. Il était si vraiment chrétien; sa bonté et sa charité reposaient sur des principes si solides, il comprenait si admirablement la morale du Christ, qu'elle l'écoutait avec un sentiment voisin du respect.

Le marquis, connaissant les goûts de la vicomtesse, cherchait toutes les occasions de les satisfaire. Il recevait toutes les revues, tous les nouveaux ou-

vrages anglais et français dès qu'ils paraissaient, et
il prenait un sensible plaisir à les lui envoyer et à
connaître son impression quand elle les avait lus.

La société qui se réunissait à Béyanes était gaie,
aimait à s'amuser, mais n'était pas une société légère, et, sauf la comtesse et Jude qui n'envisageaient
la conduite d'Herbert qu'au point de vue de la satisfaction qu'elle causait à leur méchanceté, cette conduite affligeait et révoltait tout le monde.

Le comte en était irrité et offensé au plus haut
point, et jugeait très-sévèrement son frère. M. Legris
le poussait vivement à mettre un terme à ce scandale.

Le vicomte avait l'intuition de toutes ces colères,
et à certains signes, il sentait que celle de son frère
allait éclater. Il songeait donc à y échapper, à recouvrer son indépendance, et, en attendant, continuait à
braver l'opinion.

Malgré le mécontentement général qui grondait
sourdement, et en dehors de ces préoccupations que
chacun s'appliquait à dissimuler, on vivait de la vie
la plus aimable.

Ce n'était pas encore l'époque où la chasse amenait un tourbillon de monde, on en était toujours
aux réunions intimes.

On y abordait tous les sujets : politique, religion,
morale, en grande liberté d'esprit et d'opinions à
Béyanes, et c'était un des grands charmes qu'offrait
le salon de la comtesse.

Un soir, après le dîner, il avait plu tout le jour,
et une flambée de sarments réunissait la famille

et les amis autour de la cheminée du salon. Ce premier feu réjouissait les yeux et faisait plaisir; les robes de mousselines semblaient un peu légères, et les femmes se réchauffaient volontiers en présentant tour à tour à la flamme leurs petits souliers de satin.

Madeleine prit un livre qu'elle avait posé sur la cheminée et le tendit à lord Harry.

— Je vous remercie, milord, lui dit-elle, mais décidément, je n'aime pas cet ouvrage. Je ne saurais partager les idées de votre reine. Je trouve que la miséricorde promise au pécheur qui se repent, même à la dernière heure, est une des plus consolantes vérités de notre religion. Aussi ce livre qui la nie m'attriste-t-il si fort qu'une fois de plus je remercie Dieu de m'avoir fait naître catholique.

— Comment, Madame, vous n'admettez pas qu'il soit difficile de comprendre que l'homme qui a fait le bien toute sa vie, ne soit pas plus favorablement jugé que l'homme dont l'unique soin, pendant toute la sienne, a été de satisfaire à ses mauvaises passions, mais qui, au moment d'être jugé suivant ses œuvres, a peur.

— Non, milord, je ne l'admets pas. Je n'admets pas que l'homme se fasse le juge du cœur de son frère. Je pense malgré moi alors au pharisien et au publicain. Pouvons-nous peser la vie de l'un et de l'autre; pouvons-nous lire dans les âmes? Qui sait si celui que vous condamnez n'a pas mérité la divine indulgence par un acte que vous ignorez? Qui sait si ce que vous appelez peur, n'est point au contraire le sincère repentir qui purifie? D'ailleurs, la misé-

ricorde de Dieu n'est-elle pas infinie? Et qui dit
infini dit incompréhensible pour nous. Et nous voulons cependant la mesurer, cette miséricorde, et la
mesurer à la nôtre. Nous voulons lui ôter le droit
de faire grâce !

Madeleine, toujours si calme, s'animait entraînée
par sa conviction; lord Harry la regardait, non
comme on regarde un adversaire, mais avec émotion. Cette foi sincère le touchait.

— Oui, ajouta-t-elle, je suis heureuse de pouvoir
croire de tout mon cœur à ce que je considère comme
un des articles les plus consolants de notre foi.

— Alors, Madame, répliqua le marquis, notre
religion.....

— Non, non, milord, interrompit la vicomtesse
avec vivacité, non, n'achevez pas votre phrase;
non, je ne vous juge pas, Dieu m'en garde. Toutes
les manières de prier Dieu et de l'adorer sont belles.
Je les respecte.

Lord Harry resta un moment silencieux.

— Auriez-vous épousé un protestant, madame la
comtesse, reprit-il tout d'un coup en s'adressant à
Charlotte?

— Non, certes, répliqua-t-elle sèchement.

— Et vous, Madame?

Il s'adressait à Aline.

— Moi? — Elle réfléchit un instant. — Si c'eût
été un mariage de raison, non ; un mariage d'inclination, oui.

— Avec l'arrière-pensée de le convertir?

— Non, milord. Mais avec l'espérance avouée,

tout haut, qu'un jour ma religion deviendrait la
sienne.

— Et vous, madame la vicomtesse?

— Moi, si je l'avais aimé, je l'aurais épousé, et
j'aurais d'abord prié avec lui, afin de l'amener à
prier avec moi.

Lord Harry inclina la tête; mais son visage resta
impassible.

— Et vous, mademoiselle de Plessac? reprit-il
enfin.

— Moi..., c'est mon secret.

— Alors, je le respecte, ajouta-t-il en souriant.

— Mais vous, milord, dit Mme Deformont en arrê-
tant sur lui ses grands yeux bleus, comme pour
bien lire dans son âme.

— Moi, Madame..... moi.... je pense que quand
un homme et une femme s'épousent avec une mutuelle et sincère tendresse, ils sont bien près de partager les mêmes convictions et de prier ensemble.

Il prononça ces dernières paroles sans hésiter et
d'un ton grave.

Il demeura silencieux tout le reste de la soirée et
se retira plus tôt que de coutume.

— Ma chère, dit Herbert à sa femme, quand ils
furent rentrés dans leur appartement, c'était donc
un prêche que vous teniez ce soir? C'était bien
ennuyeux! Vous m'avez fait fuir! Il devient mor-
tel, votre Anglais!

— Mon Anglais! répéta Madeleine d'un air
étonné.

— Je dis votre, ma chère, parce qu'il se tient de-

vant vous comme un point d'admiration ! Oh ! je
sais que cela vous est bien égal et que vous ne le
voyez même pas ; mais moi, je le vois, et cela me
plaît. Je suis enchanté que milord envie quelque
chose en France. Ils sont si orgueilleux, ces Anglais !

Le cœur de Madeleine, sans qu'elle se l'expliquât,
avait d'abord battu à se rompre ; puis il s'était ra-
lenti. Un frisson avait passé à la jeune femme :
comme il est léger ! se dit-elle avec une profonde
tristesse.

Alors elle se souvint de la manière intime dont
Herbert avait parlé d'elle à cet inconnu le soir du
concert.

— Bonne nuit, ma chère, ajouta du bout des
lèvres le vicomte, ne rêvez pas controverse ; et il
quitta sa femme sans même lui tendre la main.

Ce bonsoir, quelque glacé qu'il fût, était excep-
tionnel ; depuis quelque temps Herbert s'en dispensait.

Le lendemain, quand Jude vint faire sa cour à la
comtesse :

— Je suis sûre, lui dit-elle sans prendre le temps
de lui dire bonjour, que rien ne vous a échappé
hier au soir ? Quelle comédie ! Elles sont vraiment
curieuses à observer, les deux intimes. Vous allez
voir qu'elles vont essayer de le convertir. Et lui !
comme il a pris la chose au tragique ! Que pensez-
vous de tout cela ?

— Je pense qu'il n'y faut pas penser, répliqua
aigrement Charlotte en haussant les épaules. C'est
pitoyable. Je déteste ces parades religieuses. Que

voulez-vous ? Aline et Madeleine aiment à faire du
sentiment. C'est l'adoration perpétuelle de quelqu'un ou de quelque chose. Maintenant, c'est milord qui est sur le piédestal. Mon beau-frère Deformont est aussi... aussi étrange qu'elles. C'est un trio.

— Dites donc un quatuor.

— En tout cas, c'est un morceau d'ensemble.

Toutes les deux éclatèrent de rire.

— Jude, vous êtes un véritable emporte-pièce.

Et elle donc, pensa Mlle de Plessac satisfaite
d'être arrivée à son but, et de savoir de quel œil la
comtesse voyait les choses.

— Jolie école pour Geneviève, reprit Mme de
Béyanes.

— Et Frédéric trouve que tout est pour le mieux !
Et la barre de fer s'assouplit. La glaciale Smith s'a-
nime et va jusqu'à approuver de la tête.

— Oh ! cela m'est égal, tout à fait égal, s'empressa d'ajouter Charlotte en pinçant les lèvres, je
ne m'en soucie guère, je m'en moque ; j'en ai pris
mon parti ; je m'en lave les mains. Que Mlle de
Béyanes devienne ce qu'elle voudra ou ce qu'elle....
Eh bien ! cher Frédéric, dit-elle au comte qui lui
apportait un bouquet de réséda, sa fleur de prédilection, et qui entra tout à coup, Geneviève va-t-
elle ce soir chez Mme de La Suze ? Sa toilette lui
plaît-elle ! J'y ai mis tous mes soins. Elle a dû recevoir sa robe ce matin ?

Comme par enchantement, la voix de la comtesse
s'était adoucie, l'expression de son visage était
toute de miel.

15.

Quel changement à vue, pensa Jude ; quelle co-
médienne consommée. La cloche du déjeuner lui
rendit un véritable service : elle s'enfuit précipitamment ; elle ne pouvait plus garder son sérieux !

Le 8 septembre de cette année-là fut un dimanche. Il y avait grande réjouissance au village dont
c'était la fête.

Toute la famille de Béyanes se rendit à l'église
comme de coutume. Toutes les paysannes étaient
dans leurs plus beaux atours.

La Génoise avait natté sa masse de cheveux
blonds et en avait fait un chignon formidable. Un
nœud bleu de ciel, placé le plus coquettement du
monde, ornait le petit chiffon de dentelle qui voulait être un bonnet.

Elle portait une chaîne d'or, des boucles d'o-
reilles et une croix qui auraient pu, sans désavantage, figurer dans la toilette d'une grande
dame.

Les autres jeunes filles la dévoraient des yeux.

Elle occupait sa place habituelle. Sa tenue était
remplie d'assurance, son regard semblait un défi.

— Voulez-vous, ma chère Madeleine, dit Mᵐᵉ Deformont à son amie, au retour de la messe, que je
prie M. Hartmann de dire, comme de lui-même, à
la Génoise de changer de place ?

— Non, non ; il ne faut pas l'humilier. Qu'elle
garde sa place à l'église. Qui sait si Dieu ne lui en-
verra pas une salutaire pensée ?

Elles descendirent ensemble pour le déjeuner.

Certainement, chacun s'était, en famille, entre-

tenu de la Génoise ; car, sauf Herbert qui avait
l'air triomphant, une triste préoccupation assom-
brissait tous les visages.

Herbert prit donc, avec infiniment de désinvol-
ture, le dé de la conversation. Il parla du sermon.
Le curé, qui avait trouvé que ses paroissiennes
étaient un peu dissipées, les avait engagées au recueillement. Il les avait invitées à lire attentivement leurs prières, au lieu de tourner la tête de
tous côtés afin d'examiner leurs toilettes.

— Le fait est, dit Herbert avec un aplomb sans
pareil, que les demoiselles du village me paraissaient terriblement en l'air aujourd'hui !

Tout à coup Armande, de cette voix de fausset
que prend généralement tout enfant qui va dire
une sottise, s'écria :

— Oncle Herbert, pourquoi donc que la Génoise
vous a regardé tout le temps de la messe? C'est
elle qui devrait lire dans son livre. C'est pour
elle, allez, que M. le curé a dit cela.

Il régna un moment de glacial silence.

M. Deformont, le premier, retrouva sa présence
d'esprit.

— Ma nièce, répliqua-t-il avec un sang-froid parfait et comme si la petite fille n'avait rien dit
que de très-naturel, si vous aviez regardé dans
votre livre, vous n'auriez pas vu que la Génoise ne
regardait pas dans le sien. C'est pour vous, soyez-
en certaine, que le sermon a été fait. Demandez-le
à M. le curé, vous verrez ce qu'il vous répondra.

La grosse Armande, fort mortifiée, baissa le nez

dans son assiette, qu'elle inonda bientôt de ses larmes, à la façon des enfants embarrassés.

M. Deformont continua de causer avec une liberté d'esprit qui donna à chacun le temps de se remettre.

Le vicomte fut assez maître de lui pour reprendre son ton dégagé. Mais il avait senti que le premier coup était porté. Il prit donc mentalement la résolution de quitter le château pour quelque temps.

Dans la journée, il prévint Madeleine qu'il partirait le surlendemain mardi, pour Seris. Il était obligé d'y aller, disait-il, pour surveiller les réparations qu'il avait ordonnées.

Le lendemain lundi, il y avait un grand dîner à Béyanes, suivi d'une soirée. On devait danser.

Avant de s'habiller, Madeleine passa dans l'appartement de son mari pour lui remettre une épingle de diamants qu'il venait de lui faire demander. Elle la portait quelquefois et la gardait avec ses bijoux.

Herbert s'occupait avec Sylvain des apprêts de son départ.

Il ouvrit précipitamment son secrétaire pour y serrer l'épingle. Un nœud bleu y occupait la place d'honneur.

En reconnaissant ce nœud, Madeleine pâlit.

Sans affectation, elle quitta la chambre.

En rentrant dans la sienne, elle avait les traits bouleversés.

— Est-ce que madame la vicomtesse est malade ?

s'écria d'un air effaré la bonne Marion qui, pour quelques jours, remplaçait Cadine.

Cadine était devenue Mme Sylvain et venait de mettre au monde un beau garçon.

— Oui, répliqua Madeleine, je souffre beaucoup... depuis ce matin, se hâta-t-elle d'ajouter.

Pauvre madame, pensa Marion, en a-t-elle du chagrin ! Monsieur lui aura encore fait quelque chose. Et tout cela pour... Oh ! les vilains hommes !

Un petit cri de Madeleine rappela la femme de charge à elle-même. Dans son animation, elle avait violemment enfoncé une épingle dans la chevelure de sa maîtresse.

Non-seulement la vue du nœud bleu avait vivement offensé la jeune femme, mais la certitude que Sylvain avait dû le voir aussi mêlait une grande amertume à sa douleur. Souffrir en silence n'était rien pour elle, comparé à la douleur de sentir que si le valet de chambre n'était pas discret, tout le château saurait la nouvelle offense que son mari venait de lui faire.

Son visage exprimait si bien sa souffrance intérieure qu'on la crut malade.

Elle en profita pour ne pas danser.

Ce départ, d'ailleurs, l'inquiétait à l'excès. S'il n'allait pas revenir ? se disait-elle.

Madeleine, tout en suivant ses tristes pensées, regardait Herbert. Il lui semblait plus gai que de coutume, et parfaitement insouciant de la douleur qu'il venait de lui causer.

Si la malheureuse jeune femme avait pu lire dans

le cœur de son mari, elle eût été encore plus désés-
pérée, car il était plus qu'insouciant, il était satisfait
de lui avoir causé cette douleur. Il la regardait comme
une vengeance de l'envoi du mémoire des boucles
d'oreilles. Puis il faisait retomber sur sa femme la
contrariété que lui causait le tolle général excité
contre lui.

Jude ne pouvait savoir ce qui s'était passé dans
le ménage ; mais de même que les corbeaux sentent
là où est la mort, elle sentait là où régnait la discorde. Et elle chercha à y ajouter le quartier de
pomme que sa main tenait toujours en réserve, afin
de le lancer au moment opportun.

Le vicomte, qu'elle guettait depuis un moment,
comme le chat guette la souris, car elle savait qu'il
avait la mauvaise humeur bavarde, passa près d'elle.
Elle lui fit un petit signe ; il s'approcha.

— Qu'a donc Madeleine, ce soir ?

Jude prit un air de fausse compassion.

— Elle est charmante, n'est-ce pas ? répliqua
Herbert enchanté de pouvoir dire ce qui l'étouffait ;
elle a l'air d'un saule pleureur couronné de roses.

— Le fait est qu'elle n'a pas une mine réjouie.
Est-elle malade ?

— Malade ? oui. Elle a une lubie galopante qui
la suit partout ; cela devient un mal chronique.

Alors Mlle de Plessac tendit affectueusement la
main à son cousin.

— Mon pauvre Herbert, lui dit-elle en faisant la
bonne femme, mais aussi pourquoi vous êtes-vous
mis la fatale chaîne au cou ? Vous n'étiez pas plus

fait pour vous marier que... que moi, ajouta-t-elle,
— et une bouffée de rage lui passa par le cœur et
lui souffla le mal. — A la bonne heure, Frédéric,
continua-t-elle, l'homme de neige, la règle, le
devoir, sous une couronne de comte. Mais vous !
la vie ! la jeunesse ! l'esprit ! le succès !

— Oui, j'ai enterré tout cela.

— Enterré, non, mais sacrifié !

— Et il faut voir comme on me sait gré du sacrifice. Quelle duperie ! On en abuse, si je me laissais
faire, on me réduirait à l'état de bichon, de chien
couchant.

— Pauvre Herbert ! Et votre fougueuse nature
de chien courant vous emporte, n'est-ce pas ?

Elle éclata de rire,

— Jude, vous raillez.

— Non, non, lui dit-elle, je vous plains sincèrement. Vous auriez pu faire au moins un beau mariage, un mariage avantageux avec votre nom,
avec.....

— Et j'ai été une pauvre dupe, n'est-ce pas ? interrompit-il vivement. Oh ! cette marquise de Valby !

— C'était une femme bien adroite !

— Alors, vous comprenez, n'est-ce pas, qu'aujourd'hui ?..... Vous ne me blâmez pas, vous ?

— Pauvre Herbert, répliqua-t-elle d'un air de
compassion. Cela devait finir ainsi, ajouta-t-elle.

— On est furieux contre moi, n'est-ce pas ? répliqua-t-il.

— On la plaint. Vous y tenez donc beaucoup
a.....?

Il la comprit.

— Plus qu'à ma vie.

— Alors.... alors, prenez garde à vous. Je vous parle en amie, ajouta-t-elle tout bas, et tout bas aussi elle continua ses perfides confidences.

Mlle de Plessac venait d'envenimer la plaie. Herbert la quitta plus furieux que jamais contre sa femme.

— Animez-vous donc, Madeleine, lui dit-il durement en passant auprès d'elle ; ou allez vous coucher, si vous êtes malade. Ne voyez-vous pas que tout le monde vous regarde. Cela m'est parfaitement désagréable de vous voir ainsi faire la malheureuse.

— Cette pensée ne saurait venir à personne, répliqua-t-elle doucement, vous paraissez trop heureux.

Quelques instants après, Jude vint se placer auprès de sa cousine.

— Vous souffrez, n'est-ce pas, chère Madeleine ? Vous êtes affreusement changée.

— Affreusement, vous voulez donc me désoler, répondit la vicomtesse en essayant de sourire ; il est vrai que je souffre un peu.

— Vous prenez aussi les choses trop à cœur, ma chère cousine. Fermez donc l'oreille aux méchants bruits.

— Quels méchants bruits ?

— Oh ! mon Dieu ! dit Jude en affectant d'être aux regrets de sa maladresse, je croyais..... mais rien..... ou plutôt, tenez, causons franchement, en amies. Vous ne me rendez pas justice, Madeleine, et pourtant je vous suis plus dévouée que vous ne le croyez. Je vous plains de toute mon âme; vous méritiez mieux que cela. Vous êtes un ange de dévouement, de douceur, de patience. Mais aussi quelle idée a-t-on eue de vous faire faire un pareil mari.....

— Je ne m'en plains pas, dit fièrement Madeleine, sans lui permettre de continuer.

— Je vous dis que vous êtes un ange, reprit Jude, qui ne perdit pas contenance, et elle lui tendit la même main qu'elle venait de tendre à Herbert. Madeleine y mit la sienne avec hésitation.

— Voyez-vous, mon enfant, continua Mlle de Plessac, sans paraître voir cette hésitation, et en prenant, au contraire, un ton maternel, il faut savoir en prendre et en laisser dans la vie. C'est déjà beaucoup d'avoir gardé Herbert pendant trois ans. Il fallait être vous pour faire ce miracle; mais il faut savoir pardonner.

— Mais je ne l'accuse pas; je n'ai pas de pardon à lui accorder. Quant à en prendre et à en laisser; je prendrai tout, ma chère cousine, et ne laisserai rien. Que voulez-vous? je suis ainsi faite, et vous ne pourrez me changer. Mais nous parlons en énigmes; et, résolûment, elle mit la conversation sur un autre sujet.

Elle craignait que son cœur ne lui échappât.

Il était si brisé, ce pauvre cœur, si humilié dans ce qu'il avait de plus cher. Tout le monde savait donc son malheur! Jude venait de le lui faire entendre de manière à ne pas lui laisser un doute.

En une seconde toutes ces choses passèrent par l'esprit de Madeleine.

Quelle sotte, pensait Jude pendant cette même
seconde : il n'y a rien à en tirer. Eh bien ! qu'elle
continue à l'aimer, si cela lui plaît et si elle le peut,
quand même. Quelle stupide tendresse. Qu'elle
continue donc à faire la discrète, si bon lui semble,
la voilà avertie que nous sommes tous dans la confidence.

Après quelques minutes d'insignifiante causerie,
Mlle de Plessac alla s'asseoir auprès de la comtesse.

— Avez-vous remarqué, ma petite cousine, quelle
figure Madeleine fait ce soir ?

— Elle est malade.

— Oh ! il y a autre chose.

— Ah bah !... Mais, au fait, cela m'est bien égal.
Toutes ces choses me deviennent odieuses.

Mlle de Plessac n'insista pas. Elle jugea que le
moment n'était pas favorable. Charlotte était nua-
geuse et muette. Elle usa, alors, du moyen infailli-
ble pour la faire parler.

— Voyez donc Geneviève, reprit-elle, comme
elle s'agite, comme elle fait des frais de grâce et
d'esprit.

— De grâces, dites donc d'affectation, de grâces !

— Et elle a à peine seize ans !

— Oh ! ce sera une grande coquette, remplie de
prétentions à l'esprit, et, au fond, elle n'a que du
babillage. Je trouve qu'elle enlaidit.

— J'allais vous le dire. Mais elle aura du
charme.

— Du charme ? Eh bien ! je souhaite que ma fille
n'ait jamais un charme pareil.

Elle peut être rassurée à cet égard, pensa Jude.

— Oh ! Armande a un tout autre genre d'esprit, répliqua-t-elle ; le sien sera plus sérieux, plus positif que celui de sa sœur.

— Je l'espère bien ! D'ailleurs, moi, je ne permettrai jamais que, dès seize ans, on fasse la cour à ma fille. C'est absurde ; ce mariage ne réussira pas.

— Je le crains.

— Moi, je l'espère bien. Dans l'intérêt de tous les deux, — ajouta-t-elle vivement, regrettant de s'être laissée pénétrer ; — en vérité, ils ne savent ce qu'ils font. Ils sont trop jeunes ! Ni l'un ni l'autre n'ont de bon sens.

Décidément, elle est dans une de ses heures maussades ; et Mⁱⁱᵉ Jude, après s'être fait cette réflexion, se disposait à s'éloigner.

— Jude, restez donc, lui dit Charlotte d'un ton bourru ; voilà milord, restez ; il me porte sur les nerfs. Tout le monde ce soir me crispe.

Et, ce disant, elle s'efforça d'adresser un gracieux bonjour au marquis ; mais elle n'y réussit pas ; aussi s'éloigna-t-il après lui avoir adressé quelques paroles de politesse.

— Est-ce que, vous aussi, êtes souffrante ce soir, mon amie ? dit alors le comte à sa femme.

— Oui, j'ai une névralgie à la tête.

Elle sentit l'avertissement, et son humeur changea tout d'un coup.

— Madeleine me fait mal à voir, reprit-elle avec douceur ; il y aura eu quelque chose de nouveau ; elle a l'air si triste.

— Pauvre femme, si elle savait tout.

— Comment, il y a donc réellement quelque chose de grave ?

— Il veut partir. Chut ! nous en causerons ce soir.

Charlotte n'était plus la même femme. Sa vivacité, sa belle humeur étaient revenues. Le nuage était dissipé.

Décidément, mon cousin fait à volonté monter au beau temps l'aiguille qui marque les caprices de sa femme, se dit Jude pour qui rien n'était perdu et à qui rien n'échappait.

XVI

Herbert, qui n'avait jamais essayé de lutter contre ses mauvaises passions, s'abandonnait sans résistance à celle du moment. Il y avait longtemps qu'il ne craignait plus ni d'offenser ni d'affliger Madeleine, et s'il s'efforçait de jeter un voile, bien léger, hélas ! sur sa conduite, c'était non par égard pour sa femme, mais par peur de son frère.

En dehors du comte, il se moquait de tout et méprisait le qu'en dira-t-on.

Il détestait Madeleine autant qu'il l'avait aimée ; non qu'il eût rien à lui reprocher, mais parce qu'elle était un obstacle.

Il aurait bien voulu la prendre en faute, et une partie de sa colère contre elle venait de n'y point arriver. S'il avait eu quelque grief, il s'en serait fait une arme vis-à-vis des siens. Mais Madeleine, au contraire, supportait sa douleur avec tant de courage et de résignation que, sans le vouloir, elle aggravait la faute de son mari. Il le sentait et ne lui pardonnait pas.

Quand Aline, la seule personne à qui la jeune femme ouvrait son cœur, lui disait : il vous reviendra un jour, ayez de la patience, elle se sentait prise de dégoût, mais ne protestait pas.

Herbert, par sa conduite, avait détruit d'abord la fleur du sentiment passionné que Madeleine ressentait pour lui ; puis, quand il avait mis de côté toute dignité et qu'il lui avait laissé voir son méprisable caractère, il s'était aliéné son estime, cependant elle lui restait dévouée et attachée par devoir. Il lui semblait qu'elle avait charge d'âme ; il lui semblait qu'Herbert n'avait plus la libre possession de la sienne, et elle aurait voulu le défendre contre lui-même, l'empêcher de tomber plus bas.

Elle accomplissait, avec une suite qui ne se démentait pas, la mission qu'elle s'était donnée. Jamais de reproches, jamais non plus d'avances maladroites qui eussent été repoussées, jamais d'aigreur ; elle opposait aux duretés et aux injustices de son mari une patience et une douceur inaltérables.

Mais tout cela était perdu, Herbert ne lui savait gré de rien. Fatigué de son bonheur, le charme qu'il y avait trouvé s'était si bien flétri qu'il n'en gardait même pas le souvenir. Il ne sentait plus qu'une chose : c'était le poids de la chaîne qu'il s'était attachée en épousant Madeleine, et il voulait s'en délivrer.

L'idole du moment étant toujours indispensable à

son bonheur, et sa conversation avec Jude lui ayant fait pressentir des obstacles, il s'était résolu à ne rien ménager pour recouvrer sa liberté.

Le lendemain mardi, il y avait chasse à courre ; le vicomte se prépara, de grand matin, pour y assister. Il ne partait pour Séris que dans la soirée.

Madeleine devait, à cheval, suivre la chasse avec plusieurs femmes de chasseurs qui y étaient invitées.

Elle les rejoignit au rendez-vous qui avait été désigné. Le comte et M. Deformont l'accompagnèrent jusque-là.

Cette course fut, non pas un plaisir comme autrefois, mais une distraction salutaire. Le grand air lui fit du bien. Elle n'avait pas dormi de toute la nuit. Le départ de son mari la préoccupait douloureusement. Elle pressentait que c'était une séparation, car elle savait à quelle extrémité la passion pouvait entraîner Herbert, et, après avoir tant supporté, afin de ménager les apparences, la pensée d'une esclandre lui bouleversait l'âme.

Bientôt, cependant, les joyeuses rumeurs, le mouvement de la chasse, l'exercice même du cheval, qui lui plaisait tant, la nécessité de s'occuper des autres, changèrent le cours de ses idées.

On déjeuna au rendez-vous, puis on se mit en chasse.

La journée s'avançait ; elle avait été rude. A plusieurs reprises, les chiens avaient perdu la voie. La bête allait enfin être prise. Les piqueurs sonnaient l'hallali.

Les femmes, qui étaient à cheval depuis six heures, et qui se sentaient fatiguées, s'étaient réunies au carrefour de la Belle-Croix et y attendaient la fin de la chasse.

Le rapide galop d'un cheval les mit en émoi. Des nouvelles ! des nouvelles !...

Madeleine reconnut tout de suite Herbert ; mais, au signe qu'il lui fit, elle comprit qu'il s'agissait non de chasse, mais d'une chose toute personnelle. Après s'être excusée, elle partit rapidement pour le rejoindre.

— Je suis obligé d'avancer mon départ d'une heure, lui dit son mari, et il me faut, immédiatement, retourner au château. Venez, si vous voulez, ou restez ici. A votre bon plaisir.

— J'irai avec vous, Herbert, répondit doucement Madeleine.

Sans rien ajouter, le vicomte remit son cheval au grand galop, et elle se maintint auprès de lui.

— Pour éviter de retomber dans la chasse, ajouta-t-il, sans diminuer la rapidité de sa course, nous allons passer par les Moulineaux. Vous savez, il y a une barrière, et je n'ai pas la clef.

Madeleine ne franchissait les obstacles qu'avec répugnance. Elle n'avait jamais pu s'y habituer. Son mari le savait.

Elle ne répliqua point, mais son cœur commença à battre plus rapidement.

Arrivée devant la barrière, elle sentit que son cheval hésitait.

— Allons, lui cria Herbert, si vous aviez peur, il ne fallait pas venir. Allons donc, ajouta-t-il avec rudesse, décidez votre cheval. Enlevez-le avec un coup de cravache. L'heure me presse.

Et, sans attendre davantage, de son fouet de chasse le vicomte cingla violemment la croupe du cheval de sa femme.

L'animal, effrayé, fit un bond de côté, se déroba, et Madeleine, qui ne s'y attendait pas, fut lancée au loin.

La chute fut terrible. La jeune femme demeura évanouie.

Le vicomte, en la voyant tomber, n'éprouva qu'une violente colère. Il se jeta à bas de son cheval, tout en jurant contre le retard que cette chute allait lui causer, et se hâta d'aller relever sa femme espérant qu'elle allait immédiatement pouvoir remonter à cheval.

Mais en vain il lui souleva la tête, il l'appela ; elle ne donna aucun signe de vie.

Un fossé se trouvait proche ; il courut y tremper son mouchoir, et baigna le visage et les tempes de Madeleine. Elle ne se ranima pas. Alors il fut saisi de terreur. Et, répondant tout haut à sa pensée intime, comme s'il voulait rassurer sa conscience : « Non, par Dieu, s'écria-t-il, je ne l'ai point fait avec intention. »

Au loin, la forêt retentissait de joyeuses fanfares, auxquelles se mêlaient les aboiements des chiens : la curée.

Tout à coup le son d'une trompe de chasse se fit

16

entendre, le vicomte écouta; le son, peu à peu, se rapprocha. C'était un des piqueurs du comte.

Herbert répondit par l'appel convenu en cas de détresse. Quelques instants après, le piqueur arriva.

Le comte, lord Harry, M. Deformont, qui avaient entendu l'appel, accoururent en hâte. Eux aussi essayèrent de tirer la jeune femme de son évanouissement. Tout fut inutile.

Alors on fit un brancard avec des branches d'arbre.

Lord Harry et M. Deformont partirent de toute la vitesse de leurs chevaux; l'un fut chercher le docteur, l'autre alla prévenir au château.

Le comte, Herbert et les autres chasseurs escortèrent le brancard.

Madeleine arriva à Béyanes toujours privée de sentiment.

Le médecin y était déjà. Il ne cacha point que la chute était des plus graves et qu'elle pouvait avoir les plus funestes conséquences.

Une abondante saignée ranima la jeune femme, mais ne lui rendit pas sa connaissance.

Elle fut immédiatement prise d'un violent accès de fièvre avec transport au cerveau, aggravé de crises nerveuses qui augmentèrent le danger.

La famille était dans un tel désespoir et dans une si grande consternation, que personne n'avait songé à demander comment le malheur était arrivé.

Vers onze heures du soir, il survint cependant un léger mieux. Les calmants commencèrent à opérer; la malade s'assoupit.

La comtesse, Mme Deformont et Mlle de Plessac restèrent auprès d'elle jusqu'à une heure du matin.

Le médecin, la voyant tout à fait endormie, les engagea à aller prendre quelques instants de repos, car le danger n'était que conjuré ; il pouvait revenir.

Le vicomte et Marion restèrent auprès de la malade, avec la recommandation expresse d'appeler immédiatement s'il survenait même l'apparence d'une nouvelle crise.

C'était la première fois depuis bien des heures que le vicomte se trouvait seul avec lui-même et seul avec la victime de son emportement.

Il fut pris alors d'un accès de pitié pour cette femme. Il se souvint enfin qu'il l'avait aimée. Malgré son endurcissement, il fit un retour vers le passé. Il regretta le mal qu'il lui avait fait. Peut-être même une bonne résolution lui passa-t-elle par le cœur ? Car, pendant un moment, il oublia jusqu'au retard qui toute la soirée lui avait causé une angoisse que chacun avait prise pour celle de la douleur.

Mais insensiblement une image tentatrice vint se placer entre Madeleine et lui. Sa passion se ranima plus violente que jamais. Il ne vit plus que cette chère image ; il lui sembla qu'elle seule avait jamais charmé ses yeux et empli son cœur.

Ce sentiment malsain le domina bientôt si entièrement que lui, devant qui tremblait la douce Madeleine, n'eût plus qu'une crainte, celle d'avoir irrité le démon qu'il s'était donné pour maître.

L'habitude d'obéir à toutes ses volontés et de se

plier à tous ses caprices lui faisait redouter ses reproches. C'était avec anxiété qu'il recommençait à
se dire : elle m'attend. Il craignait la scène qu'elle
lui ferait quand il allait la revoir. Il savait d'avance
qu'elle n'accepterait aucune excuse, et, moins
qu'une autre, celle du funeste événement.

Elle lui en voudrait de ne pas avoir, ostensiblement, abandonné Madeleine.

Et le lâche cœur d'Herbert ne se révolta pas de
cet humiliant esclavage.

Mais bientôt aussi le démon tentateur s'empara de
son imagination et revêtit ses formes les plus sédui-
santes.

Il se présenta avec sa beauté enchanteresse, avec
son esprit hardi, vif, osé qui amusait Herbert et ré-
veillait sa verve engourdie; avec cette naïveté, qui
n'était pas une ingénuité niaise, mais qui au contraire était d'une piquante originalité. Si elle était sa
femme, comme on l'admirerait. Elle étonnerait,
étourdirait, éblouirait ce monde léger qui seul, avait
de l'attrait pour le vicomte, et où il avait soif de
vivre. Par monde, Herbert entendait le milieu léger
où il pouvait être vicieux tout à son aise. Béyanes
l'ennuyait tant. Et il songea à la vie délicieuse qu'ils
mèneraient ensemble... Mais il n'y fallait pas songer,
son sort était lié, rivé. Comme cette chaîne l'étran-
glait !...

Il avait tout oublié.

Une heure s'écoula dans l'enivrement que ces
pensées causaient au vicomte. Il trouva qu'elle avait
passé vite.

Pendant ce temps, le sommeil avait gagné Marion qui dormait profondément.

L'agitation de la malade tira Herbert de sa rêverie, et il alla vers le lit d'agonie de sa femme, le cœur et l'esprit remplis d'une autre.

Madeleine, les yeux brillants du feu de la fièvre, le teint empourpré, était agitée de mouvements nerveux, avant-coureurs d'une nouvelle crise qui éclata bientôt avec violence. Elle étouffait; elle se débattait; elle se tordait les bras.

Tout d'un coup la bande qui fermait sa saignée se détacha, et le sang recommença à couler.

Herbert, debout auprès d'elle, semblait fasciné par la vue de ce sang, qui d'abord tomba goutte à goutte, puis, s'échappant en abondance, inonda le lit. Il n'essaya pas de l'arrêter, il n'appela pas. Il voyait le visage qui s'altérait... qui se décomposait....., qui devenait livide....., les lèvres qui se décoloraient....., le nez qui s'amincissait.....

Et il restait toujours immobile.

C'est qu'une atroce pensée s'était emparée de lui et qu'elle le paralysait comme l'eût fait un cauchemar.

Il voyait la bouche s'entr'ouvrir..... le corps se détendre..... les yeux, ces yeux si doux se tourner vers lui pour lui demander miséricorde.

Et il ne fit pas un mouvement pour répondre à cet appel.

Puis il vit le regard se voiler, s'éteindre. Puis la respiration diminua, puis elle s'arrêta tout à fait.

C'est fini.

16.

Alors seulement, l'épouvante le saisit et l'arracha à sa torpeur. Ses traits se contractèrent. Il murmura quelques paroles inintelligibles.

Un cri d'horreur lui répondit. La comtesse était là, près de lui; Herbert ne l'avait ni vue, ni entendue.

— Mais sonnez, appelez! sonnez donc, Monsieur! s'écria-t-elle impérieusement.

Et comme, après lui avoir obéi, il revenait vers le lit, Charlotte, d'un geste plein de mépris, lui fit signe de s'éloigner.

— Voulez-vous donc l'achever, ajouta-t-elle, à voix basse, mais tremblante d'indignation. Ne l'approchez pas, je vous le défends!

Déjà, ne trouvant rien sous sa main, elle avait déchiré le rideau du lit et fait une ligature avec un lambeau de mousseline.

Marion, qui s'était réveillée aux cris de la comtesse, avait couru chercher le docteur et reparut bientôt avec lui.

En un instant, toute la famille se trouva réunie dans la chambre; tout le château fut sur pied : Madeleine était adorée.

— Emmenez votre frère, dit Charlotte à son mari dès qu'elle l'aperçut. Il n'est pas en état de rester ici.

M. de Béyanes, bouleversé par la vue de ce sang et de cette mourante, comprit que son frère ne pouvait plus supporter ce spectacle. Il l'emmena.

Herbert se laissa docilement conduire. Arrivé dans sa chambre, il se laissa tomber sur une chaise. Et, les yeux hagards, les traits affreusement dé-

composés, en proie à une sorte d'hébétude, il resta
insensible à tout ce que le comte put lui dire pour
le rassurer.

M. de Béyanes était persuadé que c'était le danger où se trouvait Madeleine qui mettait son mari
dans cet état. Il croyait qu'Herbert, ramené à
sa femme par la crainte de la perdre, ne pouvait
se pardonner les chagrins qu'il lui avait causés, et
que ses remords lui donnaient cet accès de désespoir.

Le comte quitta son frère sans avoir pu obtenir
de lui une parole. La comtesse le faisait demander.

Ce fut avec des ménagements infinis que Charlotte fit à son mari la douloureuse communication
qu'elle lui devait. Elle se disait qu'elle allait le frapper en plein dans son honneur et dans une de ses
plus chères affections. Elle ne pouvait se dissimuler
que, malgré la confiance qu'il lui accordait, il souf-
frirait mortellement de la savoir dépositaire d'un
pareil secret.

M. de Béyanes fut encore atteint au cœur par
cette révélation. A force de céder à ses mauvais
penchants, Herbert, son frère tant aimé, s'était laissé
entraîner jusqu'au crime. Il était devenu un assas-
sin de fait et de volonté.

Cette pensée déchirait et bouleversait l'âme du
comte; mais il sentit la nécessité de se raidir, de
réagir contre sa douleur. Il sentit toute la respon-
sabilité qui pesait sur lui comme chef de famille,
et, faisant un suprême et vaillant effort, il s'oublia
pour ne songer qu'aux devoirs qui lui restaient à
remplir.

Il chercha d'abord à calmer l'épouvante de la comtesse, et quand il y fut parvenu, il lui demanda comment elle avait expliqué l'événement.

Elle lui dit qu'elle avait invariablement répondu que le vicomte et Marion dormaient quand elle était entrée dans la chambre, et que l'accident avait dû se passer pendant leur sommeil. Elle ajouta que cette explication avait été acceptée comme paraissant très-naturelle.

Quelles que fussent les appréhensions de Charlotte, elle avait en son mari une foi si absolue, qu'elle s'en remit entièrement à lui des mesures à prendre pour éloigner le vicomte. Il fallait, à tout prix, éviter qu'il revît sa femme. Car si elle avait compris le péril auquel la présence de la comtesse l'avait arrachée, la vue de son mari pouvait causer sa mort.

Le comte, sans hésiter, et mettant de côté son orgueil, se résolut d'aller demander conseil à son beau-père. C'était la plus grande preuve d'estime confiante qu'il pût jamais lui accorder.

M. Legris écouta son gendre, et, cédant non à l'indignation qu'il éprouvait, mais à ce que lui suggérèrent sa justice et sa raison, il lui répondit :

— Il faut exiger que votre frère s'éloigne immédiatement. S'il restait, ou s'il revenait, il achèverait son œuvre : il la tuerait. Il est nécessaire de le voir tel qu'il est, afin d'agir avec sagesse. La prudence vous interdit de vous fier ni à sa parole, ni à ses promesses, s'il voulait vous en faire. Surtout, pas de faiblesse. Elle vous était encore permise hier, elle ne vous est plus permise aujourd'hui. Vous avez une vie à défendre.

Un mouvement inaccoutumé vint alors troubler le silence qui, depuis le matin, régnait dans le château. On courait dans les corridors, les portes s'ouvraient, se fermaient ; le comte et M. Legris, alarmés, sortirent précipitamment. Geneviève, tout en larmes, se précipita dans les bras de son père.

— Ma tante ! ma tante ! s'écria-t-elle ; allez vite, mon père, et, suffoquée par ses sanglots, elle perdit connaissance.

Pendant qu'on la secourait, M. de Béyanes et M. Legris se dirigèrent en hâte vers la chambre de la malade. Elle venait encore de s'évanouir.

La comtesse, Mme Deformont, Mlle de Plessac l'entouraient, aidant le docteur qui s'efforçait inutilement de la rappeler à la vie.

Le pouls ne se sentait plus, les battements du cœur étaient imperceptibles, la mort était proche.

Lorsque le chapelain, qu'on avait été chercher, apporta à Madeleine l'absolution et l'extrême-onction, rien n'indiquait plus qu'elle fût vivante. Aussi récita-t-il les prières des agonisants. Ce furent les larmes et les sanglots qui y répondirent.

Le comte, agenouillé au pied du lit de sa belle-sœur, demandait miséricorde pour le crime de son frère, et priait Dieu avec toute son âme et avec toute sa foi, afin qu'il ne retirât pas de ce monde la chère créature dont la fin serait un remords pour toute la famille.

Pendant que tous désespéraient, le médecin seul gardait un peu d'espoir. C'était à peine un souffle qui restait à la mourante, mais le plus faible souffle est encore la vie.

Aidé par Mme Deformont, il lui desserra les dents et lui versa dans la bouche une cuillerée de vin ; quelques instants après, il lui en versa une autre ; le pouls s'éleva un peu. Après quelques minutes encore, il mit la main sur le cœur, les battements s'accentuaient ; ils devenaient plus réguliers.

Alors, d'un signe, le docteur éloigna tout le monde, même le comte ; il resta seul avec Mme de Béyanes et Aline qui, accablée de douleur, mais forte de sa tendresse, ne quittait pas des yeux le visage de son amie, épiant avec angoisse un signe de vie. Elle eut son premier regard, mais elle eut la force de rester impassible ; le docteur avait défendu, comme pouvant être mortelle, toute émotion.

La jeune femme jeta autour d'elle un regard d'effroi ; elle parut chercher ; puis elle referma les yeux. Cet effort l'avait épuisée. Mais elle respirait ; la chaleur commençait à revenir. Enfin, elle vivait.

Quand M. de Béyanes quitta la chambre de sa belle-sœur, il n'espérait plus. D'un pas ferme, il se rendit à l'appartement de son frère. Herbert était resté à la même place où il l'avait laissé.

— Monsieur, lui dit le comte, il faut partir aujourd'hui, ce soir. Votre femme se meurt, c'est vous qui l'avez tuée. Morte ou vivante, votre présence ici

est un danger ou une insulte. Il faut donc vous éloigner, monsieur, je l'exige. A partir de ce jour, vous
avez perdu le droit de garder une place parmi les
gens d'honneur. Vous ne comptez plus dans la famille. Mais, parce que je vous ai aimé, monsieur,
je veillerai sur vous, je ne vous abandonnerai pas.

Le vicomte ne répliqua rien, mais il soupira
comme un homme soulagé d'un grand poids. Il
était délivré de l'appréhension de se retrouver vis-
à-vis des siens. Cette crainte le torturait.

— Dans la journée, monsieur, reprit le comte, un
télégramme vous appellera au Havre. Demain soir,
vous vous embarquerez pour l'Amérique. D'ici là,
nous trouverons un motif pour expliquer votre
départ.

Quelques heures après, le médecin assurait à la
famille qu'il n'y avait plus de danger pour le moment; mais que la moindre émotion pouvait le ramener.

La faiblesse de la malade était si excessive qu'il
défendit que personne, excepté la comtesse, Aline,
et la sœur garde-malade qui devait la veiller, entrât
dans la chambre. Il recommanda les plus grandes
précautions; le moindre bruit pouvait ébranler le
système nerveux.

Dans l'après-midi, M. de Béyanes reçut un télégramme. Il parla ouvertement de la nécessité où se
trouvait son frère de s'absenter, et il en parut con-
trarié.

A sept heures, un peu avant qu'on servît le dîner,
une voiture quitta la cour des écuries, et vint s'ar-

rêter devant le porche du château. Quelques instants
après, le comte parut, accompagné de son frère qui
était en tenue de voyage. Ils étaient seuls tous les
deux. Il faisait presque nuit, la pluie tombait, le
tonnerre grondait, les éclairs sillonnaient le ciel et
éclairaient ces tristes adieux.

Le domestique qui portait la valise du vicomte ne
vit pas si les deux frères se donnèrent la main en se
séparant, il faisait si sombre; mais il présuma et
raconta qu'il devait être question d'un long voyage,
car, malgré le piaffement des chevaux et les roule-
ments de la foudre, il avait saisi ces mots, prononc-
cés par le comte : je veillerai sur elle comme si elle
était ma fille.

A la grille, M. Hartmann prit place dans la voiture auprès du voyageur. Le comte suivit des yeux
la voiture tant qu'il put la voir. Son cœur était na-
vré, son âme était triste jusqu'à la mort. Il avait tant
aimé ce frère et il l'aimait tant encore, tout en
croyant ne plus l'aimer !

Il venait de lui assurer les moyens de vivre honorablement et dans l'aisance, en Amérique, là où il
voudrait se fixer.

Qui sait, se disait le comte, peut-être redeviendra-
t-il un honnête homme, et alors, il pourrait revenir
ici un jour. Il voulait encore espérer.

Mais le lendemain il n'espéra plus. On ne put lui
cacher que la Perulina avait quitté le pays.

La convalescence de Madeleine fut bien longue.
Des semaines et des semaines se passèrent sans qu'elle
pût vivre de la vie de famille.

Pendant bien longtemps le bruit de la porte de sa chambre lui causa une émotion nerveuse qu'elle ne pouvait réprimer. Elle redoutait visiblement la présence de quelqu'un, et ce n'était qu'en reconnaissant un visage ami ou un visage indifférent qu'elle se rassurait.

Aline l'aimait trop pour ne pas s'expliquer quel visage elle redoutait. Aussi, afin de faire cesser ce supplice, elle saisit la première occasion qui s'offrit à elle.

Il y avait des livres à aller chercher à la Rocheposée; on ne savait quel cheval prendre.

— Il faut, dit Mme Deformont au domestique, monter celui de M. le vicomte; il n'a pas servi depuis son départ.

Madeleine devint encore plus pâle que d'habitude; quelques larmes silencieuses glissèrent le long de ses joues amaigries; mais elle ne tressaillit plus quand on ouvrait la porte.

Peu à peu la convalescente reçut quelques membres de la famille, puis elle la reçut tout entière; bientôt elle se sentit assez forte pour recevoir aussi quelques amis, et enfin, on fit salon chez elle.

Le comte avait pour la convalescente les mêmes soins et la même affection qu'il aurait eus pour Geneviève. La comtesse, quoiqu'elle en fût, au fond du cœur, envieuse et jalouse, suivait cet exemple. Mais, depuis qu'elle avait arraché la jeune femme à la mort, elle sentait pour elle un intérêt qui, sans être de l'amitié précisément, était un sentiment qu'elle n'accordait à personne.

17

Jude empressée pour la forme, mais toujours la
même au fond, cherchait à pénétrer le mystère que
cachait le départ d'Herbert, les soins de tous pour
Madeleine, et même sa maladie. Ce mystère, elle ne
devait jamais le connaître. Le comte était impénétrable, l'orgueil de la comtesse la rendait discrète,
personne n'aurait pu deviner que M. Legris savait
quelque chose, et Marion s'était heureusement éveillée trop tard pour avoir rien à raconter. Mais il
semblait qu'on se fût entendu pour ne jamais pro-
noncer le nom d'Herbert.

Le jour vint cependant où le cœur de Madeleine
ne pouvant plus porter tout seul son chagrin, chercha un refuge et un abri dans la tendresse d'Aline.
Elle avait tout compris, tout vu, tout souffert.

Elle ne ressentait point de haine. Sa douleur était
toute de pardon et de miséricorde ; mais il lui était
resté un effroi indicible.

Le lendemain du jour où elle avait ouvert son
cœur à Aline, la vicomtesse qui se trouvait seule
avec son beau-frère se demanda si lui taire la
vérité n'était pas un manque de confiance. Elle était
silencieuse depuis quelques instants, lorsque, tout
d'un coup, sa pensée lui échappa, pour ainsi dire,
malgré elle.

— N'est-ce pas, mon frère, dit-elle, tout émue,
que vous savez combien ma confiance en vous est
entière, mais que vous comprenez que je ne puis
pas..... qu'il m'est impossible..... Non, ajouta-t-elle
vivement, je ne puis pas vous.....

— N'en parlons jamais, ma pauvre enfant, répli-

qua le comte, cela vous serait trop douloureux. J'en
sais assez..... J'en sais trop..... Mme Deformont lui
avait tout dit.

Il serra la main de Madeleine, et sortit. Ses yeux
étaient pleins de larmes.

XVII

La famille passa l'hiver au château.

Cet hiver fut bien triste, car M. de Béyanes et Madeleine ressentaient un de ces profonds chagrins que toute distraction irrite, et que seul peut adoucir le charme de l'intimité.

M. et Mme Legris, Aline et son mari, Mlle de Plessac étaient retournés à Paris; mais ils firent de fréquentes visites à Béyanes.

Lord Harry n'oublia pas non plus ses amis; et, à plusieurs reprises, il vint passer quelques jours avec eux.

Le comte ne tarda pas à remarquer avec quelle sollicitude le marquis s'occupait de Madeleine, et le plaisir avec lequel Madeleine acceptait ces soins.

M. de Béyanes se souvint alors de l'extrême douleur et de la poignante angoisse que lord Harry n'avait pu dissimuler lors de la chute de cheval et lors de l'hémorragie. Il craignit qu'un sentiment réciproque ne fût le résultat trop naturel, hélas! de l'estime et de l'admiration qu'avaient l'un pour l'autre l'affligée et le consolateur.

Il y pensa avec inquiétude, car ce sentiment, en troublant la vie de l'un et de l'autre, aurait troublé la vie de tous. Il y pensa aussi avec cette espèce, toute particulière, de jalousie que ressent tout homme qui, le plus honnêtement du monde, en tout bien tout honneur, protége une femme et s'intéresse à son sort. Il n'a pour elle qu'un dévouement sincère et une pure amitié ; mais s'il s'aperçoit que le cœur de cette femme s'ouvre à un sentiment plus tendre, il ressent un malaise, un mécontentement qui n'a rien à voir avec le mal qu'il peut redouter pour elle, ni avec le bien qu'il lui souhaite.

Le premier effet de ce mécontentement est de le porter à surveiller attentivement, sévèrement même, l'homme qui n'est pas son rival dans son cœur, mais que néanmoins il se sentirait entraîné à traiter comme tel. Dans cette disposition d'esprit, rien n'échappa au comte, mais rien ne vint confirmer ses craintes.

Madeleine et le marquis prenaient grand plaisir à causer ensemble, quelquefois à se promener dans le parc. Mais quand on arrivait inopinément, jamais on ne paraissait les interrompre, jamais ils ne semblaient contrariés ou embarrassés. Ils accueillaient avec empressement la personne qui survenait, et immédiatement la mettaient à même de participer à la conversation.

Le regard de Madeleine était calme et ouvert : il ne fuyait ni ne cherchait le regard de lord Harry dont les yeux ne semblaient, non plus, avoir rien à lui dire de particulier; ou rien à lui dissimuler.

Sous l'apparence mondaine, le marquis cachait le puritain. Très-capable d'un sentiment ardent, sincère et profond, il était tout aussi capable de renfermer ce sentiment en lui-même.

Il aimait Madeleine depuis le premier jour où il l'avait, non pas vue, mais connue. Arracher cette passion de son cœur lui eût été impossible, mais l'y cacher ne lui coûtait aucun effort.

Madeleine était mariée, elle ne pouvait être à lui ; mais lui était libre, et il pouvait être à elle ; il était, en effet, à elle de toutes les puissances de son âme, de toute la force d'un premier amour.

Mais il l'aimait comme on aime la vierge. Il la révérait en pensées, et le culte qu'il lui rendait était empreint d'un respect marqué. Sauf dans l'excès de son angoisse, quand il avait craint de la perdre, il n'avait jamais trahi le secret que gardait précieusement son cœur.

Il adorait dans Madeleine sa candeur, son honnêteté, sa droiture, sa pureté, sa bonté, sa douceur, sa résignation. Cette âme miséricordieuse était si vraiment la sœur de la sienne qu'il la savait comme il se savait lui-même.

Il était certain qu'il était seul à aimer, et son amour ne lui en était que plus cher ; car si elle y eût répondu, elle n'eût plus été la femme d'exception qu'il révérait. Tout en Madeleine l'enthousiasmait et satisfaisait ses instincts nobles et généreux; mais il admirait par-dessus tout sa foi religieuse, sa charité.

Je ne serai jamais pour elle qu'un ami, se disait-il souvent, je le sais. Une sincère amitié est tout ce que je lui demande; elle est pour moi au-dessus de tous les amours.

Après avoir aimé Herbert comme elle l'avait aimé, Madeleine croyait son cœur fermé pour toujours, et elle se fût indignée si on lui avait fait entrevoir qu'il pourrait encore éprouver un sentiment tendre.

Elle ne s'était jamais interrogée sur la nature de l'amitié qu'elle avait pour lord Harry, parce que cette amitié ne l'avait jamais troublée. Elle avait toujours eu un grand plaisir à le voir, à l'entendre et à causer avec lui. Ce beau caractère si loyal, si vrai; cet homme dont les actions répondaient si bien aux paroles, cet amoureux du beau et du bien, ce chevalier sans peur et sans reproche, ce chrétien sincère était pour Madeleine l'objet d'une estime mêlée d'admiration, qui donnait un caractère particulier, presque religieux, à l'admiration qu'il excitait en elle.

Si jamais la pensée qu'il pourrait ressentir pour elle autre chose qu'une respectueuse et affectueuse sympathie lui était venue, elle l'eût repoussée comme offensante pour elle et pour lui.

Madeleine était heureuse quand lord Harry venait au château; elle le lui laissait voir, parce qu'elle n'avait point d'arrière-pensée, et lui disait tout naïvement qu'il serait le bienvenu quand il reviendrait.

Il était donc impossible que ces sentiments hautement exprimés prêtassent à la médisance.

Le comte, au reste, ne fut pas le seul à observer ;
et quand Jude revint au château, elle et Charlotte
ne s'en firent pas faute. Mais ce fut peine perdue,
car elles ne découvrirent rien.

Quant à M. de Béyanes, depuis longtemps il n'observait plus. Il était tout à fait rassuré.

Au printemps, le jeune duc demanda Geneviève
en mariage. Elle lui fut accordée, et il fut admis à
lui faire sa cour.

Gaspard d'Avrincourt avait vingt-deux ans. Lorsque
la duchesse sa mère devint veuve, elle se retira
dans son château qu'elle ne quitta plus, y vécut
dans une complète retraite et se donna toute à son
fils.

Gaspard, dont elle s'était occupée avec la plus
tendre sollicitude, avait reçu une éducation accomplie
au point de vue de l'instruction et du cœur, mais in-
complète au point de vue de la connaissance du
monde que le contact des autres hommes peut seul
donner. Entre jeunes gens le caractère se ploie, il
se fait, plus ou moins, il perd de cette personnalité,
de cette susceptibilité qui entrave souvent la vie.

Le duc d'Avrincourt, père de Gaspard, avait été
tué en duel. La duchesse, à qui on avait dissimulé le
motif de la rencontre, avait ressenti de la perte de
son mari une douleur si excessive que, pour l'apaiser, on avait fini par lui révéler la véritable cause du
duel. Ce qui devait, pensait-on, diminuer son afflic-

tion, ne fit que l'augmenter, et donna à sa douleur
un caractère d'étrangeté, de sauvagerie qui eut certainement une grande influence sur l'esprit de son
fils.

Mme d'Avrincourt, tout en fuyant le monde, se retrouvait quand il lui fallait absolument paraître. La
solitaire était toujours la grande dame ; sa grâce et
son esprit ne pouvaient lui faire défaut.

Il n'en allait pas de même pour le jeune duc. Gaspard, sans être gauche, se sentait néanmoins mal
à l'aise dès qu'il sortait du cercle restreint où il vivait ; la seule présence d'un étranger lui était pénible, presque désagréable. Il fuyait alors le salon.

Aussi, lorsque, après avoir eu la douleur de perdre
sa mère, il lui fallut prendre enfin dans le monde la
place qu'il devait occuper, il éprouva une gêne et
une contrainte que l'accueil le plus aimable, le plus
flatteur ne put vaincre. C'était pour lui un supplice.
S'il avait pu garder le silence, si on avait bien
voulu ne pas s'occuper de lui, il se serait amusé
dans ces réunions qu'il détestait uniquement parce
qu'on ne voulait pas lui permettre d'y passer
inaperçu.

Le tourbillon d'un bal lui plaisait, mais l'intimité
l'effrayait. Il fallait parler, et parler lui coûtait, non
parce que les pensées lui manquaient, mais parce que
la timidité lui serrait la gorge et que le bruit de sa
voix lui faisait peur.

Aussi, quoiqu'il eût le dégoût de la mauvaise compagnie et le goût le plus prononcé pour la meilleure,
sa timidité et sa paresse, à ses débuts, le jetèrent dans

17.

un milieu facile, où il n'avait pas de frais à faire ; on en faisait pour lui.

Il traversa cependant cet écueil sans y faire naufrage. Tout étant de nature généreuse, il était en même temps de nature élevée, et il ne voulut pas engager sa personne là où il ne pouvait pas engager son cœur.

Il y avait de grandes délicates   dans ce caractère formé par une femme, et que le monde ni les mauvaises passions n'avaient point encore gâté.

Le comte, qui était un bon juge, avait vu tout cela d'un coup d'œil ; c'est pourquoi il avait donné à Gaspard sa fille bien-aimée.

Le duc s'était enthousiasmé de Mlle de Béyanes ; mais il y était préparé depuis longtemps. Il n'avait jamais oublié la charmante enfant qui lui avait rendu si aimable cette soirée de lundi-gras dont il avait une si grande peur.

En voyant quelle délicieuse jeune fille l'enfant était devenue, il éprouva le premier grand bonheur de sa vie. Il voulait pouvoir aimer sa femme comme il avait aimé sa mère, quoique ce fût d'un autre amour, et il sentait qu'il pourrait donner tout son cœur à cette charmante personne qui semblait prête à lui donner le sien. Et Geneviève était trop impétueuse, trop franche, trop droite pour feindre un sentiment qu'elle n'éprouvait pas.

Ces qualités qu'il reconnaissait à sa fiancée l'avaient mis en confiance ; il s'abandonna à sa passion sans crainte, sans arrière-pensée.

L'esprit fin, vif, éclatant de Mlle de Béyanes l'éblouissait et en même temps le captivait. Il écoutait Geneviève avec ravissement; il sentait une joie infinie en pensant qu'elle allait être à lui, qu'il l'entendrait tous les jours, qu'il jouirait à lui tout seul de cette causerie toujours aimable, parce qu'elle s'alimentait d'un fonds inépuisable.

Il admirait comme elle était bonne, aimante. Il ne lui reprochait même pas son impétuosité, parce qu'elle le mettait à même de mieux connaître celle à qui il allait, sans réserve, donner sa vie.

Il subissait enfin ce charme séducteur que Geneviève exerçait d'autant plus sûrement qu'il lui était naturel, et qu'elle ne cherchait pas à l'imposer.

Gaspard n'avait pas l'esprit brillant de sa fiancée. Le sien, car il en avait, quand il osait, était d'une nature plus calme. Il y joignait un grand bon sens, une solide et aimable instruction. Mais Gaspard n'avait pas de plus grand ennemi que lui-même, ou plutôt que sa timidité.

Il était vif à penser, mais paresseux à parler, d'où il s'ensuivait qu'on lui trouvait le regard plus intelligent que la parole.

Il plaisait beaucoup à Geneviève; elle aussi l'étudiait, et chaque jour elle l'aimait davantage. Il n'était pas communicatif, et elle lui savait gré de l'être avec elle.

Une chose cependant lui semblait inexplicable : elle se demandait comment il se faisait que, parfois, le duc lui semblait charmant, et comment aussi, parfois, elle le trouvait ordinaire. Elle était toute surprise après l'avoir entendu causer d'une manière

intéressante, spirituelle, après l'avoir entendu faire
une répartie tout à fait originale et soutenir la conversation sur ce ton, de le retrouver le lendemain
silencieux et terne. Il lui semblait alors que c'était
une connaissance à refaire.

Gaspard, à une grande défiance de lui-même
joignait une susceptibilité excessive qui lui venait,
non de l'esprit, mais du cœur.

Adoré par sa mère, à qui il rendait tendresse pour
tendresse, cela avait été entre elle et lui un échange
de soins, de prévenances, de tendres paroles et de
douces bouderies, d'affectueux raccommodements
et même d'exigences maternelles qui avaient outre
mesure développé la sensibilité du jeune homme.

Son cœur était une vraie sensitive, un mot affectueux l'attirait, le faisait épanouir ; mais le moindre
signe, la moindre marque d'indifférence ou de froideur le faisaient rentrer en lui-même.

De là venait la mobilité d'expression qui caractérisait la physionomie du jeune duc ; de là venait la
tristesse qui voilait subitement son regard.

Mais ce cœur ne se prenait pas aisément. Il était en
même temps fier et difficile à gagner. Geneviève
était la première femme qui l'eût ému, puis qui
l'eût fait battre.

Quelques semaines après le départ du vicomte, le
château comptait un nouvel habitant. Axel était
venu remplacer dans l'administration de la fonderie
le frère de M. de Béyanes.

M. Hartmann vieillissait, et la présence de son fils
devait être un allégement pour lui.

Axel n'était plus le chérubin rose et joufflu dont la famille avait gardé le souvenir. Le jeune homme à la figure pâle et sérieuse, aux cheveux blond fade, aux yeux bleu clair, au regard froid, ne rappelait en rien le joyeux enfant à la chevelure d'or, qui riait toujours, et dont les yeux bleu-bluet étaient à la fois doux et malicieux.

Cependant, quand Axel souriait, sa physionomie se réchauffait et prenait du charme; mais à l'habitude ce regard glacé, incisif, presque dur, ne lui attirait pas, tout de suite, la sympathie qu'il excitait quand on le connaissait mieux.

C'était un esprit sérieux, cultivé, avide d'apprendre et usant merveilleusement de son savoir pour son utilité et pour l'agrément des autres.

Sa conversation était attachante. Il causait volontiers, ne craignait pas la discussion, se plaisait à faire du paradoxe, permettait à son imagination de l'emporter dans les nuages, ne se pressait pas pour en descendre, et, avec un caractère extrêmement positif, faisait volontiers du sentiment; ce qui ne l'engageait à rien quand la conversation était finie.

La comtesse, à la grande surprise de tous ceux qui avaient de la mémoire, et de son mari en particulier, attira beaucoup Axel au château. Elle ne pouvait plus s'en passer, et elle en fit un hôte, quand M. de Béyanes avait pensé qu'il serait, simplement, un invité à volonté.

Charlotte paraissait enchantée quand sa belle-fille, dont l'esprit était osé et curieux, se lançait à lutter avec celui du jeune homme.

Ce duel, au reste, révélait que Mme de Béyanes avait largement profité de l'éducation qu'elle avait reçue.

Le comte, lord Harry prenaient un grand plaisir à écouter et à exciter les deux causeurs, qui souvent finissaient par se quereller.

Le duc jouissait de la manière toute charmante et tout aimable dont sa fiancée, sans se poser en savante, défendait son opinion et ses idées.

Quelquefois Gaspard, emporté par la vivacité du sujet, se mêlait au combat et montrait qu'il le suivait, non en amateur seulement, mais en connaisseur et en juge éclairé.

Toutes les fois que cela arrivait, le cœur de Geneviève battait plus vite, son regard étincelait. Elle était fière de son fiancé, elle était heureuse de ce qu'il laissait voir que sa timidité n'était pas de la nullité.

— Axel te plaît beaucoup, il me semble, dit un jour le comte à sa fille, dans un de ces instants où elle lui ouvrait son cœur.

— Beaucoup, mon père, répliqua sans embarras la jeune fille, j'aime infiniment à causer avec lui.

— Ne crains-tu pas que ton fiancé en prenne de l'ombrage ?

— Il aurait grand tort, et je ne lui pardonnerais pas de le faire,

— Pourquoi ? Il t'aime et sa jalousie serait toute naturelle.

— Non, mon père ; et, dans ce cas, elle serait même une offense ; car, si Axel me plaisait au point de pouvoir inquiéter mon fiancé, j'aurais eu la sincérité de l'avertir du changement de mon cœur avant de le laisser deviner à tout le monde.

— Mais tu pourrais toi-même ne pas t'en apercevoir.

— Vous vous trompez, mon père, je puis ne pas me rendre compte de l'entraînement de mon esprit, mais il n'en est pas de même de l'entraînement de mon cœur. S'il en était ainsi, je vous aurais déjà averti, car je suis certaine que si mon bonheur était là, vous me laisseriez être heureuse.

Le comte attira sa fille à lui et la serra sur son cœur.

— Ma Geneviève, lui dit-il, que tu es bien la fille de ta mère ! Tu as toute sa sincérité.

— Mon bon père, continua affectueusement Geneviève, j'aime Gaspard et il me plaît. C'est un étrange caractère, mais je trouve un grand charme à le déchiffrer, et ce que je découvre de solide et de tendre dépasse toujours ce que j'espérais. C'est une nature prime-sautière qui est restée telle parce qu'elle ne s'est jamais communiquée ; c'est sa réserve excessive, sa sauvagerie qui m'attirent et quand il veut bien les mettre de côté pour moi, je sens alors combien vraiment il est tout à moi.

« Axel, lui aussi, me plaît, mais d'une toute autre manière. Il me plaît comme un aimable garçon, comme un ami d'enfance ; quant à éprouver pour lui d'autres sentiments, je n'en ressens aucun. Son caractère raisonneur et positif n'aurait jamais pu sympathiser avec le mien. Il m'eût effrayée. D'ailleurs, mon père, si je l'avais aimé, je me serais de moi-même condamnée à rester vieille fille.

« Un homme peut élever une femme jusqu'à lui ; une femme impose rarement, à son monde à elle, un homme qui n'en est pas. Il a des déboires d'amour-propre. Il souffre, elle souffre encore plus que lui. Alors on prend le parti de vivre à l'écart ; mais dans ces conditions, forcées pour ainsi dire, la retraite n'est pas aimable. Deux amours-propres blessés pansent mal leur blessure réciproque. Chacun est trop préoccupé de son mal pour sentir le mal de l'autre ; le remède d'ailleurs ne pourrait pas être le même. »

Le comte écoutait sa fille avec étonnement.

— Vous ne me croyiez pas si positive, n'est-ce pas, cher père ? ajouta-t-elle.

— Non ; je l'avoue, répliqua le comte.

— C'est que j'ai beaucoup, beaucoup pensé quand j'étais petite fille. J'ai beaucoup écouté, et je retrouve cela aujourd'hui. Rassurez-vous donc ; je vois bien que vous avez en peur. Je ris, je cause avec Axel, mais mon choix est fait, car j'y ai engagé mon cœur.

« Je n'eusse jamais épousé un homme de mon rang qui eût été sans mérite ; mais il m'eût fallu un mérite si excessif que je ne l'aurais jamais rencontré, pour m'engager à faire un mariage qui n'aurait pas été ce qu'il aurait dû être.

« J'ai trop vu le prix qu'on attache à choisir au-dessus de soi, pour jamais me laisser aller à choisir au-dessous de moi.

« Je remercie Dieu d'avoir réuni tout ce que je désirais rencontrer dans celui que j'ai choisi, avec votre consentement, ajouta-t-elle avec une grâce remplie de tendresse. »

La veille de ce jour, la comtesse avait dit à son mari, en prenant un air ingénu :

— Je crains vraiment, mon ami, d'avoir fait une grande faute en attirant ici Axel. Il me semble que Geneviève prend du goût pour lui.

— Vous vous trompez, avait simplement répondu le comte, sans paraître attacher d'importance à cette remarque, et il avait parlé d'autre chose.

Néanmoins, ce que lui avait dit Charlotte, répondant à une préoccupation qui le troublait depuis quelques jours, il avait interrogé sa fille.

La réponse de Geneviève l'avait complétement rassuré ; car, tout en faisant grand cas d'Axel, il ne l'eût pas désiré pour gendre.

Axel, de son côté, n'avait ni pensé, ni souhaité ce mariage. Il était fiancé en Allemagne, et si parfois, dans ces entretiens, il engageait quelque parcelle de son cœur, il la reprenait bien vite dès qu'il était vis-à-vis de lui-même. Sa constance n'était pas ébranlée par ces infidélités de quelques secondes. D'ailleurs, il était trop positif pour se laisser entraîner à rêver, et se prisait trop haut pour risquer de se faire éconduire.

A quelques jours de là, le matin, Mme de Béyanes était dans son boudoir avec miss Rebec, qui venait lui rendre compte de la semaine d'Armande.

Tout d'un coup la jeune fille, qui regardait par

la fenêtre, laissa échapper une exclamation de surprise.

— Que voyez-vous donc, miss? demanda la comtesse.

— Oh! rien, répéta l'Anglaise en affectant l'embarras.

— Comment, rien? Je veux savoir.

— C'est Mlle de Béyanes qui se promène.

— Mlle de Béyanes, déjà ! Avec qui est-elle?

Miss Rebec ne répondit pas. Ce qu'elle voyait lui
semblait si énorme, qu'elle n'osait le dire.

— Avec qui? répliqua impérativement Charlotte.

— Avec M. Axel.

La gouvernante semblait désespérée de s'être
trouvée obligée de parler.

— Avec Axel !

Un soupir douloureux acheva la pensée de la comtesse, qui ajouta, comme se parlant à elle-même :
C'est vraiment désespérant. Enfin cela va bientôt
finir.

— Ah ! voilà M. le comte, reprit miss Rebec,
comme si elle annonçait la plus heureuse nouvelle,
il se promène maintenant avec eux.

— Dieu en soit loué ! s'écria la comtesse avec une
hypocrite bonté. Voyez-vous, ma chère miss, il ne
faut pas donner trop d'importance aux légèretés
de la chère enfant. Elle est si étourdie qu'elle ne
comprend pas le déplorable effet de ses actions in-
considérées.

Pendant que la comtesse parlait, miss Sarah,
comme si elle voulait ne rien perdre de ses pré-

cieuses paroles, avait quitté la fenêtre et était venue s'agenouiller auprès de son fauteuil ; elle lui avait pris la main et la baisait.

— Que vous êtes bonne, madame, dit la jeune fille quand Charlotte cessa de parler ; combien vous l'aimez ! Vous êtes réellement pour elle une mère.

Miss Rebec jouait à merveille une profonde émotion.

— Chère petite, reprit la comtesse, vous sentez tout cela, vous, mais elle, ne le sent pas. Elle ne comprend point que si je la contrarie, c'est par tendresse ; que tout le monde a les yeux fixés sur elle, et que c'est par dévouement....

La présence de Jude arrêta la litanie des bonnes intentions de Mme de Béyanes.

En voyant l'Anglaise, Mlle de Plessac fit presque la grimace, ce n'est pas qu'elle la considérât comme une rivale, mais elle s'en défiait et ne parlait pas volontiers devant elle.

— Est-ce qu'il y a du nouveau ? demanda-t-elle à la comtesse, après lui avoir dit bonjour.

L'animation des physionomies avait, tout de suite, éveillé sa curiosité.

— Vous n'avez donc pas vu ? répliqua Charlotte.

— Ah ! je comprends.

— Alors, vous aussi, vous savez la promenade ?

— Le beau secret ! Pour l'apprendre, il n'y avait tout simplement qu'à être à sa fenêtre, et j'étais à la mienne. Chose bien naturelle, par ce beau temps. Avouez que c'est pitoyable. Et Frédéric les...

— Miss Rebec, dit le comte qui entra inopinément,

je vous ramène votre élève. Ma fille, — il s'adressa
à Armande, — si la science s'acquiert en courant,
vous devez être un petit prodige. Sans reproche, je
vous rencontre partout, sauf du côté de la salle
d'étude.

« Charlotte, ma chère, continua le comte sans
laisser à la gouvernante le temps de placer un mot,
j'ai une bonne nouvelle à vous donner. Axel, avec
qui j'avais rendez-vous ce matin, se charge de surveiller et de faire terminer les travaux du pavillon,
dont le retard vous mettait si fort en peine, hier au
soir. Il sera fini au moins huit jours avant le mariage.
Vous pourrez donc faire vos arrangements à votre
aise.

« Puis Geneviève, qui était venue avec moi, a profité de ce qu'Axel va à.... pour le charger de ce
dont vous êtes convenues hier, quant à l'arrivée des
caisses. Il fera toutes vos recommandations au chef
de gare. »

Les trois femmes, en entendant le comte parler
aussi tranquillement de ce qu'elles avaient considéré
comme un coupable rendez-vous, levèrent les yeux
au ciel comme pour le prier d'éclairer le pauvre
père.

Après le déjeuner, la comtesse et Jude se prome-
nèrent longtemps sur la terrasse qui se trouvait
devant le château. Elles paraissaient causer avec
animation.

Naturellement, c'était sur les méfaits de Geneviève
que roulait l'entretien.

— Ainsi, vous me le promettez, ma chère petite

cousine, vous allez lui parler de tout cela, dit Mlle de Plessac à Charlotte avant de la quitter.

— Je vous le promets et je vais le faire tout de suite.

La comtesse, ayant précisément à consulter sa belle-fille sur diverses broderies à ajouter au trousseau, se dirigea immédiatement vers sa chambre.

— Ma chère fille, dit-elle à Geneviève, je viens traiter avec vous une grande question, et elle lui lut la lettre qu'elle venait de recevoir.

Les décisions furent bientôt prises, et la comtesse se leva pour s'en aller, puis elle s'assit tout aussitôt.

— Tenez, ma chère Geneviève, j'ai besoin de causer avec vous. Nous sommes bien rarement seules, maintenant, je veux profiter de ce moment où vous êtes toute à moi pour vous parler à cœur ouvert, pour remplir un devoir, ajouta-t-elle avec une certaine solennité. Autant qu'il m'a été possible, depuis que j'ai été appelée à remplacer votre mère, je vous ai toujours traitée comme ma fille.....

Depuis un instant la figure de Mlle de Béyanes était devenue très-sérieuse ; mais elle accueillit ce mot de fille avec un sourire ironique.

Mme de Béyanes ne le vit pas ou ne parut pas le voir, et continua :

— Je veux encore, Geneviève, vous donner une preuve de mon dévouement, car parfois la vérité est bien pénible à dire.

Elle s'efforça de paraître émue.

— Vous vous trompez sur vous-même, ma chère fille, vous lisez mal dans votre cœur, et c'est à moi

de vous ouvrir les yeux. Vous allez épouser le duc,
quand c'est un autre que vous aimez.

— Un autre! reprit avec étonnement la jeune
fille. Un autre! vous vous trompez étrangement,
madame.

— Alors, ma fille, — Charlotte appuya sur ces
deux mots, et continua avec onction, — c'est vous
qui, sans penser à mal, nous trompez tous.

— Moi ?

— Oui, vous, Geneviève.

— Mais, quel intérêt aurais-je à vous tromper,
madame, et qu'ai-je fait pour cela ?

— Mademoiselle de Béyanes, voulez-vous me permettre d'être sincère ?

— Oh! je vous y autorise, madame.

— Eh bien! votre coquetterie, votre légèreté dans
un pareil moment.....

Elle s'arrêta pour jouir de l'effet de ses paroles.

— Ma coquetterie, ma légèreté ! — La jeune fille
répéta les deux phrases avec une parfaite indifférence, et elle continua avec une froideur railleuse.—
Et avec qui, je vous prie, madame, suis-je coquette
et légère? Rendez-moi donc le service de me le
nommer.

— Avec Axel! ma fille.

Les yeux de la comtesse étincelaient de méchanceté. Elle était radieuse.

— Avec Axel, reprit tranquillement Geneviève ;
— elle sourit de pitié. — En vérité, madame, voilà
de bien grands mots pour une bien petite chose. Ce
ne peut être sérieusement que vous me parliez d'Axel?

Axel, vous le savez bien, est un vieil ami, un bon et
dévoué garçon ; Axel est aussi l'enfant de mon père,
mais Axel n'est pas un homme pour moi, et pas
davantage un prétendant. Je n'ai point caché la sincère amitié que j'éprouve pour lui, parce qu'on ne
se cache que pour mal faire. J'ai causé avec lui ouvertement, et j'ai laissé voir que j'y avais du plaisir,
parce que ce plaisir m'était permis. Il est vrai que je
me croyais en famille, ajouta-t-elle, non sans ironie ;
une fois de plus, je me suis trompée : voilà tout.

La comtesse, qui cherchait à blesser Mlle de
Béyanes, n'y arrivait pas, et le calme de sa belle-
fille lui causait une irritation sourde.

— Mon Dieu, ma chère, — elle commençait à
serrer les lèvres, — ce que je vous dis là, tout le
monde le pense.

— Tout le monde a tort, madame. Mais je m'en
console par la certitude que mon père et tous ceux
qui m'aiment et que j'aime me jugent mieux. Que
m'importe le reste.

— Ceux qui vous aiment, mademoiselle de Béyanes, ont en ce moment, croyez-le, fort à faire pour
vous défendre.

— Eh ! qu'ils ne me défendent pas. Il y a, madame,
des défenses plus compromettantes que les accusa-
tions !

— Croyez-vous donc, mademoiselle, qu'il ne soit
pas humiliant, quand on porte votre nom, d'entendre tout ce qu'on dit de vous.

— Il serait bien simple, madame, d'éviter cette
humiliation, en refusant d'écouter les calomnies.

— Calomnies! Non, malheureusement, non, ce ne sont pas des calomnies.

— Vous finissez, madame, par piquer ma curiosité. Quelles sont donc ces abominables choses? Faites-m'en juge, je vous en prie.

La comtesse triomphait.

— Eh bien! mademoiselle, entre autres choses on dit que vous aimez Axel, qui est charmant et bien fait pour être aimé..... mais que, néanmoins, vous épousez le duc..... le duc..... — Elle insista sur le titre, — le duc qui, à aucuns égards, n'est digne d'être comparé à Axel.

— Alors, — Mlle de Béyanes releva fièrement la tête, — alors, madame, je me marie sans l'aimer?

— Oui.

— Pour être duchesse?

— Oui.

Geneviève rougit, ses narines se dilatèrent.

— Ah! mademoiselle Legris, répliqua-t-elle, avec un sourire ironique, par grâce, ne me prêtez pas vos sentiments.

A ce nom de Legris, la comtesse se leva pâle et frémissante de colère.

— Impertinente! dit-elle à sa belle-fille, en la frappant sur la joue.

A l'instant même, Geneviève, qui s'était très-montée, retrouva subitement son sang-froid.

— En vérité, je vous plains, madame, reprit-elle, avec un dédain glacial, de regarder le nom de votre père comme une injure. C'est à lui et non à vous que je demande pardon pour l'avoir nommé dans un pareil débat. Car, si je n'étais la fille de mon père, je tiendrais à honneur d'être la fille du vôtre.

Sans laisser à sa belle-mère le temps de lui répondre, Mlle de Béyanes se leva et, faisant une révérence, elle ajouta avec infiniment de dignité :

— Permettez-moi, madame, de ne pas vous quitter sans vous remercier, car vous venez de me dispenser d'une reconnaissance que mon cœur s'efforçait en vain de vous accorder.

Geneviève descendit rapidement chez son père. Elle entra chez lui et, sans chercher à contenir son indignation.

— Mon père, lui dit-elle, je vous ai répondu avec sincérité, hier, quand vous m'avez interrogé sur Axel, ce qui était votre droit. J'ai répondu, avec la même sincérité, à Mme de Béyanes tout à l'heure, quand elle m'a interrogée sur le même sujet, quoiqu'elle n'eût aucun droit pour le faire. Je n'ai pas tenu compte des reproches de légèreté et de coquetterie qu'elle m'a adressés, mais quand elle m'a dit que j'aimais Axel, et que cependant j'épousais le duc parce qu'il était le duc, quand elle m'a dit que M. d'Avrincourt n'était pas digne d'être comparé à M. Hartmann, je lui ai répliqué : de grâce, mademoiselle Legris, ne me prêtez pas vos sentiments. Elle m'a alors frappée au visage.

Le comte écoutait sa fille dans un muet saisissement.

— Geneviève, Geneviève.... murmura-t-il, et, cachant son visage dans ses mains, il demeura un instant recueilli en lui-même.

18

Quand il releva la tête, ses traits exprimaient le déchirement de son cœur. Geneviève regretta alors amèrement de ne pas avoir su se contenir.

— Mon père, ajouta-t-elle presque bas, mon bon père, j'ai eu douze ans de patience et de soumission....

Ses larmes l'empêchèrent de continuer.

Le comte savait depuis longtemps que sa fille avait eu cette patience et cette soumission, mais ce fut pour lui une vive douleur de l'entendre de sa bouche à elle.

— Geneviève, répliqua-t-il enfin d'une voix douce, mais ferme, vous venez de commettre une faute, car c'est moi que vous avez offensé, sans le vouloir. L'injure, si injure il y a, retombe uniquement sur moi. J'ai épousé Mlle Legris, et, je le tiens à honneur, précisément à cause du nom respecté qu'elle porte.

« J'estimais si haut le caractère de Mlle Legris que je croyais vous donner une seconde mère. Si je me suis trompé, Dieu m'est témoin de la sincérité de mon intention... Et c'était un grand sacrifice que je te faisais, ma fille. »

Geneviève, à genoux devant son père, les yeux baignés de larmes, l'écoutait, désespérée de la douleur qu'elle lui causait.

Le comte la releva, la fit asseoir près de lui ; il appuya la tête de sa fille sur son épaule.

— Ne pleure pas, lui dit-il, tes larmes me retombent sur le cœur ; ne pleure jamais, mon enfant chérie, — et il passait doucement la main sur les cheveux de Geneviève. — Écoute-moi, lui dit-il avec tendresse, ne cède jamais à ton impétuosité, tu vois où elle te mène. Toi, si bonne fille, ajouta-t-il tout bas, tu n'a pas songé au chagrin que tu allais causer à ton père ! Toi, si bonne, tu as manqué de générosité. Tu savais là où elle était faible, et c'est là que ton coup a porté. Mais, je m'en rapporte à ton cœur, il t'inspirera ce qui peut lui faire oublier l'offense....

Elle rejeta fièrement sa tête en arrière, comme pour protester.

— Tu le feras pour notre repos à tous, pour le tien, pour l'amour de moi, ajouta-t-il avec un accent de tendresse irrésistible.

Alors Geneviève éclata en sanglots ; elle serra convulsivement son père.

— Tout, tout au monde pour vous, mon père, lui dit-elle au milieu d'un déluge de pleurs.

Cette prière avait été bien plus puissante sur Mlle de Béyanes qu'un ordre. Elle l'avait dit avec sincérité : tout pour son père.

Pendant que M. de Béyanes ne parlait à sa fille que de la faute qu'elle avait commise envers sa belle-mère, il ne parvenait qu'avec peine à contenir l'indignation qu'il ressentait de l'humiliation que la comtesse avait infligée à sa fille, à sa Geneviève.

Toute sa raison, toute sa dignité l'amenèreut cependant à prendre la résolution de renfermer son mécontentement et de le dominer au point de ne pas le laisser paraître, quoi qu'il puisse arriver.

Il était plongé dans ces réflexions, quand la porte s'ouvrit doucement, et la comtesse entra.

Son regard était morne, toute sa personne semblait sous le coup d'un profond abattement et d'une
vive affliction.

Elle avait préparé un beau discours ; mais, quand
elle fut en présence de son mari, elle [se trouva
étrangement embarrassée. Car elle avait frappé
Geneviève uniquement parce qu'elle l'avait appelée
mademoiselle Legris. Hors cela, elle n'avait pas un
mot à lui reprocher. C'était elle qui l'avait piquée,
provoquée, blessée à plaisir. Toutes ces pensées lui
vinrent à la fois, et elle restait toute déconcertée.

M. de Béyanes le comprit et eut la délicatesse de
lui sauver le ridicule et l'odieux de la situation.

Il parla le premier à Charlotte, qui retrouva alors
tout son aplomb. Elle raconta, à sa manière, ce qui
venait de se passer, et quand elle eut fini, elle
sembla attendre que son mari la plaignît et provo-
quât, en sa faveur, une réparation.

— Ma chère Charlotte, répliqua le comte, puisque vous voulez bien soumettre ce qui s'est passé
à mon appréciation, je vais vous la donner sincèrement :

« Il n'y a vraiment dans tout cela qu'une vivacité de jeune fille pour laquelle je réclame votre
indulgence. Geneviève, autorisée et encouragée, —
il appuya sur ces deux mots, — par moi, tient à un
mariage et à un mari qui lui plaisent et me plaisent,
car si vous l'accusez, accusez-moi aussi. Je vous remercie cependant de lui avoir fait les observations
que vous dictait votre intérêt pour elle. Mais croyez-
moi, ne parlons plus du jeune M. Hartmann : je suis

certain que vous vous êtes trompée, entraînée que
vous avez été par votre sollicitude.

« Il faut cependant comprendre que Geneviève a
dû être à la fois blessée et par vos soupçons et par
la manière dont vous lui avez parlé de son futur
mari, et sa vivacité l'a empêchée de réfléchir. Les
paroles dont vous vous formalisez n'atteignent que
moi. L'injure, si injure il y a, ne saurait arriver
jusqu'à vous ; elle n'offenserait que moi seul, et je
ne la relèverais même pas, car je regarde comme
un honneur de vous avoir épousée et d'être de cœur,
non le gendre, mais le fils de votre père. »

— Alors, vous trouvez que votre fille ne me doit
aucune réparation ?

— Si, madame. Mais je vous demande, Charlotte,
de ne pas être exigeante, et vous ne me .refuserez
pas, car votre excellent jugement doit vous faire regretter d'avoir été entraînée à humilier cette nature
fière et susceptible.

— Alors, j'ai eu tort ?

— La comtesse de Béyanes ne peut jamais avoir
ostensiblement tort dans la maison de son mari.
Mais, qu'elle interroge sa conscience, qu'elle se
juge. Peut-être alors, elle qui est la raison même,
trouvera-t-elle qu'elle a répondu à une vivacité par
un acte d'emportement, et cette conviction la rendra
moins rigoureuse. Quelle réparation exigez-vous,
ma chère Charlotte ?

Elle réfléchit un instant, et, dominant la colère
qui se rallumait en elle :

— Je n'en exige aucune, répondit-elle avec une feinte douceur.

— Je vous remercie, répliqua le comte, et je vous demande, non-seulement de pardonner, mais d'oublier.

— J'y suis prête, pour vous plaire.

Malgré sa générosité apparente, Charlotte quitta son mari l'âme remplie de fiel et de ressentiment. Elle était bien trop coupable envers sa belle-fille pour ne pas lui en vouloir sans merci.

Pour la première fois, la parole du comte avait été impuissante à calmer les mauvaises passions de sa femme, car, loin de chercher à oublier, elle cherchait au contraire quelle serait sa vengeance. L'occasion viendra à moi, se dit-elle, et je ne l'attendrai pas longtemps. Coquette et légère, en voilà bien assez pour amener promptement la discorde dans le ménage. D'autant mieux que Gaston est assez simple pour l'aimer et qu'il sera jaloux.

Un jour Frédéric verra la vérité, et s'il refusait de la voir, eh bien ! au besoin, on lui ouvrirait les yeux.

Rassérénée par ces méchantes pensées, la comtesse sentit moins la blessure d'amour-propre que lui avait causée le refus poli de son mari de prendre fait et cause pour ce qu'elle appelait son offense, et elle reprit son calme habituel.

Comme ma belle-mère doit souffrir, se dit Geneviève quand, après avoir quitté son père, elle eut regagné sa chambre. Pendant quinze ans elle a été assez habile pour dissimuler, puis voilà que deux mots, deux seuls mots, son nom, lui font perdre tout le fruit de son... empire sur elle-même. En vérité, son soufflet lui fait plus de tort qu'il ne m'en cause, et ce que je lui ai dit m'a assez vengée. Puis, pour mon père !

Geneviève était tout à fait apaisée. Sa bonté naturelle reprenait le dessus, et s'abandonnant à ce qu'elle lui inspirait, elle se résolut à aller trouver sa belle-mère avant le dîner.

Elle se hâta de s'habiller, puis courut chez la comtesse.

Charlotte était seule. Toute trace de colère et de mécontentement était effacée de son visage.

La jeune fille fut à elle, et, sans hésitation, sans embarras, lui serra la main et appuya ses lèvres sur son front.

Mme de Béyanes lui rendit son baiser.

C'était le baiser de Judas.

Un instant après, la belle-mère et la belle-fille se retrouvèrent au salon, et furent ensemble comme si rien de fâcheux ne se fût passé entre elles.

Le comte en sut infiniment de gré à sa fille. Quant à sa femme, il était de sa dignité de se taire et il se tenait pour assuré qu'elle n'y manquerait pas.

Mlle de Béyanes ne parla de ce triste incident ni à sa tante Madeleine, ni à Mlle Smith. Elle craignit de les affliger et de les embarrasser à la fois.

XVIII

Le comte, qui avait gardé un douloureux souvenir de la manière dont la comtesse avait traité Geneviève, hâta le mariage qu'il avait retardé jusque-là, afin de mettre fin à une position qu'il regardait comme fort difficile.

La comtesse et sa belle-fille, depuis la réconciliation, paraissaient cependant vivre en parfaite intelligence. Charlotte cherchait à regagner ce qu'elle craignait d'avoir perdu dans l'esprit de son mari, et Geneviève tenait la promesse qu'elle avait faite à son père.

Mais jamais, au fond de son cœur, Mme de Béyanes n'avait plus profondément et plus ardemment haï sa belle-fille ; elle poursuivait sa vengeance ; seulement, afin d'y plus sûrement arriver, elle avait changé de tactique.

Elle comblait Geneviève d'attentions et de présents. Chaque jour elle ajoutait des dentelles, des broderies au trousseau. Elle poussait le comte à faire des folies.

La jeune fille n'était occupée qu'à remercier; elle aurait voulu se sentir plus reconnaissante, cependant malgré elle, cette conduite, qui aurait dû la rassurer, éveillait sa défiance.

Mme de Béyanes prodiguait aussi les prévenances au jeune duc; elle cherchait à l'attirer; mais Gaspard ne s'y laissait pas prendre. A son tour il prodiguait les politesses, mais il gardait ses sentiments. Il avait fait sa cour à la comtesse parce qu'il voulait la rendre favorable à son mariage, mais elle ne lui inspirait personnellement aucune sympathie, et, sans la deviner, il la pressentait.

Charlotte le détestait; elle ne lui pardonnait pas d'avoir choisi Mlle de Béyanes. Elle lui en voulait mortellement d'être resté sourd à ses insinuations, et d'être demeuré dans les ténèbres quand elle voulait lui faire voir la lumière.

Ce que Mme de Béyanes ressentait était si vif, qu'il lui arrivait parfois de laisser échapper, en présence de Madeleine, quelques expressions qui trahissaient son manque complet de bienveillance envers les deux jeunes gens.

L'âme de Madeleine était trop élevée pour comprendre toute la bassesse de l'âme de sa belle-sœur. Elle n'imaginait pas que la haine et l'envie étaient ses uniques mobiles; elle attribuait, simplement, ses boutades à son caractère roide et difficile.

Elle pensait que ces préparatifs d'un mariage qui, au fond, ne l'intéressait pas, l'irritaient et le fatiguaient, et que c'était uniquement pour plaire au comte qu'elle s'en occupait. Sa nature dure ne lui ayant jamais permis de ressentir aucune tendresse pour sa belle-fille, elle remplissait sèchement son devoir, ainsi qu'elle l'avait toujours fait jusque-là. Et la vicomtesse usait de son influence sur sa nièce pour l'amener à toutes les concessions possibles envers sa belle-mère qui, toute charmante qu'elle parût, avait malgré cela ses·heures d'exigences.

— Qu'est-ce que cela peut te faire de lui céder. disait la tante à sa nièce, tu as si peu de temps à rester ici et à lui obéir encore.

L'affection de Mlle de Béyanes pour sa tante Madeleine avait pris un caractère plus sérieux, plus dévoué, depuis le départ du vicomte. Elle ne s'expliquait pas ce qui causait le chagrin de sa tante ; mais il suffisait qu'elle la vît malheureuse pour qu'elle redoublât de soins et d'attentions.

Elle l'accompagnait à la promenade, elle faisait de la musique avec elle, elle lui faisait la lecture. Son cœur lui inspirait mille manières de témoigner à sa tante combien elle l'avait toujours tendrement présente. Elle se partageait entre elle et son fiancé, elle y mettait une sorte de coquetterie affectueuse, voulant ainsi lui prouver que rien au monde ne pouvait faire qu'elle la négligeât.

— Tu vas rendre Gaspard jaloux, disait quelquefois la vicomtesse à sa nièce.

Mais cette affection la consolait, et elle ne rendait pas le duc jaloux ; car, lui aussi, de son propre mouvement et pour montrer à sa fiancée qu'il aimait ceux qu'elle aimait, témoignait à sa future tante qu'elle serait vraiment de sa famille.

L'entente de ce petit coin du château excitait la mauvaise humeur de la comtesse, qui s'en vengeait sur sa belle-sœur. Elle lui prodiguait les brusqueries et les aigreurs qu'elle tenait toujours en réserve, mais elle avait grand soin que son mari ne s'en aperçût pas.

— Chère tante, disait Geneviève, quand elle avait entendu les amabilités de sa belle-mère, qui ne se cachait pas devant elle, quand je serai à Avrincourt vous viendrez bien souvent, n'est-ce pas? Vous verrez comme nous vous ferons la vie bonne. Vous savez bien que je suis votre fille et que vous êtes ma mère chérie.

Lord Harry continuait à suivre avec une véritable sollicitude le bonheur des deux fiancés. Les préparatifs de la noce l'amusaient ; on le consultait sur tout ce qu'on projetait, et il en délibérait sérieusement et prenait part aux apprêts avec un plaisir qu'il ne cachait pas.

Deux personnes de la famille, tout en partageant la joie de Gaspard et de Geneviève, avaient, au cœur, une profonde tristesse. C'étaient le comte et Madeleine.

M. de Béyanes pensait à son frère qui ne se trouverait pas à la fête de famille, et qui était seul, loin de tous, regrettant peut-être déjà sa folie. S'il voulait sérieusement la réparer, se disait-il, entraîné par cette affection toujours vivace, quoi qu'il fît pour l'éteindre, peut-être Madeleine serait-elle assez gé-

néreuse pour..... Mais quand il se rappelait ce qui
avait précédé le départ, sa pensée s'arrêtait. Il reviendrait, il promettrait et il recommencerait! se disait-il alors avec découragement.

La vicomtesse, de son côté, sentait douloureusement que l'homme dont elle portait le titre et le
nom s'était déshonoré, qu'il avait perdu sa place
dans sa famille, et que désormais le monde où il
avait vécu jusque-là lui était fermé. Quelle vie il
s'était faite! Et elle songeait avec compassion à la
vie qu'il devait mener là-bas. Mais quand elle en
arrivait à penser qu'il pourrait un jour s'en lasser,
l'idée qu'il reviendrait peut être la faisait fris-
sonner.

Elle n'admettait pas qu'elle pût le repousser, mais
la pensée du revoir l'épouvantait.

Lord Harry, qui pressentait le mal que devaient
souffrir ses deux amis, usait de tous les remèdes qui
pouvaient l'apaiser.

Il cherchait à distraire Madeleine en lui offrant les
moyens d'occuper utilement et agréablement son
esprit. Il arrangeait des promenades où toute la famille se réunissait. Il disposait des parties, car on
était déjà à moitié en fêtes. Il intéressait Gaspard
à ses projets, il mettait aussi Geneviève dans sa
confidence.

Il usait de l'influence que le comte lui accordait
pour l'entraîner à faire dans le parc des travaux qui
l'occupaient forcément. Il imaginait des embellisse-
ments en l'honneur du mariage; lui, d'ordinaire si
calme, si froid, mettait tout le château à l'envers.

Et c'était à qui se prêterait à ses fantaisies, car il était magnifique, comme un roi d'autrefois.

Les écuries occupèrent beaucoup le beau-père, le gendre et milord. On prépara pour la future duchesse des attelages merveilleux.

Lord Harry lui offrit un cheval de selle d'une beauté irréprochable. Le comte voulut veiller lui-même à ce que sa fille pût le monter en toute sécurité. Et il avait tant à ordonner, à voir par lui même qu'il ne lui restait plus le temps de penser.

Ce fut au commencement de septembre que le mariage eut lieu.

Il fut célébré à Béyanes. La famille de Geneviève, la famille de Gaspard se réunirent pour la cérémonie.

Toutes les autorités de la ville voisine, tout ce qu'il y avait de personnes marquantes furent conviées et reçues avec un grand éclat.

Le pays était en liesse.

Geneviève, laissant de côté la mode, passa toute la journée à Béyanes, ce qui causa une immense joie à son père. Afin de lui donner ce bonheur bien entier, elle avait elle-même annoncé que le jour de son mariage serait fêté au château et avait tracé le programme de la journée.

Elle assista à toute la fête, déjeuner, dîner, bal. Jamais, disait-elle, et son cœur animait ses beaux yeux, jamais je n'aurai trop de témoins de mon bonheur.

Vers minuit, la jeune duchesse quitta la demeure paternelle pour aller habiter celle de son mari.

A son arrivée à Avrincourt, ce fut Mlle Smith qui lui donna la bienvenue.

Le duc avait voulu que celle qui avait dévoué sa vie à la femme qu'il aimait, partageât désormais leur existence à tous les deux.

Ce fut Justine, la bonne Justine qui avait élevé la duchesse, qui lui donna ses soins. Elle l'attendait dans sa chambre. La comtesse l'avait réformée depuis longtemps, sous le prétexte qu'elle gâtait trop Geneviève.

La duchesse fut vivement touchée, car c'était la meilleure réception que Gaspard pût lui faire.

Les deux époux restèrent un mois à Avrincourt, puis allèrent pour quelques semaines en Italie. Ils voulaient voir Florence et Venise.

Leur retour était vivement attendu par le comte, qui, pour la première fois de sa vie, se séparait de sa fille. Elle et son gendre lui avaient promis de venir passer encore quelque temps à Béyanes.

Ils arrivèrent à Avrincourt vers le milieu de novembre et ne restèrent que peu de jours au château; mais néanmoins Mlle Smith vit assez le jeune ménage pour observer qu'il n'y avait pas entre les deux époux cet affectueux abandon qui d'ordinaire est la suite d'un mariage d'inclination. Elle s'en affligea et en resta péniblement préoccupée.

Geneviève, très-expansive sur tous les autres sujets, se montra très-réservée sur ce qui touchait son intérieur et nullement disposée aux confidences.

Mlle Smith redoutait par-dessus tout le chagrin
que cette attitude causerait à M. de Béyanes, et le
mauvais effet qui en résulterait; elle craignait les
remarques de la comtesse et de Mlle de Plessac. Elle
fut donc très-étonnée, étant invitée à accompagner
la duchesse et son mari, de voir qu'en présence de
leur famille, et lorsqu'il y avait du monde, les
jeunes gens étaient ensemble comme avant le mariage; mais dès qu'ils se retrouvaient dans l'intimité, la froideur s'établissait : Mlle Smith ne les
gênait pas, Geneviève la regardait comme une seconde elle-même.

Que s'était-il donc passé? Rien.

Il y avait seulement faute de s'entendre! Mais
faute de s'entendre est immense, c'est tout, entre
deux natures fières et susceptibles. Celle de Geneviève était trop emportée pour lui permettre
de se raisonner, et celle de Gaspard trop om-
brageuse, trop défiante pour lui laisser faire des
avances.

Si on les eût interrogés séparément, chacun se
serait plaint de la froideur de l'autre, et s'ils avaient
osé être sincères, chacun aurait avoué qu'il croyait
que l'autre l'aimait davantage. Leur unique tort
était le manque de confiance, et, ce qu'ils appelaient
désillusion, déception, n'était que le fait de leur susceptibilité réciproque.

Gaspard était plus épris que jamais de Geneviève,
et Geneviève, tout en s'affirmant à elle-même
qu'elle aimait moins Gaspard, ne l'avait jamais autant aimé; car le sentiment qu'elle éprouvait avait

grandi depuis qu'elle croyait que Gaspard ne le partageait pas.

C'était, hélas! la timidité du jeune duc qui causait en partie le mal.

Par une des bizarreries de sa nature impressionnable et toujours un peu sauvage, ce tête-à-tête, cette vie seul à seule, avec la femme qu'il adorait, l'avait tout d'un coup effrayé.

De même que les gens timides parlent bien plus à leur aise quand le bruit couvre leur voix, de même Gaspard, afin d'avoir toute sa liberté d'esprit, éprouvait pour ainsi dire le besoin de ne pas être seul avec Geneviève. Cette jeune femme, si spirituelle, si brillante, si enjouée, l'embarrassait, le rendait craintif, le rendait muet.

Devant cette contrainte inattendue, toute la vivacité de Geneviève s'était éteinte, et trop blessée, trop froissée, pour demander à Gaspard la cause de son silence, elle bouda. Gaspard alors s'assombrit, Geneviève devint encore plus soucieuse, elle accusa le cœur, tandis que c'était l'esprit de son mari qui était le coupable. Il avait peur, il avait besoin d'être encouragé. Sans prendre la peine de chercher le motif de sa manière d'être, elle s'en inquiéta, une foule d'appréhensions toutes plus tristes les unes que les autres vinrent l'agiter; à son tour, elle se fit silencieuse, et Gaspard pensa qu'elle ne lui trouvait pas assez d'esprit pour répondre au sien.

Ils revenaient donc de leur voyage mécontents l'un de l'autre.

Mais, comme ils s'aimaient quand même, leur amour-propre les aida à cacher le mécompte qu'éprouvait leur affection.

De ce côté, ils s'entendirent sans parler, et, par un accord tacite, ils dissimulèrent à leur famille et au monde leur mutuelle froideur.

Mais le cœur d'un père est un curieux inspiré de tendresse que son amour rend bien intelligent. Le comte ne tarda pas, lui aussi, à voir, et aussitôt il voulut trouver le mot de l'énigme qu'on cherchait à lui cacher, mais il n'y parvint pas.

Malheureusement la haine, elle aussi, est intelligente ; la comtesse et Jude firent également leurs remarques. Sans être certaines encore, les deux cousines se complaisaient à penser qu'il était survenu quelque malentendu dans le jeune ménage. Et l'une et l'autre expliquèrent ce malentendu à la satisfaction de leur méchanceté.

Elle est si inconséquente, si coquette, pensa Charlotte, elle l'aura déjà mécontenté.

Il est si nul, si au-dessous de l'autre, pensa Jude, qu'elle ne s'en soucie déjà plus.

Geneviève néanmoins était plus jolie, plus séduisante que jamais.

Elle fit grande sensation à Paris.

Sa maison fut montée sur un pied princier, en rapport avec sa fortune.

Elle fut tout de suite une charmante maîtresse de maison et, qui plus est, très-entendue. Elle avait mis à profit l'unique bon exemple qu'elle eût reçu de sa belle-mère ; seulement elle joignait l'aimable à l'utile.

Elle recevait avec une grâce exquise; ayant un à-propos irrésistible, elle trouvait à la fois le moyen de séduire l'esprit, de contenter l'amour-propre et de gagner le cœur.

La jeune duchesse alla beaucoup dans le monde et donna des fêtes qui firent honneur à elle et à son mari.

Le duc, tout en gardant une certaine réserve, se défit peu à peu de son excessive timidité. Il était un parfait gentilhomme, il devint un homme du monde accompli; aussi, sans l'aimer encore, il ne le craignait plus.

Il était fier de sa femme, et ce fut pour elle, pour lui plaire, qu'il trouva le courage d'oser se montrer enfin tel qu'il était. Mais maintenant il lui cachait ses sentiments.

Il lui en voulait de ce qu'elle ne laissait jamais échapper l'occasion de lui montrer qu'il lui était indifférent, ce qui aurait dû, au contraire, lui témoigner combien elle tenait à lui, car elle y mettait de l'affectation.

Geneviève, de son côté, cherchait à s'étourdir, car la froideur de Gaspard lui causait, à la fin, de la douleur et du dépit. Pour échapper à son chagrin, elle se livrait au plaisir avec cette fougue qu'elle mettait à tous ses entraînements.

— Comme Geneviève était ravissante ce soir, comme elle est délicieuse quand elle reçoit, n'est-ce pas? disait d'un air patelin la comtesse, au retour d'une soirée passée chez sa belle-fille. Je crains seulement que la chère enfant n'aime un peu trop le monde, risquait alors Charlotte, tout en surveillant du coin de l'œil la manière dont sa critique, prudemment enveloppée de louange, serait acceptée par son mari.

— Bah ! répliqua le comte sans paraître attacher d'importance à la réflexion, la femme dissipée se calmera, et il restera alors la femme aimable que Geneviève sera toujours.

Il ne veut décidément rien voir, pensa Mme de Béyanes. Mais il n'y a que patience à prendre, le jour se fera de lui-même.

Paris ne permettait pas à Charlotte et à Jude d'exercer fructueusement leur malignité, elles remirent donc leurs observations à l'été; d'ailleurs, Axel n'avait pas quitté Béyanes, et il était le héros du roman qu'elles avaient composé d'avance.

Quand l'été réunit encore une fois les deux cousines, elles établirent de nouveau leur inquisition. Elles commencèrent par l'exercer au château d'Avrincourt, où elles allèrent passer quelques semaines. Là, en échange de l'accueil plein d'égards, de prévenances gracieuses, et de l'hospitalité si cordiale et si affectueuse qui leur fut offerte, elles critiquèrent et espionnèrent sans désemparer. Mais, sauf la réserve entre les deux jeunes époux qu'elles finirent par bien constater, elles ne purent rien enregistrer de grave, et pourtant leur critique ne laissait rien passer.

Madeleine, qui était du voyage, ne s'occupait nullement de sa nièce au point de vue de son atti-

tude dans le monde, et il ne lui serait jamais venu
à l'idée de lui faire un crime de ce don de charmer
qui, la première, la rendait si heureuse; mais elle
se préoccupait vivement de Geneviève au point de
vue de son bonheur intérieur. Cette froideur qui,
loin de diminuer, s'accentuait davantage, lui donnait
tristement à penser. Ne pouvant en découvrir la
cause, elle finit par craindre qu'elle ne fût le résultat d'un désaccord dans les idées, et même dans les
sentiments des deux époux. Geneviève était le feu,
Gaspard était peut-être la glace, et cette glace
avait refroidi le cœur et l'esprit de la jeune
duchesse.

Elle regrettait que sa nièce ne lui ouvrît pas son
âme, comme elle le faisait étant jeune fille. Mais,
de même que Mlle Smith, elle ne pouvait provoquer
une confidence dont Geneviève évitait les occasions.

La duchesse, dont l'amour-propre se froissait de
plus en plus, répondait à ce qu'elle appelait en
elle-même, avec colère, l'indifférence de son mari
par une raideur et une hauteur qui inquiétaient
vivement le comte. Lui aussi avait essayé d'interroger tendrement le cœur de sa fille. Il lui avait parlé
de son mari de manière à l'émouvoir. Elle s'était
émue en effet, elle avait même versé quelques
larmes, mais toutes ses paroles étaient remplies de
tendresse pour Gaspard. Elle était ravie du changement qui s'était opéré dans son mari, et fit res-
sortir à son père combien il avait gagné en osant
être lui-même.

M. de Béyanes en conclut que la froideur ne venait pas de sa fille.

Le duc témoignait à son beau-père une affection si véritable et tant de confiance, que celui-ci en profita un jour pour l'amener à lui parler sincèrement sur le sujet qui le préoccupait. Gaspard parla volontiers et parut si épris de sa femme que M. de Béyanes se sentit plus loin de la vérité que jamais il ne l'avait été.

Cette froideur ne vient pas de lui non plus, conclut-il à la suite de cette conversation. Mais alors, de qui vient-elle ? A qui la faute ?

Le comte s'était bien gardé de dire à son gendre et à sa fille : pourquoi paraissez-vous si froids l'un avec l'autre ? Du moment où tous deux semblaient satisfaits l'un de l'autre, il ne lui restait qu'à respecter un secret qu'on ne voulait pas lui révéler.

Mais, il ne tarda pas à remarquer sans inquiétude que Geneviève, afin sans doute d'exciter la jalousie de son mari, commençait à mettre une intention dans sa coquetterie. Dans ce cas, elle manquait son but, car le duc n'en devenait que plus réservé, tout en restant rempli d'attentions. Mais ces attentions étaient plus polies et plus cérémonieuses qu'elles n'étaient affectueuses.

Elle eut cependant le tact, quand elle vint à Béyanes pour y passer une partie de l'automne, de ne point faire servir Axel à ses projets. Peut-être sentit-elle instinctivement que le duc ne le supporterait pas. Il se montrait très-bienveillant pour le jeune homme, mais il mettait néanmoins dans sa

19.

manière d'être une réserve qui, elle le sentait,
devait lui servir de leçon. Alors, elle se montra surtout charmante pour lord Harry, qui se posa immédiatement en vieil ami et en profita pour donner des
conseils à la jeune femme. Elle les accepta avec
esprit et enjouement ; parfois même, elle railla
milord avec grâce ; mais les conseils furent inutiles, car elle se refusait à ouvrir son cœur ; il était
donc impossible de le guérir.

On était au 3 novembre.

Pour la première fois depuis le départ de son
frère, et en l'honneur du duc, son gendre, M. de
Béyanes voulut que la Saint-Hubert fût célébrée
avec toute la solennité consacrée par le vieil
usage.

Le château se remplit dès la veille au soir des
chasseurs habitués à fêter la Saint-Hubert avec le
comte. Les voisins chasseurs avaient aussi été conviés.

A sept heures du matin, la cloche de la chapelle
annonça la messe. Le son du cor répondit à cet
appel, et bientôt les valets de chiens, la trompe
au col, le couteau de chasse à la ceinture, tenant
les chiens à la botte, les piqueurs contenant sous le
fouet l'impatience des chiens, s'acheminèrent vers
la chapelle.

Le comte, la comtesse, leur famille, leurs invités
occupaient les premiers rangs devant le sanctuaire,
dans l'intérieur duquel se trouvaient groupés les
chasseurs.

Ils étaient en brillants costumes de veneurs, tous

bottés, éperonnés, frac écarlate galonné, boutons argentés, au cerf, culotte de velours blanc, tricorne galonné, ceinture or et argent.

Après le comte, sa famille et ses invités, venaient les serviteurs du château, puis les ouvriers de la fonderie et les paysans qui avaient voulu voir la cérémonie.

La chapelle n'étant pas assez grande pour contenir tout le monde, les portes étaient restées ouvertes, et ceux qui n'avaient pu trouver place dans l'intérieur se pressaient au dehors.

Au coup de la cloche, annonçant la messe, le chapelain avait quitté la sacristie et venait de monter à l'autel, quand soudain l'enfant de chœur qui le suivait tomba sans connaissance, sur les marches.

On le releva et on l'emporta.

Cet événement fut suivi de quelques minutes d'émoi, puis d'embarras. Il y eut une sorte de rumeur dans la chapelle. On se demandait avec inquiétude qui allait servir la messe.

Tout à coup lord Harry se détacha du groupe des chasseurs. Ses éperons retentirent sur les dalles du sanctuaire, et, d'un pas ferme, la tête haute, il s'avança vers le chapelain.

— Monsieur l'abbé, lui dit-il, si vous voulez bien m'accepter, je suis prêt à vous servir la messe.

L'abbé resta interdit.

— Vous pouvez m'accepter, monsieur l'abbé, reprit à haute voix lord Harry, je suis catholique.

Cette profession de foi, faite avec une si noble

franchise, fut accueillie avec un pieux respect par toute l'assistance.

Mais il y eut une âme qui fut plus particulièrement mise en joie devant Dieu et qui lui offrit de ferventes actions de grâces, ce fut l'âme de Madeleine.

Au moment de la consécration, les trompes firent entendre la Saint-Hubert.

A cette fanfare tant aimée, les chiens s'écrièrent d'ardeur ; les chevaux, qui attendaient au dehors, répondirent par leurs hennissements. Puis ce bruit s'éteignit peu à peu et alla mourir, au loin, dans les profondeurs du parc.

Un religieux silence lui succéda.

L'abbé ayant, suivant la coutume, bénit le pain des veneurs qui doit, pendant l'année, préserver le chenil du fléau de la rage, acheva sa messe au milieu du recueillement général.

Mais à peine eut-il achevé sa dernière prière, que les chiens se précipitèrent hors de la chapelle, les chasseurs sautèrent en selle, et toute la joyeuse compagnie s'élança vers la forêt.

Avant de monter à cheval, le comte prit le temps de serrer la main de lord Harry.

— A présent, lui dit-il avec émotion, c'est pour l'éternité.

Le marquis répondit cordialement à cette loyale étreinte.

Ce fut seulement le soir, au dîner, que la vicomtesse revit lord Harry. Il n'y eut entre eux ni regards échangés, ni allusion en paroles à l'événement du matin. Mais l'un et l'autre étaient heureux de ce bonheur que donne le contentement de l'âme. Ils étaient unis dans une même foi devant Dieu.

L'examen soutenu que Jude fit subir à lord Harry et à Madeleine eut donc lieu en pure perte : elle ne surprit rien qui pût autoriser le plus petit commentaire. Elle se contenta alors de penser qu'il était grand dommage que Madeleine ne fût pas veuve, mais malgré sa malveillance, il lui fallut convenir, vis-à-vis d'elle-même, que le marquis savait dire et faire simplement les grandes choses.

La vicomtesse était fière de cette amitié qui la consolait du mal et la portait au bien. Elle admirait, en réalité, dans l'ami que la Providence lui avait accordé, les généreux instincts, les belles qualités et les vertus dont la réunion dans un autre, pour qui elle ne cessait de prier, n'avait été qu'un rêve.

Charlotte, elle aussi, avait curieusement examiné sa belle-sœur et lord Harry. Elle s'attendait à ce que ce dernier lui fît honneur de sa conversion. Elle fut très-surprise en voyant qu'il n'y songeait même pas. Il était bien trop sincèrement religieux pour faire tourner un acte de foi au profit d'une passion terrestre. La comtesse ne le comprit pas ainsi, ni Mlle de Plessac non plus.

— Il ne l'aime pas, voilà tout le secret, dit Charlotte en terminant une longue conversation qu'elles avaient eue à ce sujet.

— Est-ce que cet homme de neige et cette poupée peuvent être capables d'un sentiment, répliqua Jude.

Une année se passa sans apporter de changement dans l'existence intérieure de la jeune duchesse. Ostensiblement, tout le bonheur imaginable; dans la vie intime, l'absence de ce bonheur.

Geneviève et son mari étaient depuis quelques jours à Béyanes. Ils y venaient passer une partie de l'automne, ainsi qu'ils le faisaient chaque année.

On se trouvait aux premiers jours d'octobre. C'était le moment où les courses du Champ-de-Mars allaient avoir lieu.

— A quelle heure voulez-vous partir demain pour Paris? dit le duc à sa femme.

— Je ne partirai pas, répondit la duchesse, j'ai changé d'idée. Je ne me soucie plus d'aller aux courses.

— Comme il vous plaira, ma chère, répliqua froidement Gaspard.

Ils se rendirent au salon. On allait dîner.

Le changement d'idée de la duchesse, dont il fut question pendant le repas, défraya durant une partie de la soirée l'intimité de sa belle-mère. Il fut commenté à loisir, et Charlotte et Jude en conclurent charitablement que, si Geneviève restait à Béyanes, c'était parce que quelque chose de particulier la retenait au château.

Toute la police secrète de la comtesse fut donc mise sur pied pour espionner.

Ceci se passait le vendredi soir. Le samedi et le dimanche n'offrirent rien de nouveau à observer;

mais, le lundi matin, Jude fit une découverte qui la remplit d'espérance.

Elle eut soin de la garder pour elle toute seule.

La duchesse étant descendue, comme elle le faisait chaque matin, un quart d'heure avant le déjeuner, afin de jeter un coup d'œil sur les journaux, à l'article Spectacles, *le Sport* se trouva le premier sous sa main. Elle voulut, tout de suite, voir comment s'étaient passées les courses de la veille. Mais à peine eut-elle parcouru quelques lignes, que, cachant précipitamment le journal dans sa poche, elle remonta dans sa chambre, mit le verrou à sa porte, relut à plusieurs reprises l'article qui l'avait si fort émue, enferma le journal dans son secrétaire, serra soigneusement la clef, puis redescendit pour déjeuner.

Elle affecta une grande gaieté, causa beaucoup, et parut de la plus charmante humeur ; mais Jude ne se laissa pas prendre à cet entrain. Elle s'était déjà assurée que *le Sport* ne se trouvait plus sur la table du salon. Son projet avait réussi.

Après le déjeuner, Mlle de Plessac alla s'asseoir dans le parc. Elle y passa une heure. En rentrant, elle aperçut de loin Geneviève et Axel qui se promenaient sur la terrasse du château. Ils paraissaient en grande conversation. Elle fit un détour, et survint inopinément. Aussitôt l'entretien cessa. Un instant après, Axel trouva un prétexte pour s'en aller.

Les deux cousines rentrèrent au salon.

Mlle de Plessac se promit bien de ne pas perdre

de vue la duchesse. Cela commençait à devenir intéressant.

Il faisait une de ces brûlantes journées d'automne, qui sont un souvenir et un adieu de l'été. La comtesse écrivait des invitations pour un dîner et une soirée. Sa mère et sa sœur, qui avaient remis leur promenade à la fin de l'après-dînée, faisaient de la tapisserie. Quelques Parisiennes, qui étaient venues passer une huitaine au château, feuilletaient des albums. Madeleine avait abandonné son ouvrage et regardait sa belle-sœur. M. Legris, M. de Béyanes et M. Deformont faisaient un whist avec un mort.

— Comme vous êtes songeuse, ma petite sœur, dit le comte à Madeleine en interrompant son jeu.

— Je regarde Charlotte et je l'admire.

— Moi ! Et pourquoi, je vous prie ? reprit la comtesse d'un air satisfait. Les compliments lui étaient toujours agréables.

— Parce que je suis sûre que tout est déjà prévu, arrangé, pour le plus grand plaisir de vos invités. Peu de femmes s'y entendent aussi bien que vous, ma sœur. Comme Dieu fait bien tout ce qu'il fait. Vous êtes à votre vraie place, et moi, je suis à la mienne.

— Vous vous calomniez, ma chère, répliqua Charlotte, vous feriez à merveille à ma place mieux que je ne fais.

— Non, non, et je me rends justice. Je me compare tout simplement aux figurants de théâtre qui sourient, saluent, font, au besoin, un compliment,

mais seraient incapables de remplir un premier
rôle.

— Mais, ma chère Madeleine, je trouve que
Charlotte a raison, vous vous calomniez et vous
n'en avez pas le droit, vous qui nous interdisez
sévèrement de médire.

— Jude, je vous assure que c'est l'exacte vérité,
dit doucement la vicomtesse.

— Eh bien! nous en jugerons, repartit gaiement
Mᵐᵉ de Béyanes qui savait bon gré à sa belle-sœur
de reconnaître son mérite, car je vous condamne à
nous offrir un thé.

— Un thé! grand Dieu! Mais où? quand?
comment?

— Où? Vous ouvrirez vos salons; — Charlotte
riait. — Quand? Ce sera après-demain. Comment?
C'est ce que nous verrons.

— Mais nous sommes une douzaine au moins de
la famille, plus huit ou dix invités.

— Eh bien! ma chère, vous ouvrirez votre chambre, ajouta la comtesse. Puis, au besoin, la terrasse
est là. Il fait si beau!

— Oh! ma tante, ce sera si amusant, s'écria la
duchesse. Dites oui. Plus on sera, plus on s'amu-
sera. Et, ma tante, vous nous ferez une surprise. Il
nous en faut absolument une.

— Une surprise? Mais tu veux donc que je perde
tout à fait la tête, ma nièce? Alors, je vous donnerai du thé tout sec.

— Non, ma tante, nous voulons du thé, des glaces, des gâteaux, des.....

— Mon Dieu, dit le comte en posant ses cartes, demandez-lui tout de suite de vous faire servir une oreille de la lune et qu'il n'en soit plus question. A cela près de cette délicatesse, je demande aussi le thé. N'ayant jamais vu Madeleine que dans les chœurs, je suis curieux de la voir en princesse. A notre tour, nous serons les comparses. N'allez pas, ma petite sœur, nous donner des pâtés ni des fruits de carton.

— Quelle bonne idée, répliqua Madeleine, voilà une surprise !

— Oui, ma tante ; mais on y veillera.

On continua à deviser sur le thé et sur bien d'autres choses ; puis on alla se promener.

Cinq heures et demie venaient de sonner, Mme de Béyanes était rentrée dans son appartement afin de s'habiller. Elle allait se faire coiffer, quand on frappa vivement à sa porte, et Jude, sans attendre de réponse, entra avec précipitation.

Sur un signe de la comtesse, la femme de chambre se retira.

— Vite, vite, venez, ma cousine, dit Mlle de Plessac, et elle entraîna Charlotte, lui fit précipitamment descendre l'escalier qui conduisait à la salle de bains, l'y poussa et referma la porte à clef.

La salle de bains, qui donnait sur le parc, était au rez-de-chaussée, du côté des offices. La fenêtre étant entr'ouverte, les deux cousines se blottirent derrière les rideaux afin de voir sans être vues.

Axel et Geneviève allaient et venaient dans l'allée sur laquelle ouvrait la fenêtre. Ils causaient vivement, mais à voix presque basse, et, malgré leur attention à écouter, les deux curieuses ne pouvaient saisir que quelques mots sans suite.

Elles remarquèrent que la duchesse avait l'air très-ému. Axel semblait chercher à la persuader, il la priait. Cédant à son entraînement, il éleva la voix.

— Vous le voulez absolument, madame, dit-il, eh bien ! je vous en fais le serment, sur mon honneur, je suis tout à.....

Elles n'entendirent pas le reste, mais l'émotion du jeune homme y suppléa et leur suffit.

— Elle est perdue, dit alors la comtesse. Pauvre Frédéric, ajouta-t-elle avec une hypocrite douleur.

Axel et Geneviève avaient repris leur conversation, elles écoutèrent de nouveau espérant saisir quelques paroles encore plus compromettantes. Mais alors survinrent Armande et miss Rebec.

— C'est vraiment insupportable, s'écria avec vivacité et presque tout haut Geneviève en les voyant venir. Nous ne pouvons plus rester ici. Eh bien! à ce soir. — Elle prononça quelques paroles inintelligibles. — Nous pourrons au moins causer à notre aise sans être interrompus, ajouta-t-elle distinctement.

Alors Charlotte, redoublant sa douleur, se jeta dans les bras de Jude.

— Perdue, perdue ! murmura-t-elle, c'est affreux !

— Pauvre cousine, calmez-vous, je vous en conjure, répondit Mlle de Plessac. Se conduire ainsi sous vos yeux, c'est indigne ! Et il vous faut le supporter? Le tolérer! Vous, si irréprochable, vous la vertu même!

La comtesse était parvenue à trouver des larmes; mais Jude, à qui elles ne venaient pas, se couvrait les yeux avec son mouchoir afin de cacher qu'elle ne pouvait pleurer.

Au fond, toutes les deux étaient dans la jubilation.

Enfin, je la tiens, se disait la comtesse.

Enfin, voilà l'heure de ma vengeance, se disait Jude.

L'une et l'autre avaient grand'peine à se cacher leur joie.

XIX

Geneviève venait d'achever sa toilette. Le dernier coup de.cloche qui précédait d'un quart d'heure le dîner se faisait entendre; la duchesse allait se rendre au salon, quand, tout d'un coup, le duc entra dans sa chambre.

— Comment, vous voilà déjà, dit Geneviève à son mari, d'un ton bref. Je ne vous attendais que demain.

— Déjà n'est pas aimable, répondit avec calme Gaspard.

Elle n'eut pas l'air d'entendre cette réflexion.

— Vous êtes-vous beaucoup amusé? reprit-elle.

Le rouge lui monta au visage en faisant cette question.

— Beaucoup.

— Ah! je vous en félicite. Je le comprends. En vérité, je vous en fais mon sincère compliment.

Elle était devenue très-pâle.

— Je vous remercie de la part que vous prenez à mon plaisir. Mais pourquoi ce compliment que vous voulez bien me faire?

— Pour rien. Je prends part, à ma manière, à votre plaisir, voilà tout. Ne cherchez pas.

Elle avait la parole de plus en plus brève.

— Descendez-vous dîner? ajouta-t-elle avec la plus parfaite indifférence et tout en se dirigeant vers la porte.

— Dès que je serai habillé, répliqua le duc; et, se levant à son tour, il passa dans son appartement, et ne tarda pas à paraître au salon.

Le comte, sachant l'arrivée du duc, avait donné des ordres pour qu'on retardât le dîner. Il fit à son gendre le plus affectueux accueil.

Geneviève redevint charmante.

— Mon cher Gaspard, dit-elle gaiement à son mari, vous êtes merveilleux de promptitude. Vous auriez mis une heure à soigner le nœud de votre cravate qu'il ne serait pas mieux réussi.

La course de la veille, les nouvelles de Paris, le thé du surlendemain, la surprise que chacun interprétait à sa fantaisie, égayèrent la conversation.

Après le dîner, on passa au salon où l'on se réunit d'abord par petits groupes.

— Y a-t-il du nouveau? demanda la comtesse à Jude.

— Non; mais j'observe. Plus je pense à tout cela, plus je trouve que vous ne pouvez pas, que vous ne devez pas, ma chère cousine, autoriser un pareil

scandale dans votre maison. Songez donc que votre
fille grandit ! Et quel exemple !

— C'est vrai. J'y ai bien pensé. Mais que faire?

— Ouvrir tout doucement, pendant qu'il en est
temps encore, les yeux au mari, et empêcher le
rendez-vous. Tenez, les voilà en grande conversation. Rien ne les retient plus ! Voyez comme il la
regarde.

— Et comme elle le regarde. En vérité, je plains
ce pauvre duc.

— Et moi donc, répliqua Jude, qui ne se sentait
pas d'aise, et avait toute la peine imaginable à
s'empêcher de s'en moquer.

Geneviève était plus gaie, plus brillante que jamais.
Le peu de paroles échangées entre elle et son mari
avaient achevé de l'exaspérer.

Le café, qu'on apporta, fit diversion. Peu à peu
les groupes se rapprochèrent ; la conversation devint
générale.

On fit ensuite un peu de musique, puis on servit
le thé.

— Elle vient de s'en aller, dit rapidement à voix
basse Jude à la comtesse, en lui présentant une
tasse de thé.

— Et voilà Axel qui la suit, répliqua à voix basse
aussi Charlotte. Toutes les deux ne cessaient de regarder la pendule.

Un quart d'heure se passa, pendant lequel Mlle de
Plessac s'ingéniait à deviner où le rendez-vous pouvait avoir lieu.

— Oh ! madame la comtesse, quelle singulière

chose, s'écria tout à coup miss Rebec qui était à la
fenêtre et qui, parfaitement au courant de ce qui se
passait, affectait cependant un air naïf. —J'aperçois
une lumière dans le pavillon qui est au fond du
parc.

Une lumière ! Et Charlotte, transportée de la découverte, se leva et fut à la fenêtre afin de s'assurer
par elle-même de la vérité.

— C'est un revenant, répliqua en jouant admirablement la surprise la bonne Jude. C'est vraiment
curieux. Qu'est-ce que cela peut être? Si nous al-
lions voir? Qui est-ce qui a du courage?

— Nous avons tous du courage, s'écria en chœur
tout le salon, allons voir.

— Allons voir, répéta gaiement le duc qui, attiré
par le bruit, et sans savoir de quoi il s'agissait, ap-
parut à la porte du salon qui donnait dans le billard.

Mlle de Plessac s'en fut à la fenêtre pour rire tout
à son aise.

Quand le comte qui, lui aussi, était au billard,
rentra dans le salon, tout le monde était déjà debout,
prêt à partir, avec pelisses et capuchons. Il fut bien
vite au courant de ce qui se passait. D'un rapide
coup d'œil, il chercha la duchesse. Il se sentit troublé en ne la voyant pas. Il chercha Madeleine, elle
n'était déjà plus là. Elle se retirait ordinairement de
bonne heure.

— Où est donc ma sœur? demanda tout haut Armande. Où est donc Axel? ajouta-t-elle avec un rire
plus bête que méchant.

Sa gouvernante la pinça pour la faire taire.

Sauf M. de Béyanes, à qui ces deux questions donnèrent le frisson, personne ne les entendit ou ne les remarqua. Alors, au milieu de cette foule de parents et d'amis, M. de Béyanes se sentit si seul, qu'il en eut froid au cœur.

La comtesse avait l'air d'aller à une véritable partie de plaisir.

Elle ne se doute de rien, pensa-t-il. S'il y avait lieu de s'inquiéter, elle ne serait pas aussi calme. Je m'alarme certainement à tort. Mais où peut être Geneviève? — Il observa Jude; elle avait une animation qui ne lui était pas ordinaire. Cet entrain, sans que le comte pût s'expliquer pourquoi, l'irrita; mais il ne le laissa pas voir, et chercha, au contraire, à ne pas faire ombre à la gaieté générale.

Cet examen n'avait duré qu'une seconde, mais elle suffit à Charlotte pour saisir dans les yeux de son mari une expression de mécontentement qui lui fit peur.

Mlle de Plessac eut l'intuition de ce qui se passait, et n'en fut que plus triomphante.

Pendant vingt ans, elle avait attendu et préparé cette heure qui était enfin venue. La pitié ne pouvait donc trouver place dans son âme. Elle savourait déjà sa vengeance. Il souffre, eh bien! tant mieux, se disait elle, c'est justice; s'est-il jamais, lui, inquiété de ce que j'ai souffert, moi.

Et elle avait toute sa liberté d'esprit; elle plaisantait, elle raillait sur le revenant.

— Et vous, mon cousin, dit-elle avec défi au comte, de quelle nature le croyez-vous, ce revenant?

20

A quel monde appartient-il ? Au monde terrestre ou au monde des esprits ?

— A quelque monde qu'il appartienne, ma cousine, répliqua-t-il tranquillement, je doute qu'il vous sache tout le gré que vous méritez pour la peine que vous vous donnez à organiser une battue contre lui. Prenez garde, un revenant a parfois de la rancune, et, soit qu'il appartienne à ce monde ou à l'autre, il pourrait vous la faire sentir. En général, les revenants n'aiment pas qu'on se mêle de leurs affaires.

Déjà une partie des promeneurs, la jeunesse, était sortie dans le parc. Mme Legris et quelques femmes de son âge n'avaient pas quitté le salon.

— Si cela vous contrarie que je sorte, risqua la comtesse avec une timidité qui ne lui était pas habituelle, je resterai.

— Il est un peu tard pour y penser, dit sèchement le comte.

Mme de Béyanes, de plus en plus inquiète, cherchait à retenir Jude qui n'en tenait pas compte et paraissait disposée à tout braver.

Autant Charlotte avait souhaité ce qui arrivait, autant maintenant elle en redoutait les suites.

Si ce rendez-vous était aussi coupable qu'elle le supposait, jamais son mari ne lui pardonnerait de n'avoir pas su empêcher la découverte de ce scandale. Car sa conscience ne lui permettait pas de douter que M. de Béyanes ne fût certain de la part qu'elle aurait prise à sa découverte.

Le calme apparent de Charlotte cachait donc les

plus anxieuses appréhensions. Elle aurait voulu, au prix de sa vie, pouvoir avertir Geneviève.

Le comte, d'ailleurs, ne lui accordait aucune attention et marchait entre son gendre et lord Harry.

Le duc, qui était parti du château en grande gaieté, devenait de plus en plus sombre. Lord Harry, s'apercevant que M. de Béyanes et Gaspard étaient préoccupés, leur rendait le service d'entretenir la conversation.

Mme Deformont et les autres femmes qui n'avaient aucune idée de ce qui se passait et qui ne se doutaient pas du rôle qu'on leur faisait jouer, étaient très-gaies ; les hommes qui les accompagnaient partageaient cette gaieté.

Il faisait un admirable clair de lune, l'air était doux ; la promenade, par elle-même, était un vrai plaisir.

Pendant que les hôtes du château cheminaient en causant et en riant, une femme courant, à perdre haleine, avait réussi à prendre de l'avance sur eux, et, pâle, haletante, elle entrait comme la foudre dans le pavillon.

— Malheureuse enfant ! dit-elle à Geneviève, ils arrivent tous. Ton père, ton mari, tous ! Oh ! cette Jude !

— Ma tante, ma tante, s'écria la jeune femme, en se jetant dans ses bras, sauvez-moi ; mais vous ne pouvez croire, n'est-ce pas ?... Tenez, lisez ce journal.

Madeleine y jeta les yeux.

— Cache-le. Je ne crois rien, rien. Mais, grand Dieu ! ne pleure pas, ils te croiraient en faute. Du courage. Vite, vite, nous jouons... je ne sais quoi; j'ai pris ce livre de proverbes, au hasard.

Elle l'ouvrit.

— Eh bien! nous jouons *le Caprice*. C'est ma surprise de demain. Tu seras Mme de Léry; Axel sera M. de Chavigny.

Alors, pour la première fois, elle regarda sévèrement le jeune homme; mais son air malheureux la désarma. Elle en eut pitié et lui tendit la main, car elle avait compris que, malgré les apparences, ce rendez-vous n'était pas coupable.

— Allons, du sang-froid, ajouta-t-elle d'une voix ferme.

Elle ne tremblait plus; le sentiment d'un danger imminent lui donnait des forces.

Un bruit de pas commençait à se faire entendre...

Ce bruit devint plus distinct... Ils avançaient..., ils tournaient autour du pavillon... le sable cria... la porte s'ouvrit.

Leurs trois cœurs battaient à l'unisson.

Le comte entra le premier. Il était très-pâle. Son visage avait une expression de souffrance, mêlée de sévérité.

La vue de Madeleine lui rendit la vie et toute sa présence d'esprit. Ce fut la délivrance subite d'une si poignante anxiété qu'il ne put le dissimuler.

— Quand on se mêle de faire les revenants, il faut au moins éteindre les lumières, dit-il gaiement.

— En vérité! répliqua Madeleine, — la joie d'avoir réussi donnait à son charmant visage la plus riante expression, — il faut avouer que vous êtes de terri-

bles gens! d'abominables, d'insupportables curieux!
Vous voulez une surprise ; on vous en prépare une,
et vous n'avez pas la patience de l'attendre!

— Mais c'est que, aussi, avec votre lumière, vous
avez une étrange manière d'être mystérieux. On a
voulu savoir, voilà tout ; mais cela n'en valait pas
la peine. Eh bien! ma chère Jude, ils sont jolis vos
revenants?

Jude avait perdu la parole.

— Voyons, ma cousine, reprit avec vivacité Geneviève, qui sentit qu'elle aussi devait parler, avouez
au moins que nous sommes des revenants bons, car
nous nous occupions de votre plaisir. Allons, Axel,
ajouta-t-elle, en se grisant de ses propres paroles,
ne prenez pas cet air d'amoureux transi; M. de
Chavigny ne devait pas l'avoir, j'en suis certaine.

Cette raillerie acheva l'œuvre de salut. Et, bientôt, tous ensemble reprirent gaiement le chemin du
château.

La comtesse était pour le moins aussi soulagée
que son mari. Ce fut elle qui prit le bras de la
duchesse!

Mlle de Plessac, qui l'aurait écrasée pour ce qu'elle
appelait bien haut, en son for intérieur, sa lâcheté,
ne voulant pas être en reste quant à l'aplomb, marcha de l'autre côté de Geneviève, et trouva l'énergie
de rire et de plaisanter, comme elle l'avait fait en
allant au pavillon.

On rentra au salon, on y resta quelques instants,
puis chacun se retira.

En disant bonsoir à sa fille, le comte l'embrassa

20.

et lui serra la main avec une émotion qui donna à penser à la jeune femme que son imprudence, qui ne lui avait même pas semblé une légèreté, avec la réflexion, avait toutes les apparences d'une faute.

La comtesse, quoiqu'elle crût avoir échappé au danger, était bouleversée.

Mlle de Plessac, quand elle se retrouva vis-à-vis d'elle-même, quand il ne fut plus nécessaire qu'elle jouât la comédie, se sentit confondue et désespérée. Elle s'expliqua la présence de Madeleine, car elle ne croyait pas au proverbe, et pensa qu'elle avait dû quitter le salon au premier mot qui l'avait inquiétée pour sa nièce, et qu'à tout risque elle était allée avertir Geneviève. Mais il lui aurait été impossible de le prouver. D'ailleurs, elle-même ne doutait pas de l'innocence de la duchesse ; seulement, si on l'avait surprise seule avec Axel, comme elle l'espérait, pour tout le monde Geneviève eût été coupable, et cela aurait suffi à sa vengeance.

Elle sentait avec rage que jamais pareille occasion ne se représenterait et que désormais la jeune femme était hors de son atteinte. Cependant, il lui restait encore un espoir ; le duc accepterait-il l'explication donnée par Madeleine ? Le doute n'allait-il pas se mettre entre lui et sa femme, et augmenter la froideur qui existait déjà ? Puis, en admettant que le duc ait cru à la répétition du proverbe, Geneviève, emportée comme elle l'était, laisserait-elle passer inaperçu le paragraphe du *Sport* ? Il y aurait infailliblement une scène, et quelles en seraient les suites ?

Cette méchante pensée calma Mlle de Plessac et l'aida à s'endormir.

La comtesse, elle, ne put trouver un moment de repos. Sauf un froid bonsoir, comme jamais il ne lui en avait dit, son mari ne lui avait pas adressé une parole.

Elle ne pouvait s'expliquer comment Madeleine s'était trouvée au pavillon. Devait-on vraiment jouer ce proverbe? Jude se serait-elle trompée? Dans ce cas, ce serait une méprise qu'elle ne pourrait lui pardonner. Alors, toute sa colère retomba sur sa cousine, et, dans la lâcheté de son cœur, elle accusa Jude de tout ce qui avait été fait. Ce fut ce qui l'apaisa.

Quand le duc et sa femme se retrouvèrent en tête-à-tête, dans leur appartement, il y eut un moment d'embarras.

Ce fut le duc qui rompit le silence.

—Pourquoi ne m'aviez-vous pas dit que vous alliez jouer ce proverbe, ma chère Geneviève?

La duchesse regarda son mari pour bien se convaincre qu'il n'avait pas une arrière-pensée.

— Parce qu'il me semblait que cela ne vous eût guère intéressé.

—Vous vous trompez. J'aurais aimé jouer ce proverbe avec vous.

—Vous? dit-elle avec étonnement.

— Oui... moi..., et j'aurais souffert, Geneviève, de vous le voir jouer avec un autre.

— Vous, Gaspard? vous? vous, jaloux?

Elle eut un sourire d'ironie intraduisible.

— Oui, je le suis. Pourquoi m'avez-vous caché ce projet?

— Mais je ne vous l'ai pas caché... je l'ignorais, ajouta-t-elle, obéissant à cette sincérité inhérente à sa nature.

Puis, tout d'un coup, la glace qui pesait depuis si longtemps sur son cœur se fondit.

— Vous m'aimez donc? lui dit-elle vivement.

— Si je t'aime?

Il la prit dans ses bras et la tint longtemps embrassée.

— Tu es bien coupable, lui dit-il enfin, de dédaigner, comme tu le fais, mon amour.

— Moi, coupable? Et ce mot lui rappelant son grief : mais c'est vous qui l'êtes, coupable, reprit-elle, c'est vous qui...

Puis, soudain, se laissant glisser aux genoux de son mari.

— Gaspard, lui dit-elle, il faut que vous sachiez la vérité. Ce n'était pas pour jouer le proverbe que j'avais donné rendez-vous à Axel dans le pavillon, c'était...

Le duc, repoussant alors sa femme, se leva.

— Ecoutez-moi, Gaspard, continua-t-elle, — elle aussi était debout, la tête haute, — ma place n'est pas à vos pieds, car Dieu m'est témoin que je n'ai aucun reproche à me faire. La faute est à vous seul et doit tout entière retomber sur vous.

— Sur moi?

— Tenez, lisez, ajouta-t-elle en lui présentant le journal.

— Mais c'est un odieux, un abominable mensonge! s'écria le duc après, avoir lu l'article.

Cette affirmation, faite d'un ton très-énergique, était empreinte d'une telle indignation et d'une telle sincérité qu'il ne resta pas un doute à la duchesse.

— Je n'ai pas, reprit-il, accompagné cette Paula aux courses; je ne lui ai même pas parlé, et je ne lui ai pas davantage donné l'attelage gris que je n'ai même pas remarqué. Je n'ai point quitté l'enceinte du pesage ou la tribune du club. Mais vous, Geneviève, ajouta-t-il sévèrement, quel besoin aviez-vous de faire intervenir M. Hartmann dans tout cela?

— Je voulais qu'il allât à Paris, qu'il s'informât, qu'il me rapportât tous les détails de...

Elle n'acheva pas.

— Et?

— Et il me refusait.

— Ah!

— Il cherchait à me calmer. Il me disait que j'avais tort de croire...

— Et il avait raison, Geneviève. Je ne vous fais pas l'injure d'être jaloux de M. Hartmann; je ne me pardonnerais pas, moi, de vous soupçonner, vous, si droite, si loyale! Je vous demande simplement pourquoi, à mon arrivée, vous n'avez pas fait de même? au lieu de chercher à me blesser par des paroles à double entente. Je t'aime trop, Geneviève, pour avoir eu, même en pensée, le désir de te tromper ; tout ce que tu as pu faire ne me l'a pas un instant donné, et je te respecte trop pour te faire publiquement une pareille offense. Tu sais bien que tu es la première, la seule femme que j'aie jamais aimée !

— Pourquoi méconnais-tu la sincérité de ma tendresse, de mon amour ? dit il tout bas.

Geneviève, qui, sans réflexion, avait cédé à la violence de son premier mouvement, maintenant que le calme se faisait en elle, était tout étourdie d'avoir eu la pensée d'apprendre la vérité autrement qu'en la demandant à son mari. Elle était très-émue, mais d'une bonne émotion qui venait uniquement de son cœur.

— Mais c'est toi, répliqua-t-elle avec franchise, qui, à peine si nous avons été mariés, n'as plus été le même. C'est toi qui n'as pas voulu de mon amour, j'aurais été si heureuse du tien, car c'est parce que je t'aime trop que je ne t'aime plus.

— Mais pourquoi ne me l'as-tu pas dit ?

— Et toi, pourquoi cette froideur, ce silence ?

— Que veux-tu ? Tu sais.... je n'ai pas osé.... Ta froideur à toi aussi.... Je n'ai jamais pu prendre sur moi de te dire ce que j'avais sur.....

Elle ne le laissa pas achever, et tous deux se jurèrent de ne jamais garder une pensée l'un contre l'autre sans se la dire.

Le lendemain, quand le jeune ménage parut au salon, il y avait dans le regard de Geneviève et de Gaspard l'expression de cette tendresse qui vient d'un amour sincère et qui rend les jeunes cœurs si heureux.

Le comte, qui, depuis la veille, était resté dans l'inquiétude de savoir si le duc n'en voudrait pas à sa femme, fut immédiatement rassuré.

La comtesse, pour l'amour de son propre repos, était bien aise que tout fût fini, et bien fini.

Jude était exaspérée. Sa dernière espérance qui lui échappait.

Dans la journée, le père et la fille causèrent longuement ensemble.

Pas un moment le comte n'avait douté de Geneviève, il la quitta persuadé de n'avoir pas même à lui reprocher une légèreté, mais seulement une imprudence à laquelle la jalousie l'avait toute seule entraînée.

M. de Béyanes, Gaspard et Geneviève ne savaient comment témoigner à la vicomtesse combien ils lui étaient reconnaissants, car le duc sentait qu'il avait dû y avoir un complot monté contre sa femme, et qu'elle l'avait déjoué.

Madeleine et Geneviève le sentaient aussi. Ils se dirent tous les quatre tout ce qu'ils pensaient à cet égard. On épargna cependant au comte le chagrin de faire allusion à Mlle de Plessac. On ne pouvait nommer Jude sans nommer Charlotte.

Le soir, le thé de la vicomtesse fut donné.

On joua le proverbe.

Mais ce fut la tante qui remplit le rôle de Mme de Léry et la nièce celui de Mathilde. Elles s'en tirèrent à merveille. Axel réussit moins bien, son accent allemand produisait le plus singulier effet du monde. Il eut assez d'esprit pour en rire le premier. La soirée fut des plus gaies, des plus réussies. Madeleine eut un succès complet.

XX

Cependant M. de Béyanes, dont les yeux étaient maintenant ouverts, commençait à s'expliquer la scène du pavillon. La comtesse n'aimait pas sa belle-fille, Jude n'aimait pas Geneviève, et toutes les deux avaient usé contre elle de tous les moyens que son étourderie avait mis au service de leur malveillance. Mais la haute intelligence de Jude fit que le comte la rendit plus particulièrement responsable de ce qui venait de se passer. C'était elle qui avait dû tout conduire sans qu'il pût imaginer d'où lui venait cette aversion contre la duchesse, elle existait et rendait désormais la présence de Mlle de Plessac impossible et même dangereuse.

M. de Béyanes entrevoyait enfin le caractère véritable de sa cousine.

La sévérité lui répugnait ; il sentit pourtant que, dans ce cas, la sévérité ne serait que de la justice,

mais il se souvint de sa tante la marquise de Plessac, et l'affection qu'il lui gardait inspira la conduite
qu'il tint envers sa fille.

Il resta avec sa femme et avec sa cousine ce qu'il
était toujours, mais il les observa soigneusement et
sévèrement.

La gêne, la crainte même de la comtesse, et le
désappointement, le dépit, l'humeur de Jude, le
confirmèrent dans ses soupçons et dans ses résolutions.

Il laissa passer quelques jours ; puis un matin, il
fit prier Mlle de Plessac de vouloir bien venir le
trouver dans son cabinet de travail.

Jude pressentit quelque chose d'extraordinaire,
mais néanmoins elle y alla résolûment.

Après s'être excusé près de sa cousine de lui
donner la peine de venir chez lui, le comte aborda
immédiatement le sujet dont il avait à cœur de
l'entretenir.

— Ma chère Jude, lui dit-il, je ne vous parlerai
pas de votre âge, cela me serait impossible, car,
pour moi, vous êtes toujours la même, toujours
charmante. Mais je vous dirai qu'il arrive un
moment, dans la vie d'une femme, où il faut qu'elle
soit chez elle, qu'elle ait son intérieur à elle, qu'elle
ait des intérêts à elle et surtout des affections à
elle.

« Ce moment est venu pour vous, ma chère cousine, continua-t-il sans laisser à Jude le temps de
répliquer, et il faut accepter ce que je vais vous
offrir. — Il avait prononcé le mot accepter avec

21

autorité. — Il faut vous résigner, dit-il plus doucement, à en venir là. Je ne vivrai pas toujours, et si
je mourais, si Béyanes vous manquait, voyez quel
vide cela ferait dans votre existence. Ma femme et
mes enfants ne sauraient avoir les mêmes motifs
d'affection qui ont fait de vous, pour moi, une
sœur. »

Ce mot de sœur faillit soulever une tempête
dans le cœur de Mlle de Plessac, mais elle se contint.

— M. de Brécy désire vous épouser ; ne le refu-
sez pas, ma chère cousine, — ceci fut dit affectueusement ; — c'est un galant homme. Il vous rendra
heureuse. Sa position est honorable ; elle est aisée ;
elle peut même devenir considérable. Et, qui plus
est, il a le titre de baron, ce qui pour vous ne gâtera
rien. Je connais votre manière de penser à cet
égard.

« Il est receveur particulier ; je le ferai nommer
receveur général pour votre mariage. N'ayez
aucun souci pour le cautionnement. Ne vous préoc-
cupez point davantage de votre position personnelle. N'êtes-vous pas ma sœur ? »

Jude était atterrée. Elle se sentait poliment évin-
cée de Béyanes. Quelle que fût la forme employée
par son cousin, c'était le fond de sa pensée.

Elle eut envie de se fâcher, mais elle comprit que
ce serait inutile, qu'elle était découverte et jugée.

Puis, malgré la haine qui la troublait encore, il
lui fut impossible de ne pas reconnaître la noblesse du procédé du comte.

— Je ne veux pas cependant, ma chère cousine, continua M. de Béyanes qui, du moment où sa proposition n'était pas tout de suite repoussée, la considérait comme acceptée, je ne veux pas vous imposer ce mariage. Prenez vingt-quatre heures pour réfléchir. Et demain, faites-moi connaître votre décision.

Mlle de Plessac accepta, mais uniquement pour sauvegarder son orgueil, qui lui défendait de consentir immédiatement. Elle aurait eu l'air d'obéir, tandis qu'il lui convenait infiniment mieux de paraître agir de son plein gré.

Pour la première fois de sa vie, elle songeait sérieusement à son avenir. Jusque-là elle avait poursuivi un but et s'était absorbée dans cette poursuite. Jusque-là elle avait toujours considéré la vie que menaient le comte et la comtesse comme étant la sienne, sans jamais prendre le temps de se dire que, le jour où sa vengeance serait accomplie, cet intérieur lui serait fermé.

Elle n'était pas arrivée à ses fins, et désormais Béyanes ne lui serait plus ouvert ! Elle savait que le comte ne prenait jamais une décision sans la maintenir, et que, malgré l'affection qu'il lui conservait, il ne reviendrait point sur ce qu'il avait résolu.

Elle entrevit l'abandon, et l'isolement lui fit peur.

Tout en écoutant le comte, cela lui passait par l'esprit.

Quand elle l'eut quitté et qu'elle put réfléchir

sans distraction, sa volonté de se marier s'affirma
encore davantage. Elle sentait combien la position
où elle se trouvait était désagréable. Malgré tout le
savoir-vivre du duc, il y avait une nuance dans sa
manière d'être qui n'échappa point à Mlle de Plessac. Geneviève et Madeleine étaient plus réservées
que d'habitude. Charlotte avait quelque chose de
sec et de pincé, comme si elle voulait ainsi protester contre toute entente avec sa cousine, et, son
imagination aidant, il parut à Mlle de Plessac que
tout le monde la tenait à distance. Incapable de
supporter une pareille situation, elle jugea que
l'annonce de son mariage la changerait immédiatement, et lui en ferait une très-belle, très-heureuse. La baronne de Brécy pouvait aller de pair
avec tout ce qui était au château, tandis que Mlle de
Plessac, du moment où elle cessait d'être bien vue,
où elle n'était plus désirée, mais tolérée seulement,
faisait la plus pauvre figure.

Donc le lendemain, elle vint dire à son cousin
qu'elle consentait à accepter la proposition qu'il lui
avait faite.

Enfin ! pensa le comte dès que sa cousine l'eut
quitté, la chose est terminée ; j'espère que désormais
nous n'aurons plus la guerre au château.

La présentation de M. de Brécy eut lieu quelques
jours après.

Mlle de Plessac le trouva fort bien. Il le fallait !

Dans le nouvel ordre d'idées où elle était entrée,
ce mariage lui convenait sous tous les rapports. Il
sauvait tout.

Elle avait parfaitement jugé la situation. Dès que son mariage fut annoncé, la certitude de la voir s'en aller fit évanouir toutes les craintes, tous les ressentiments, et chacun de nouveau fut charmant pour elle.

Deux mois après, la belle Jude était devenue la baronne de Brécy, et partait avec son mari pour sa nouvelle résidence. Elle partait le sourire sur les lèvres, mais la rage dans le cœur.

La comtesse et elle, en se séparant, se firent une infinité de protestations et tout autant de promesses de se revoir. Mais ni l'une ni l'autre ne le désiraient. Jude trouvait que Charlotte l'avait misérablement abandonnée, et Charlotte était bien aise d'être débarrassée de Jude. C'était pour elle un témoin importun. Mlle de Plessac n'étant plus là, elle pouvait se refaire une autre manière d'être et d'agir, sans craindre, si ce n'est les remarques à voix haute, au moins les réflexions que son changement n'aurait pas manqué de suggérer à l'esprit méchant de Jude.

Cependant, à défaut de regret, l'absence de Mlle de Plessac laissa un vide à la comtesse ; aussi chercha-t-elle immédiatement à le remplir.

Madeleine, malgré l'attention qu'elle avait d'être le plus possible avec sa belle-sœur, ne pouvait combler ce vide. Il fallut à Mme de Béyanes une confidente, à la manière des confidentes de tragédie, qui levât les yeux au ciel dans les moments difficiles, qui témoignât l'étonnement, la joie, la crainte avec à-propos, et qui se bornât à donner la réplique. Il fallait encore, quand elle était autorisée à parler, qu'elle flattât adroitement la passion du moment sans jamais s'aviser d'avoir une opinion à elle. Madeleine ne pouvait accepter ni remplir un pareil rôle. Il fallait, en un mot, à la comtesse une âme qui allât à la sienne, qui la comprît. Mlle Rebec fut l'élue choisie pour être admise dans l'intimité, pour faire partie du conseil et pour faire l'ornement du sanctuaire de Mme de Béyanes qui l'éleva à la dignité de demoiselle de compagnie et donna une autre institutrice à Armande.

Quand le comte reçut la notification de ce changement, comme il laissait sa femme tout à fait maîtresse de gouverner son intérieur suivant sa volonté à elle, il n'eut qu'à approuver. Il se contenta seulement de lui dire froidement : Je vous engage, ma chère, à faire vos efforts pour que votre fille devienne bonne ; elle ne l'est pas.

Ce « votre fille » fit mal à la comtesse.

Il indiquait seulement que Mme de Béyanes s'étant ostensiblement réservé de diriger, sans contrôle, l'éducation d'Armande, le comte donnait simplement un avis et la laissait libre d'en user à sa guise.

La nouvelle gouvernante était une personne insignifiante, telle qu'il la fallait pour plier devant la comtesse et devant miss Rebec qui, vu l'importance de ses nouvelles fonctions, s'était arrogé le droit de diriger la longue, pâle et douce miss Roberts.

Madeleine gagna à cet arrangement une grande liberté. Il lui était évident que sa belle-sœur ne tenait à l'avoir auprès d'elle qu'à certains instants, pour grossir sa cour, et elle se passait, en dehors de cela, si aisément de sa compagnie, que la jeune femme allait très-fréquemment à Avrincourt. Elle alla même passer quelques semaines en Normandie auprès de l'excellente Mme Legris, qui l'en avait vivement priée.

Quand Madeleine quittait le château, son absence au contraire faisait un grand vide au comte. Il ne le lui disait pas, de crainte qu'elle n'abrégeât son séjour auprès de ses amis ; mais elle le savait ; c'est ce qui la faisait toujours revenir plus vite.

Lord Harry était resté l'hôte assidu de Béyanes. Il faisait aussi de fréquentes visites à la duchesse. Il avait pour le jeune ménage la plus sincère amitié. Souvent il accompagnait le comte quand il allait passer quelques jours chez sa fille.

Le lendemain de la chasse au revenant, la vicomtesse, voulant savoir ce que le marquis pensait, l'interrogea à cet égard.

— J'ai cru ce que j'ai vu et entendu, lui répondit-il, car jamais, avec mes amis, ma pensée ne va au-delà de ce qu'ils veulent bien me dire ou me laisser voir d'eux-mêmes. Si dans ce cas, cependant, j'avais donné carrière à mon imagination, j'aurais vu dans cette promenade une trame ourdie avec une méchanceté qui méritait, cent fois, le résultat qu'elle a obtenu. Et puisque nous causons, sans détour, je vous dirai que je me réjouis, pour votre bonheur à tous, de voir Mlle de Plessac devenir Mme de Brécy. Il y avait longtemps que je m'apercevais de la per-

fidie de son caractère. Il a fallu-toute la bonté de
son cousin, toute l'illusion qu'il se faisait sur elle,
sur ses qualités, pour ne pas la voir telle qu'elle
était. Elle avait une bien triste influence sur une
personne qui, maintenant, n'étant plus excitée,
deviendra, j'en suis assuré, et moins nuisible et
plus facile.

XXI

Deux événements heureux se préparaient dans la famille. La duchesse allait devenir mère, et Mme Deformont qui, depuis cinq ans, désirait un enfant, avait l'espérance de voir que son souhait le plus vif allait également être exaucé.

Quand le grand moment approcha pour Geneviève, son père, sa belle-mère et sa tante Madeleine vinrent s'établir à Avrincourt. Armande était restée à Béyanes avec ses deux gouvernantes. Faute de mérite réel, la fille de Charlotte s'était créé une originalité. Elle affectait une sauvagerie et une horreur du monde qui la posaient, croyait-elle.

Tout se passa le plus heureusement du monde. La jeune duchesse eut un fils. Le duc était ravi. La joie du grand-père était sans bornes.

Il fut parrain de l'enfant avec Madeleine qui représentait la vieille duchesse de Cressalles, une

21.

grand'tante, sœur du père de M. de Béyanes. Ses quatre-vingts ans bien passés l'empêchaient de venir, en personne, présenter son petit-neveu au baptême.

On appela le futur petit duc du nom d'Amaury.

Il y avait un Amaury d'Avrincourt, à qui sa gloire militaire avait valu le titre de maréchal de France. Il occupait un des panneaux du salon, fièrement campé sur son cheval de bataille, tenant en main son bâton de maréchal.

Il relevait par tant de noblesse et de bonne grâce son air quelque peu conquérant, que le comte s'était pris de passion pour ce portrait.

Geneviève voulait que son fils s'appelât Frédéric, comme son grand-père ; mais le grand-père voulut absolument que son filleul portât le nom qui avait illustré la famille d'Avrincourt.

M. de Béyanes n'appelait jamais son petit-fils que M. le maréchal. Le comte, depuis cet heureux événement, avait retrouvé une gaieté qu'on ne lui connaissait plus. C'est qu'aussi le bonheur était vraiment rentré dans le ménage de sa bien-aimée Geneviève pour n'en plus sortir.

La jeune femme s'était tout à fait modifiée à son avantage. Les qualités de son mari avaient exercé sur elle la plus heureuse influence. Gaspard possédait le calme et la réflexion qui manquaient à sa femme ; son jugement droit et juste lui avait acquis la confiance de Geneviève. Puis, la douceur, la sincérité de cœur du duc répondaient aux exigences et aux besoins du cœur de la duchesse qui, exclusive dans ses affections, voulait être exclusivement aimée.

Gaspard, de son côté, avait subi l'influence de la femme chérie. Son esprit paresseux était sorti de sa somnolence, et il s'était éveillé, activé au contact de l'esprit si vif et si charmant de Geneviève.

La duchesse, à la suite de la soirée du pavillon, avait fait des réflexions salutaires. Elle s'était dit qu'il ne suffit pas de vouloir pour avoir raison, et que même en ayant raison, il y a encore des formes qu'il faut savoir observer ; qu'une femme ne se met pas facilement au-dessus de l'opinion et du qu'en dira-t-on, fût-elle riche et duchesse, et que si l'on veut vivre dans le monde, il faut se soumettre à ses lois.

Elle était donc devenue très-mesurée, très-calme, et d'ailleurs elle aimait tant son mari que rien ne lui coûtait pour lui plaire. Elle avait pris goût à son intérieur, et elle avait absolument voulu nourrir elle-même Amaury.

Son père et son mari furent enchantés de cette résolution.

La comtesse avait été peu sensible au changement de sa belle-fille qui faisait mentir ses prédictions ; mais, comprenant que toute hostilité serait désormais une grande faute, elle avait adopté avec Geneviève une manière de vivre que rien ne troublait plus.

Quant à la jeune duchesse, feignant d'oublier le passé, était remplie d'excellents procédés et d'égards envers sa belle-mère.

Le comte, précisément par ce qu'il jugeait maintenant sa femme, savait un grand gré à sa fille de cette générosité. Il était, lui aussi, d'une nature si généreuse, que, malgré ses justes griefs et tout en n'accordant plus à la comtesse cette confiance entière qu'il lui gardait autrefois, il était resté le même quant aux apparences et mettait tous ses soins à lui dissimuler qu'elle n'était plus pour lui ce qu'elle avait été.

Le bonheur de Geneviève le dédommageait de tout ce qui devait manquer, désormais, à son propre bonheur.

Un mois s'était écoulé depuis la naissance d'Amaury. La jeune accouchée commençait à quitter son lit, et quoique sa vivacité lui fît difficilement accepter de garder la chambre, elle était si affectueusement entourée qu'elle prenait ce qu'elle nommait son temps de prison en patience.

Un soir, c'était après le dîner, toute la famille se trouvait réunie dans la chambre de la jeune mère encore couchée sur sa chaise longue.

Il ne faisait plus jour, il ne faisait pas encore tout à fait nuit : on était, comme on dit, entre chien et loup.

La journée avait été très-chaude, la soirée était accablante.

Le ciel, pommelé jusque-là, se couvrait peu à peu de nuages noirs ; le vent commençait à souffler et faisait courir les nuages.

La chaise longue se trouvait placée devant une des fenêtres qui était fermée par précaution ; l'autre fenêtre était ouverte. La duchesse regardait silencieusement venir l'orage.

— Quel temps ! dit-elle tout d'un coup, et quel
ciel ! Il fait rêver de crimes, de meurtres, de mort,
de tout ce qu'il y a de plus affreux. Je me sens toute
remplie de lugubres pressentiments. J'ai peur ! —
Son mari vint auprès d'elle. — Mais cette peur ne
me déplaît pas, mon cher Gaspard, quand je me
sens si bien entourée. Je pense alors, en toute sécurité, à des choses terribles qui me feraient mourir
d'effroi si j'y pensais quand je suis toute seule. Mon
Dieu ! que j'aimerais, dans ce moment, à entendre
une belle histoire de revenants.

— En voulez-vous une, ma chère, répondit la
comtesse en prenant un air aimable.

— Oh ! oui, madame, répliqua avec empressement
Geneviève.

— Eh bien ! Il était une fois.....

— Charlotte, interrompit M. de Béyanes, je vous
en prie, ne satisfaites pas à cette fantaisie. Ma chère
fille, je m'y oppose, vous êtes trop nerveuse ce soir.
Le maréchal pourrait s'en ressentir. Tenez, voilà
des éclairs.

La chambre, en effet, fut éclairée à giorno.

Au loin, le tonnerre commençait à gronder.

— Cela va être affreux, dit la jeune duchesse
en frissonnant.

Gaspard revint auprès d'elle ; il lui prit la main.

— Comme vous avez peur ?

— Non, lui répondit-elle, c'est une émotion involontaire ; vous le savez, j'aime l'orage. J'admire

cette grandiose et magnifique horreur. Je ne sais
pas pourquoi, ce soir, j'ai cette appréhension. Au
fond, ce n'est pas l'orage, c'est l'inconnu qui
m'effraie.

— Eh bien ! mon enfant, reprit le comte, je vais
le chasser, cet inconnu. La lumière changera tes
idées.

Il sonna. Les domestiques apportèrent les lampes
et les bougies.

Une table fut mise devant la chaise longue.

La comtesse, Madeleine et Mˡˡᵉ Smith ayant pris
leur ouvrage, s'arrangèrent autour de la table.

Une table de jeu fut placée dans la fenêtre
ouverte.

Le comte et son gendre commencèrent une partie
de piquet.

Mˡˡᵉ Smith prit son livre et continua la *Vénus
d'Ille*, dont le matin elle avait lu quelques pages.

— Mais que demandais-tu donc ? dit Madeleine à
sa nièce, c'est une histoire de revenants que nous
allons lire.

— Vraiment ! quel bonheur ! mademoiselle, nous
écoutons, répliqua Geneviève.

Le tonnerre grondait de plus en plus fort ; la pluie
commençait à tomber.

Tout à coup le comte posa ses cartes sur la table.

— Ecoutez, Gaspard.... dit-il à son gendre.

Mˡˡᵉ Smith arrêta sa lecture.

— Comment, Gaspard, reprit M. de Béyanes,
vous avez un cheval dehors, par cet abominable
temps ?

La pluie redoublait, le tonnerre devenait formidable.

— Non pas que je sache, répliqua le duc.

Il écouta.

— En effet.... le bruit se rapproche.... C'est un cheval au grand galop. Il entre dans l'avenue.

— A cette heure, dit Madeleine, dont la voix trahit l'inquiétude.

— Oh ! ma tante, qu'est-ce que cela peut être ? Il n'y a qu'une affreuse nouvelle qui puisse courir d'un temps pareil.

Un effroyable coup de tonnerre ébranla le château.

Geneviève jeta un cri.

Le duc accourut auprès d'elle.

— Je t'en prie, mon ange, ne t'effraie pas ainsi, lui dit-il affectueusement.

— Mais je n'ai pas peur, je t'assure. Ce cri m'est échappé involontairement.

— Comme tu trembles ; ne te trouble donc pas inutilement.

— Allons, Geneviève, dit le comte ; pense donc que tu es la mère d'un futur héros. Ne va pas me gâter mon maréchal.

— Ma chère, — la comtesse avait pris un ton sentencieux, — je trouve que vous vous agitez beaucoup trop. C'est tout à fait contraire à votre état. Une nourrice doit être calme.

Le comte et son gendre retournèrent à leur partie qu'ils avaient abandonnée.

Mlle Smith reprit sa lecture.

— Pique, repique et capot, s'écria gaiement M. de Béyanes.

— Pour monsieur le comte, de la part de M. Hartmann.

Et le valet de chambre de M. de Béyanes, qui était entré sans qu'on l'entendît, lui présenta une lettre sur un plateau.

Le comte prit la lettre et la décacheta. A peine en eut-il parcouru les premières lignes qu'il se leva, plaça la lettre derrière la bougie afin de mieux voir.

Dans cette position, il tournait le dos à la chaise longue.

Le duc regardait, d'un air anxieux, son beau-père dont le visage lui paraissait bouleversé. M. de Béyanes s'en aperçut et mit un doigt sur sa bouche.

La duchesse cherchait à voir, mais inutilement, la figure de son père.

Enfin son impatience l'emporta.

— Mon père, qu'y a-t-il? Pourquoi ne parlez-vous pas? Ce n'est rien de mauvais, j'espère?

Sa voix était très-émue.

— Non, non, mon enfant, rassure-toi. C'est M. Hartmann qui m'écrit. Il a besoin de moi à Béyanes pour traiter une affaire qui ne peut se terminer sans que je sois présent.

— Oh! mon père, vous allez nous quitter! Je suis sûre que vous ne reviendrez pas?

— Je te donne ma parole, mon enfant, que je serai de retour ici demain, pour dîner. Je t'en conjure, ne te tourmente plus.

— Louis, dit alors le comte à son valet de chambre qui attendait toujours, chargez l'exprès de dire à M. Hartmann que, demain matin, avant huit heures, je serai au château.

Puis M. de Béyanes reprit sa partie. Il semblait calme. Cependant il n'était plus à son jeu, ce que son gendre se garda bien de lui faire remarquer.

Mlle Smith reprit son livre. Mais, malgré l'intérêt que présentait le sujet, elle lisait avec distraction et était écoutée de même. La préoccupation était générale.

Dès que le piquet fut terminé, le comte se leva.

— Mon père, venez près de moi, bien vite, dit Geneviève. Regardez-moi. Vous êtes très-pâle. Je suis sûre que vous avez reçu une mauvaise nouvelle?

— Ma chère enfant, il fait très-frais, maintenant que l'orage est passé. J'ai eu froid, voilà tout. Puis, je suis comme toi, je suis nerveux, ajouta-t-il en essayant de sourire.

Il embrassa la duchesse et lui dit bonsoir.

Quand M. de Béyanes fut près de la porte et placé de manière à ce que sa fille ne puisse le voir, il se retourna et fit un signe à la comtesse.

Un instant après, elle souhaita une bonne nuit à sa belle-fille et se retira.

Dix heures sonnèrent.

— Comme on me quitte de bonne heure, ce soir, Geneviève semblait toute désappointée ; — je suis sûre, tante Madeleine, que mes pressentiments ne me trompent pas. Mon père a appris quelque chose

qui l'afflige. Ne vous en allez pas, ma tante, je vous
en prie. Je n'ai pas la moindre envie de dormir.
Voulez-vous que nous finissions notre histoire?...
Mais j'ai beau faire, je ne pense qu'à mon père.
Que peut-il avoir ?

— Mais, puisqu'il te dit qu'il n'a rien ; pourquoi
ne veux-tu pas le croire ?

Madeleine était elle-même très-inquiète.

Elle reprit son ouvrage, Mlle Smith reprit sa lecture.

La tante et la nièce oublièrent un moment leurs
anxiétés, tant le sujet les captivait. Il les émut bientôt jusqu'à la peur.

— C'est affreux, dit vivement la duchesse, je
suis sûre que toute la nuit j'entendrai cette horrible
Vénus monter et descendre mon escalier dérobé. Je
la vois toute noire avec ses yeux blancs.

— Et que veux-tu qu'elle vienne faire chez toi ?
J'espère que Gaspard n'a donné son anneau à aucune
demoiselle de bronze. Ecoute, Geneviève, voilà le
maréchal qui crie. Je te laisse à tes devoirs. Vilaine,
tu m'as donné tes pressentiments ; je m'en vais le
cœur tout triste. — Madeleine embrassa tendrement
sa nièce. — Tiens, voilà ton mari. Bonsoir, Gaspard. — Elle lui tendit la main.

— Ma tante, voulez-vous permettre que je vous
accompagne ?

— Non, non, restez auprès de votre femme qui a
peur de la Vénus.

Et la vicomtesse, plus émue, elle aussi, qu'elle
ne voulait le dire, regagna en hâte son appartement.

Elle fut bien surprise d'y trouver le comte et la comtesse qui l'attendaient d'un air bouleversé.

— Qu'y a-t-il? demanda-t-elle avec effroi.

— Ma chère Madeleine, j'ai reçu tout à l'heure des nouvelles d'Amérique.

— Et votre frère revient, répliqua avec vivacité Madeleine. Qu'il soit le bien venu, ajouta-t-elle aussitôt, cherchant à dissimuler son inquiétude, sans laisser à son beau-frère le temps de lui répondre.

— Non, Madeleine, il ne revient pas.... Mon frère n'existe plus, ajouta le comte avec l'accent d'une profonde douleur.

Tous les trois pleuraient.

Madeleine, elle aussi se sentait le cœur déchiré par la navrante pensée qu'Herbert, son mari, qu'elle avait tant aimé, était mort tout seul, loin des siens, loin de son pays !

Elle en était accablée. S'il lui avait seulement été donné de le revoir une minute, une seconde, leurs cœurs encore une fois se seraient compris : celui d'Herbert pour regretter ; le sien pour pardonner. Cette seconde tendresse eût tout effacé. Jamais elle ne se serait plus rappelé qu'il avait voulu la sacrifier, elle, sa femme, à sa mauvaise passion. Mais cette consolation lui ayant été refusée, elle était condamnée à toujours se souvenir.

Le duc ne tarda pas à venir partager les regrets que laisse toujours la mort d'un être qui a été aimé et qui l'est quand même, en dépit de ses fautes. Rien ne s'efface tout à fait du cœur.

Quand M. et Mme de Béyanes se furent tout à fait

retirés, Gaspard et Mlle Smith restèrent encore longtemps avec Madeleine.

Le réveil du lendemain fut bien triste. On prit de
grands ménagements pour apprendre le funeste
événement à la jeune mère. Ce fut un vrai soulagement quand on put, en famille, parler de cette
douleur.

Lord Harry était depuis quelques semaines en
Angleterre, lorsqu'il reçut la nouvelle de cette
mort.

Il fut encore un mois sans revenir à la Rocheposée.

Sa première visite fut pour le comte. Ce jour-là,
il ne vit pas Madeleine.

Quand elle le reçut, il lui parla de la douleur
qu'elle ressentait en termes qui l'émurent vivement,
et il partagea le sentiment poignant que laissait cette
fin dans l'abandon.

Mais tout en se montrant ami sincère et dévoué,
il redoubla de réserve avec la jeune veuve, et il ne
se départit plus de cette manière d'être.

Le comte en fut très-reconnaissant, et Madeleine
fut profondément touchée de cette délicatesse, car
elle sentait bien que c'était par respect pour ses
regrets que lord Harry, de peur de laisser échapper
son cœur, l'emprisonnait. En effet, il ne se serait
point pardonné de donner à penser au comte que la
triste fin d'Herbert était le commencement de son
bonheur à lui.

La famille de Béyanes passa l'hiver au château,
et y porta son deuil dans le recueillement.

Geneviève, toute à ses devoirs de mère qui nourrit, resta à Avrincourt.

Au commencement de juillet, le comte et la comtesse allèrent à Paris, pour un second baptême. L'hôtel Deformont était tout à la joie. Aline avait une fille.

Depuis un mois déjà, Madeleine était auprès de son amie.

Une année avait passé depuis la mort du vicomte.

La douleur de sa veuve avait un caractère tout particulier, car c'était l'être que son imagination avait créé, et non l'être qui avait réellement vécu qu'elle regrettait. Sa douleur n'était faite que d'oubli; elle ne pouvait pleurer qu'à la condition de ne pas se souvenir.

Après trois années d'anxiétés et une année pendant laquelle la déplorable fin de son mari avait été sans cesse devant ses yeux, peu à peu le calme se faisait en elle. Son cœur que cette existence sans but, sans avenir, avait si longtemps désolé, se mettait à revivre. Elle commençait à croire à des jours meilleurs; et si l'espérance n'avait point encore de forme pour elle, au moins elle ne désespérait plus. En attendant, elle se faisait un bonheur de celui de ses amis.

Elle retrouvait du charme à mille choses qui depuis longtemps n'en avaient plus. Un beau jour la ravissait, elle se sentait alors heureuse de vivre, elle qui avait fini par tenir si peu à l'existence. Elle avait respiré l'air du printemps avec délices; elle étouffait depuis tant d'années sous une douloureuse oppression morale. La verdure avait un aspect nouveau pour elle; elle n'avait jamais autant aimé les fleurs.

Aline et son mari la trouvaient encore mille fois plus charmante et plus aimable que par le passé.

C'était une autre Madeleine qui avait touté la vivacité et la gaieté qui manquaient à celle qu'ils avaient connue jusque-là.

Le jour où l'on baptisa la fille d'Aline et de Pierre fut une grande fête pour la famille.

Pendant la soirée on joua et on fit de la musique. La chaleur était grande. La vicomtesse, accoudée sur le balcon, où elle était venue chercher un peu de fraîcheur, regardait tantôt le ciel, tantôt la rivière. Elle ne pensait pas; son esprit flottait doucement dans le vague. Elle se sentait le cœur content et ne cherchait pas pourquoi. De temps en temps, quelques bouffées de musique arrivaient jusqu'à elle et lui donnaient une agréable sensation.

Lord Harry s'approcha d'elle et lui dit doucement :

— Vous rappelez-vous, madame, qu'il y a quatre ans passés, je vous trouvai comme aujourd'hui appuyée sur ce balcon et plongée dans vos rêveries.

— Oui, milord, mais ce soir je ne pense pas. Je me laisse vivre. Je me souviens très-bien du plaisir que j'eus à vous voir ce soir-là.

— Et oserai-je vous demander, madame, si ce soir votre plaisir est le même?

— Non, milord, il n'est pas le même. Il est plus grand. Le plaisir qu'on éprouve à voir les véritables amis va toujours en augmentant, parce que, plus on

les connaît, plus on les.... apprécie, dit-elle avec
une grâce affectueuse.

— Est-ce sincèrement, madame, que vous parlez?

— Très-sincèrement, milord. Mais n'est-ce pas
tout naturel ?

— Je veux vous croire. J'en suis si heureux.

Sa voix avait un accent pénétrant. Il lui tendit la
main. Elle y mit la sienne. Il la serra. C'était la
première fois depuis qu'ils se connaissaient.

Le cœur de Madeleine fut bouleversé.

— Etrange chose que la vie, reprit lord Harry,
chacun de nous poursuit le même but, le bonheur,
et chacun de nous cependant prend une route diffé-
rente pour y arriver ! Combien, hélas ! ne l'atteignent
jamais ou passent auprès sans le voir!

— L'avez-vous rencontré, milord, dit avec plus
d'intérêt que de réflexion la jeune femme.

— Non, madame, pas encore. Cela vous étonne?
Mais il ne suffit pas de ne point être malheureux
pour être heureux. Chacun donne un nom et une
forme particulière à son bonheur.

— Et vous désespérez d'atteindre votre idéal?

— Au contraire, madame, je commence à espérer.

— Ah ! voilà mon frère, dit vivement Madeleine,
qui se trouvait embarrassée du tour qu'elle-même
avait fait prendre à la conversation.

M. de Béyanes et lord Harry se mirent à causer.
Madeleine en profita pour rentrer dans le salon.

Elle était profondément émue et aurait voulu
pouvoir se recueillir, afin de se raconter à elle-même
ce qui causait son émotion.

Quelques instants après, lord Harry vint s'asseoir auprès d'elle, et, baissant la voix :

— Nous reprendrons notre conversation, n'est-ce pas, madame?

Elle ne répondit pas tout de suite.

— Vous ne voulez pas me le promettre? reprit-il.

— Je vous le promets, milord, dit-elle enfin.

Le regard de Madeleine rencontra alors le regard de M. de Béyanes.

Comme il avait l'air triste!

Le comte savait depuis longtemps que lord Harry aimait Madeleine, et que, sans se l'avouer, Madeleine aimait lord Harry.

Il en était heureux, car il les trouvait dignes l'un de l'autre, et, après tant de chagrins, il se réjouissait de voir le bonheur venir à cette belle-sœur, si éprouvée, qu'il aimait à la fois comme une sœur et comme une seconde fille. Il avait tant souffert en la voyant malheureuse par la faute de l'un des siens.

Madeleine, par son adorable caractère, par sa résignation, par son dévouement, avait pris une grande place dans la vie de son beau-frère. Le jour où elle quitterait Béyanes serait certainement, pour lui, un jour de tristesse et de regret. Mais le comte était trop habitué à vouloir et à faire le bonheur de ceux qu'il aimait pour songer à lui-même; ce n'était donc pas la pensée de cette séparation qui l'attristait, quand il songeait au mariage de lord Harry et de Madeleine, c'était le souvenir d'Herbert. Il s'emparait alors de sa pensée et lui serrait le cœur. Il se demandait avec une amère douleur comment son malheureux frère avait pu renoncer à la vie heureuse et honorable qu'il menait auprès de sa charmante femme pour finir misérablement, et laisser le mépris attaché à sa mémoire.

Quand ces accès de tristesse venaient à M. de Béyanes, c'était en vain qu'il essayait de les surmonter. Mais il avait saisi le regard de Madeleine, et ne voulant pas que l'expression de sa physionomie lui laissât un sentiment pénible, il s'approcha d'elle.

— Je pensais tout à l'heure à vous, ma chère sœur, à ce qui pourrait vous donner le bonheur et en même temps je me sentais pris du plus profond regret que ce bonheur ne vous fût pas venu de l'un des miens.

Madeleine se sentit bien affectueusement touchée de ce souhait exprimé avec tant de délicatesse, et comprit en même temps que la douleur du comte était de celles qui ne peuvent finir.

Les vertus ou les vices d'un mort aimé rendent sa mémoire impérissable.

L'été suivant, par une belle après-dînée, la comtesse et Madeleine rangeaient leur ouvrage et se disposaient à aller faire une promenade, quand M. de Béyanes entra vivement au salon. Il venait chercher sa belle-sœur et l'emmena dans son cabinet de travail.

— Ma chère Madeleine, lui dit-il, je suis chargé de vous transmettre une demande. — Le visage du comte était gai et souriant; il avait certainement une bonne nouvelle à annoncer. — Voilà une heure au

22

moins que je cause de vous avec lord Harry, et nous
y prenions tant de plaisir, que nous en causerions encore, si je n'avais pas été empressé de vous transmettre mon message. Lord Harry, qui sait que vous êtes
ma seconde Geneviève, est venu me demander si je
le trouvais digne d'être votre mari? J'ai voulu vous
consulter avant de lui répondre. Et comme je ne
crains pas précisément un refus, j'ai préféré que ce
fût de vous-même qu'il reçût le oui qu'il désire si
ardemment d'entendre.

Madeleine, toute rougissante, était si émue qu'elle
ne pouvait parler.

— Allons, venez, ma petite sœur, lui dit le comte,
en passant son bras sous le sien, j'ai dit au marquis
d'aller vous attendre dans votre salon.

M. de Béyanes accompagna la jeune femme, entra
avec elle, serra la main à lord Harry et se retira,
les laissant tous les deux.

— Madame, je vous aime depuis que je vous connais, dit lord Harry sans embarras. Il y a eu un
temps où je devais vous cacher cet amour qui eût
été une offense; maintenant, je puis vous en parler,
et je viens vous dire que si vous voulez l'accepter,
que si vous voulez être ma femme, vous me donnerez
ce bonheur que j'ai tant rêvé.

— Milord.... cet amour dont vous me parlez, je
n'en suis pas digne, — Madeleine était toute tremblante, — la femme de lord Harry lui doit sa première tendresse, elle ne doit jamais avoir aimé que
lui, et moi, j'ai aimé... j'ai aimé d'amour; le saviez-
vous, milord?

— Oui. Et moi, madame, comment m'aimez-vous?

— De toutes les puissances de mon âme, de toutes les forces de mon cœur, et de toute mon intelligence.

— Ma chère, ma bien-aimée femme, dit lord Harry, en attirant Madeleine sur son cœur.

— Vous l'avez aimé parce que vous ne le connaissiez pas, murmura-t-il à voix presque basse, et moi vous m'aimez?

— Parce que je vous connais, reprit-elle doucement avec une indicible expression de tendresse.

Ce ne fut plus dès lors pour la jeune femme qu'une suite d'ineffable contentement. Elle avait pour son futur mari une passion faite d'amour et d'estime. Elle adorait et révérait à la fois cet homme qui savait si noblement se servir de sa richesse et qui, sans bruit, sans ostentation, semait le bien sur son passage.

Et lui! avec quelle tendresse passionnée il revenait chaque jour près de cette Madeleine à la fois si pleine de charme et si remplie de vertus sérieuses, qui, à une âme forte et bien trempée, joignait les plus exquises délicatesses de l'esprit et du cœur. Tout en elle le séduisait, tout jusqu'à cette piété angélique qui l'avait rendue si patiente, si soumise, si indulgente, et qui était si modeste qu'elle ne se révélait que par son inépuisable bonté et sa charité.

Elle n'avait pas une de ces piétés stériles qui multiplient les pratiques et se dispensent des actes qui seuls affirment la véritable charité.

Jamais une créature souffrante ou malheureuse ne

lui avait fait un appel inutile. Quand elle ne pouvait donner elle-même, elle arrivait à faire secourir, et en attendant elle savait trouver les consolations qui soutiennent la force et le courage des éprouvés.

Le comte s'empressa d'annoncer cet heureux mariage à Mme de Brécy.

Enfin ! se dit-elle en achevant sa lettre, l'admiration perpétuelle a porté ses fruits. La voilà lady, avec je ne sais combien de mille livres sterling de revenu. Il n'y a telles que ces innocentes pour arriver à leurs fins.

Pauvre Herbert ! ajouta-t-elle en manière de péroraison. Mais ce fut inutilement qu'elle s'efforça de faire passer sur son visage une tristesse hypocrite. Un sourire ironique vint seulement plisser ses lèvres.

La baronne répondit immédiatement une lettre de félicitations menteuses et trouva aisément un prétexte pour se dispenser d'assister au mariage.

La vue de tant d'heureux lui eût été insupportable ; elle eût si mal répondu à ses souhaits passés.

Geneviève partageait les douces émotions de sa tante, comme elle avait partagé ses peines.

M. et Mme Deformont ne tardèrent pas à arriver à Béyanes.

M. et Mme Legris vinrent pour la cérémonie. Personne de la famille, ni des amis intimes, n'y manqua.

Le plus beau jour de cette union bénie ne fut pas la veille ; le bonheur des deux époux eut un lendemain fait d'une longue suite de jours heureux.

Lord Harry, après son mariage, emmena sa

femme en Angleterre. Il était empressé de la présenter à sa famille.

Avant de partir il avait dit au comte :

— Maintenant que je suis de la famille je veux me soumettre aux douces obligations que remplissent les vôtres. Chaque année, Madeleine et moi, sans préjudice de nos visites habituelles, nous viendrons aussi passer l'automne à Béyanes.

Ils revinrent en effet pour cette époque. M. et Mme Legris, le duc, la duchesse, M. et Mme Deformont les avaient précédés.

En voyant son château rempli de tous ceux qu'il aimait le plus, en les voyant tous heureux, le cœur du comte fut dans l'allégresse.

Ce n'était plus la guerre, c'était mieux que la paix, c'était le bonheur au château.

Versailles. — E. AUBERT, imprimeur, 6, avenue de Sceaux.

Librairie Académique DIDIER et Cie

Paris. — Imp. E. CAPIOMONT et V. RENAULT, rue des Poitevins, 6.

www.ingramcontent.com/pod-product-compliance
Lightning Source LLC
Chambersburg PA
CBHW050749030726
47505CB00002B/468